# 分崩離析
# Things Fall Apart

奇努瓦・阿契貝 Chinua Achebe／著
黃女玲／譯

遠流出版公司

# 目錄

譯者序

# 照片中的鬼影

一九五八年，奇努瓦·阿契貝的《分崩離析》在英國出版時，成了少數以英語寫作非洲故事的小說，而且是第一部以英語追溯奈及利亞之伊博族人（Ibo），因英國殖民以及接著與殖民國政府起衝突，而造成傳統結構瓦解、無法再團結一致的故事。這部已被譯成一百八十種語言的小說，至今仍是在全世界擁有最多讀者的非洲文學作品。

阿契貝身為奈及利亞伊博族人，為何要以英語寫作？曾經翻譯過這本小說的譯者楊安祥，在譯本《支離破碎》序言裡寫道：

為了糾正世人的錯誤觀念，強調非洲文明並非來自歐洲大陸，【阿契貝】推出【這部作品】。

這種說法並沒有錯，但在此我想做進一步說明。阿契貝曾經解釋過，他之所以以英語寫出這部小說，使其得以在英國出版，原因之一是他想糾正白種人對黑種人的刻板印象：黑種人不是比較低等卑下的人種；黑種人也不是比較壞、比較不受教，或比較邪惡的人種。黑種人和白種人一樣都是人，有其文明與文化，只是很不一樣。為了更真實正確呈現黑種人（伊博人）的形象，他的辦法就是：以伊博人的身分，來寫伊博人的文化，而且必須以英語書寫——否則無法在英語國家出版（特別是英國，因為阿契貝要把英國殖民奈及利亞的問題，藉著這部小說，對殖民國（英國）揭示出來——此乃阿契貝寫作本作品的第二個主要原因），也不會有任何使用英語的白種人能讀得懂。

於是這部作品就成了英國殖民奈及利亞之前，以及殖民前期奈及利亞伊博族的文化現象記錄——那是曾經存在，而且蓬勃發展過，但如今有很多已失落（或已被歐美文化取代）的文化。此作品剛開始在奈及利亞發行時，非洲相當重要的文學雜誌《黑色奧菲斯》（*Black Orpheus*）曾登載過這麼一段簡短扼要的文評：

整體而言，這部作品非常詳實生動描繪伊博族人的生活【與文化】，然而此故事情節與角色比較像是象徵符號，其所表徵的生活方式，雖仍存在伊博人的記憶裡，但已不復現。

在此本人要特別對這段文評加以詳細解讀。但首先，我必須就傳統批評殖民主義的學者對這部小說故事過分美化的解釋，先做簡要的指正。請看底下這一段楊安祥所摘錄的文字敘述：

【在這部作品中，】描述外來勢力入侵以前的伊博部落，早已是一個嚴謹有序，尊老敬群的安定社會。比之西方國家，儘管風俗習慣不同，語言信仰有異，黑人的生活觀念，和白人一樣，充滿了崇高意識與美麗價值……所可悲者，白人對於黑人的道德宗教、哲理法律，悍然輕視之外，還盡量利用當地傳統上的某些病態缺陷，加以無情的毀滅和破壞，使得樸直誠實，善良可敬的土人，嘗受了最不人道的心靈打擊與情感撕裂。

阿契貝確實在這部小說裡記錄了很多伊博族人所特有的格言智慧；伊博族確實「尊老敬群」，故事的道理與情節中確實也不乏「崇高的意識」、「美麗的價值」、以及「樸直誠實、善良可敬」的人物角色。但我要強調的是，阿契貝寫這小說，並沒有要對伊博文化大加讚美推崇的意思。從他對故事主要角色歐康闊的描述與處理就可以看出，他似乎在對世人（尤其是西方歧視黑人的白種人）說，與其讓你們來打我們黑種人嘴巴，不如由我們自己來打吧！我們自己人的問題出在哪裡，你們不會比我們更清楚，而且需要特別指出的是，我們的問題之所以惡化，與你們來我們的土地上濫用人力與資源，有絕大的關係。

楊安祥的文摘說：「白人對於黑人的道德宗教、哲理法律，悍然輕視……」但看過這故事的人就知道，其實作者很小心指出，白人並不都是一個樣子，就像黑人也不都是一個樣子。故事中的第一個白人傳教士布朗先生，能與伊博族的顯要人士進行比較宗教的對話，發現與黑人的宗族傳統信仰起正面衝突將屬不智，於是廣結善緣，並且興辦學校、醫院，好預備黑人未來應付西方社會的競爭力。是第二個白人傳教士斷章取義引用聖經，正面藐視伊博族的宗教傳統信仰，但他也沒有對黑人的宗教道德進行所謂的「無情的毀滅和破壞」。故事中摧毀伊博族傳統信仰之魂魄者，其實是伊博族人自己，而且是同宗族的人所為。那是個激進派的改信基督者；此類人士仗著基督信仰的勢力，公然挑戰、摧毀自己宗族的信仰魂魄，為的是什麼呢？雖然作者並沒有藉著小說寫出這個問題的解答，但不難想像，也是與社會政治權力的爭奪有關。

另外，上面文摘所謂「樸直誠實，善良可敬的土人，嘗受了最不人道的心靈打擊與情感撕裂」，也不是白種人所為。這句話指的應該是故事最後，宗族中一些領導級人士被抓入獄中，遭受凌虐的事。但虐待他們的獄吏同樣是伊博人，雖屬不同宗族，但同樣是說伊博語！而那些在獄中遭受獄吏虐待的宗族重要人士（尤其是歐康闊），是不是「樸直誠實，善良可敬」，其實作者並沒有特別呈現出來。故事中具有如此美德的，有這樣的人，但並不是主要角色，只是象徵伊博文化價值用的背景角色。就像《黑色奧菲斯》那一句文評所說的：故事中的人物，多為象徵符號；主要人物歐康闊就是個例子。他是不是「樸直誠實，善良可敬」，作者沒有特別強調，因為在作者筆下，歐康闊象徵著伊博文化中，那種害怕落入社會中因懶惰而淪為貧窮的無權低等階級，演變成急進衝動之極端個性人物。

《黑色奧菲斯》雜誌文評說的沒錯，阿契貝很「詳實生動」描繪伊博族生活。就本人的讀／譯後心得，我覺得作者就像一個很有技巧的攝影師，捕捉了一張張富有生活文化意義的照片，而且，他對這些照片絕沒有特別加以粉飾處理，如此產生的結果就是，照片之中，連鬼影都被記錄下來。

## 一個講究怪力亂神的民族

在這部作品裡，阿契貝一再強調，伊博民族非常重視力氣，而且，他們古早以前就發現，人的力氣絕對比不上神／鬼靈的力氣。於是，他們常常需要藉著巫術、藥術，來彰顯他們的力氣。這種對力氣的強調，顯現在他們的摔跤賽事上、在部落戰爭上，也顯現在他們努力攀爬至社會階級之頂端上。為了在部落戰爭上取勝，他們乞求戰靈相助，甚至利用藥術發展出一種如同今日導彈飛彈的「邪惡精素」；為了攀升社會的政治權力階級，他們爭取頭銜。每領受一個頭銜，都要花一大筆錢舉行儀式，每個儀式都得藉著法師啟用神靈的力氣加以護持。伊博民族也像台灣人一樣，會把人生的重大問題帶到神靈面前，請求開示。除了為人的生活問題提出解答之外，伊博族的神靈，特別是他們所謂的先祖神靈，還會從小如蟻洞的洞口冒出來（故事是如此記錄的，不過當然作者有暗示，這種意象不過是傳說），身上蓋滿椰子樹葉，臉上戴著面具，在村民的重要節慶儀式上出來跳舞。村民發生民事或土地糾紛，也是請這些「全副武裝」的先祖神靈來加以審理。可以說，伊博族的先祖神靈，是他們活人爭取政治社會地位（頭銜）的護持幫手、是重要案件的司法官、是部落戰爭所用的戰術、是村民生活問題的解答者，甚且還會在節慶時與活人同歡。

他們所敬拜的神祇重要的有掌理宗族農事命運的土地女神、維持正義的雷神等；不過，他們和基督信仰同樣相信有一位天地萬物的創造者，他們稱之為「曲古」（Chukwu）。只是，伊博族人過去認為，與人之生命有切身關係者，唯有掌理土地的神祇。若人殺了自己同宗族的人，那麼就得快快攜家帶眷，頂著所有可以帶著走的行李，快快逃到母親所屬的宗族，免得土地女神憤怒，因一人之罪而毀滅整個宗族。

上面那段文評所說，如今「已不復現」的伊博生活文化，其一就是上述神靈參與並深度左右凡人之事的部分（比方說：他們已不再請先祖神靈從地底出來審理民間的案件，而是採英國的司法審理制度）；其二就是一夫多妻制已消失，如今大部分伊博族人都是基督徒，而基督信仰質疑一夫多妻；其三，歐美的時裝已大多取代原來村落居民的穿著打扮以及身體彩繪；其四，原來以農耕生活為主的伊博族人，如今多已變為士、工、商階層。

當然，其他還有很多故事中記錄下來的古早習俗，如今也「不復現」。不過，譯者本人根據自己在奈及利亞的所見所聞，要特別對台灣讀者解釋伊博族的先祖神靈這種文化現象。我要說的是，這些所謂的伊博族先祖神靈，不僅現今不會「不復現」，而且將來還會一再出現，直到世界的終結。

## 基督信仰與伊博族傳統信仰

阿契貝並沒有以這部小說來強調祕密宗教儀式或啟靈行為；以他的背景還有他印象式的象徵寫實寫法來看，他也寫不出靈異小說。他本身是基督徒；而基督教剛在奈及利亞這塊土地上扎根萌芽時，確實也輕看奈國傳統宗教中，神祇左右人的力量。所以這部小說中，那位連伊博族人也敬重的傳教士布朗先生，在與某宗族要人討論宗教時說：「你們把全部的敬拜，都獻給自己創造出來的假神祇。」基督宗教在發展到近代時期，都用「假神」來泛指所有不是天主／神（God）

的神祇；因為唯有天主／神／God，是宇宙唯一的「真神」，所以其餘的都是假的。而「假」這個字極易使人誤解的就是，錯把「假」以為是「虛無」的、「莫須有」的，因此輕看所有「假神」的力氣，而沒有小心加以對付。

阿契貝身為基督徒，有輕看他自己伊博族傳統信仰的神祇嗎？筆者認為他確實輕看了，但他是就客觀而親身的經歷才會如此。阿契貝小時候酷愛聽他母親以及家族耆老講述舊時部落的生活故事，以他如攝影機的敏銳能力，把聽下來的故事記錄重組，如同記錄一張張舊時伊博族生活宗教文化的各種面向。（他的寫作就如同他把祖父母流傳下來、已經泛黃的舊照片整理之後擺出來給觀者欣賞，但他自己其實已屬近代的人，並沒有參與照片中人物的生活及活動。）他寫作的意圖，除了想讓世人，尤其是白人，清楚看見屬於伊博族的文化智慧，同時也明白指出，伊博族如今不再像舊時那麼團結，是因為原來就經常發生戰爭的不同部族，先是由於西方國家在非洲收買奴隸的行為，接著在殖民政府的影響下，背叛與分化的情況更容易在不同部族之間，或甚至是同部族人中間產生。作者寫作這部小說的主要目的，並不是要拿宗族的傳統宗教信仰來與隨著殖民國而來的基督教信仰做比較。

然而作者身為基督徒，加上他自己親身的生活經歷①，無可避免地還是把兩個宗教擺在一起，而且事實證明，基督宗教是傳統宗教所「惹不起」的。故事中宗族的人在傳教士要求之下給他們建立教堂的地，叫做「惡林」，那是充滿邪惡鬼靈的林地，宗族裡所有已故法師所崇拜的物神、被宗族處死的惡人，或死於為土地女神所不容之怪病的人之屍體、以及雙胞胎——雙胞胎在舊時的伊博文化裡是違反常理的怪異現象，一出生就得被拋棄——都會被棄置於惡林。宗族之人故意給傳教士這樣的地，原來是想把這些外來的教徒嚇跑，沒想到，基督徒不但沒有被惡林中的邪惡鬼靈嚇跑或整死，反而還日益壯大，漸漸成為受宗族唾棄或壓迫之人的避難所。（當然，故事發展到後來，讀者也看到宗族中想要爭取社會政治權力的人加入基督教，為的是要藉著基督教的力量，打擊宗族原來的權力架構。）

即使作者和很多近代天主教徒一樣，輕看了傳統宗教的神祇，但他在小說中所記錄下來的一個事件與一個事實，顯示出一件事：他雖然無法解釋，但至少已暗示出一個到現在還繼續「作怪」的「怪力亂神」。

## 惡人祭拜惡鬼，善人依從聖靈

今日奈國各地正信的基督教會都在忙著以基督的力量，驅散古時以及今日法師做啟靈法術所招來的邪惡鬼靈。阿契貝如果見到這樣的景象，可能會大吃一驚吧。在奈國，基督徒最愛講／唱的宣示就是：「天主是好的，不管什麼時候，祂永遠是好的。」為什麼要如此強調呢？這正是因為伊博族人在接受基督文明的洗禮之前，認為同一個神／鬼靈，會有善惡兩面。今日既已知有位全善——只有善、沒有惡——的宇宙唯一至高無上真神，當然要好好加以擁抱，並藉這位真神的力量來「驅魔」不是？

阿契貝雖然沒有在這部作品裡正面猛烈攻擊英國對奈及利亞的殖民策略，但反殖民主義確實是本故事寫作的主要目的之一②。而他的另一個目的，如前所述，就是要把他所屬的伊博族文化詳實生動地勾勒出來。當然，他絕沒有把伊博文化中的祖靈拿出來當特寫的意思。但因為他的文化社會裡，可以說「鬼影幢幢」，因此他在描繪伊博文化之精神時，免不了會把鬼影寫出來。值得注意的是：他寫出殖民主義之惡，同時也強調隨著殖民而來的基督信仰之善。他寫到傳教士把教堂蓋在惡林上，不但沒有遭到林中邪惡鬼靈之侵擾而毀滅或知難而退，而且還日益壯大，就是在表明基督教裡的耶穌，比宗族所信的那些神祇還要厲害，不僅如此，還比較仁慈，因為傳教士會把人們丟棄在惡林裡的雙胞胎救起來扶養；會收容宗族裡遭人唾棄、一直生下雙胞胎的婦女；而且還會接受被宗族所壓迫以及邊緣化的「歐蘇」賤民。他這麼寫，雖沒有直接詆毀或藐視伊博族原來所相信的神祇，但已經間接表示，宗族的神祇其實不值得族人的推崇。

阿契貝有藉著這部作品檢討他所屬之民族文化的問題嗎？我認為有的。他創造出一個個性極端激進的主角歐康闊，就是在檢討宗族族人急進追求頭銜的問題！他寫到烏默非亞之敵對宗族木百諾村，把烏默非亞的一名婦女殺死後，決定要獻出一名少女來替代被殺婦女，並獻出一名少年倚克米豐納當替罪羔羊，來解決這兩個敵對宗族的紛爭，他就是在探討部落戰爭以及不同宗族之間不睦的嚴重問題。熟讀耶穌基督如何受刑，到最後被釘在十字架上之經過的讀者，還會看出倚克米豐納受死的經過對應著基督服從接受死亡的過程。這些都顯示出作者在高舉基督信仰，並貶抑宗族的傳統信仰。

阿契貝寫出自己宗族信仰之惡，與他原本藉著此作品來表現黑人沒有比白人邪惡之動機，有互相矛盾嗎?當然沒有。畢竟，信仰基督不是白人的權利。況且，今日奈及利亞有一半的人口都信仰基督宗教（另一半是回教）！奈國路上，各式各樣商用或自用的車子上所寫的字樣，都反映出基督信仰的效果。

本人來自台灣農村，感慨於台灣傳統的多神信仰文化現象，最後只想藉著聖約翰在聖經〈約翰壹書〉第四章一—三節所說的話，來為翻譯這部作品的感想作為結論：

親愛的兄弟啊，一切的靈，你們不可都信，總要試驗那些靈是出於神的不是，因為世上有許多假先知已經出來了。凡靈認耶穌基督是成了肉身來的，就是出於神的；從此你們可以認出神的靈來。凡靈不認耶穌，就不是出於神；這是那敵基督的靈。你們從前聽見他要來，現在已經在世上了。

若你沒有信仰耶穌基督，而不明白（或反對）以上這句話的意思，那就藉著上帝的神靈所結的果實來指認吧；神的果實就是：「仁愛、喜樂、平安、忍耐、良善、溫和、忠信、柔和、節制。」相反地，相信敵基督的結果就是：「淫亂、不潔、放蕩、崇拜偶像、施行邪法、仇恨、競爭、嫉妒、憤怒、爭吵、不睦、分黨、妒恨、兇殺、醉酒、宴樂等等。」

本人得以完成此譯本，首先要感謝我的夫婿Chinatu Dunstan Orindu Ukaga。從我決定翻譯此作品開始，他都持鼓勵支持的態度；閱讀時出現疑問時，他更是我的最佳諮詢人。文中出現的諸多伊博諺語，他都細細為我解說典故。此外，奈國經常斷電或沒電，對直接在電腦上寫作的我非常不方便；每當沒電而筆電電池的電也用完時，我先生則負責開發電機以幫助我的翻譯進度。在此，特別感謝他給我的寫作提供有利的環境。

另外，我還要感謝我先生的家人。我先生的小妹Chiaso Lilibeth為我詳細解釋伊博族的四個市集日名稱、採集棕櫚酒的過程、以及採酒之後棕櫚樹的壽命縮短等等的事實。我先生的表哥Godwin Ukaga告訴我舊伊博社會如何利用社會邊緣人「歐蘇」來驅除厄運。我先生的遠房親戚Professor Raphael Orji特別給我解說，伊博族先祖神靈「伊古古」對生者自我介紹時所說「塞滿口的肉乾」與「無薪常燃的火」，各是出於何種生活習慣與文化現象。他還作證親眼見過「歐布—阿嘎力—歐度」，說這種古時伊博族人所製造出來的「殺敵飛火」，至今仍在奈國東部伊博族所在的部落森林裡飛竄。

我兒子的家教老師Uchenna Uchechukwu Emmanuela也在我修稿過程中對「歐布也非」這個伊博族舊時的頭銜所代表的意義給我提供了即時的資料。

就中文寫作的技巧與用字上，我則特別要感謝我的台灣朋友熊麗娜和張令喜。住在這個沒有人用中文的異鄉國度裡，有時真的會忘記某些辭句的用法或甚至忘記某些字該如何寫。熊麗娜的兒子（小名：羊）甚至給我建議我原來譯的一句伊博諺語「月光亮晶晶，瘸子也想起身行」中，該把「亮晶晶」，改成「亮瑩瑩」，因為是月光，不是星光。在此特別感謝他。

最後，我還要特別感謝我在這裡所參加的教會「聖中之聖國際基督教會」（Holy of Holies International Church of God）。經由此教會領導人歐帕拉契使徒（Apostle Ephraim Oparaji）及女先知（Prophetess Ebere Oparaji）的教導，以及他們驅鬼的神蹟，我才知道故事中的「伊古古」確實是透過法術／巫術而使神／鬼靈附身於人體，也知道在奈國巫術的實行沒有消失，而是已經地下化。

①阿契貝大學畢業後曾經由友人的介紹到一所設立於「惡林」中的學校任教。他的這部作品中就出現基督教會在「惡林」建立教堂的主題。所謂的「惡林」就是指充滿邪惡鬼靈的一片林地。

②正因為阿契貝對殖民主義客觀而且溫和地攻擊，才使得本書成為經典，愈是能不偏不倚把事實描繪出來的，才愈有價值。本書於一九五八年出版，而促使阿契貝寫作本作品的主要原因之一，是英國女王伊利莎白二世於一九五六年拜訪奈及利亞時，浮現於檯面上的殖民議題與政治議題。

# 第一部

# 第一章

歐康闊①的名聲不僅在烏默非亞宗族的九個村落很響亮，就連更遠的部族也有人知道他。他如此聞名，純靠個人的成就。早在他十八歲那年，他就因為把怪貓阿馬林茲擲個四腳朝天，而為他的村落贏得無比的榮譽。阿馬林茲是個很優秀的摔跤手；七年來他從烏默非亞村打到木百諾村，從未遇過敵手，他的背也從未摔落地，因此人稱「怪貓」。歐康闊所打敗的，就是這麼個摔跤健將。傳說中他們的先祖與妖魔交戰了七天七夜之後，才得以成功創建他們的部落，老一輩的人都認為，歐康闊與阿馬林茲那次交手是部落建立之後最猛烈的一次。

鼓聲咚咚響、笛子高聲唱，觀戰的民眾屏氣凝神、目不轉睛。阿馬林茲是個詭計多端的戰將，但歐康闊則如水中魚般滑溜。兩個人臂上、背上、腿上每條神經和肌肉都凸了出來，人還能聽到他們把筋拉到極點的響聲。結果就是，歐康闊把怪貓摔倒在地。

那已經是二十多年前的事了。他的名聲打從那時起，便有如哈麥丹季節②的林中野火般蔓延。他人高馬大、濃密的眉毛加上寬廣的鼻樑，看起來總是一副苛刻嚴厲的樣子。他呼吸深重有聲，有人說，他睡覺時，連他的妻兒在外屋③都可以聽到他的呼吸聲。他走起路來，腳跟幾乎不著地，好像後跟裝了彈簧，也彷彿隨時要襲擊人似的；他也確實常常襲擊別人。他講話有點結巴，每當他發起脾氣，無法把話很快說出來時，便會對人使出拳頭。對於沒有成就的人，他很沒有耐性，因此他對他的父親很沒有耐性。

烏諾卡——這就是他父親的名字——已經於十年前過世。烏諾卡生性懶惰、缺乏遠見，永遠無法考慮明日的需要。若他賺了一點錢——但這種情況很少發生，便會立刻買幾壺葫蘆果殼裝的棕櫚酒，招喚左鄰右舍的友伴過來飲酒作樂一番。他總是說，每當看到死人的嘴巴，便覺得若人生前沒能把一生該吃的都吃盡，實在是愚蠢至極。可以想像烏諾卡自然是債台高築，左鄰右舍每個當家的都是他的債權人；有的只借給他幾個貝幣，但也有人借給他很可觀的數目。

烏諾卡的個子很高挑，但也很清瘦，而且還有點駝背。除了飲酒作樂或吹奏笛子時會有笑容外，大部分時候都掛著一副憔悴憂傷的面容。他很會吹奏笛子，他最快樂的時候，就是收割後兩、三個月的那段時間，村裡的樂師會把他們的樂器搬出來，掛在村人聚會廣場的營火旁。烏諾卡會和樂師一起演奏，臉上堆滿幸福平安的笑容。有時別村的人會邀請烏諾卡的樂隊和村裡的祖靈舞群伊古古④，到他們村莊去奏樂，順便把曲調傳授給他們。在這個市集奏完，樂隊會走到下個市集繼續演奏，往往會走過三、四個市集；除了奏樂，樂師同時也飲酒饗宴。烏諾卡很喜歡這種盛宴裡豐富的伙食，也很享受和樂師一起奏樂。同時，他也很喜歡這段收割後的農閒季節；這時雨季已過，每天早晨都可看見太陽絢麗露面。這個時節也不會太熱，因為乾冷的哈麥丹風會從北方吹下來；有些年，哈麥丹風還過於凜冽，於是空氣中懸掛著層層濃霧，那時老人和小孩會圍坐在火旁取暖。這一切烏諾卡都非常喜愛；他喜歡第一批隨著乾季飛回來的鳶鳥，也喜歡那些唱著歌兒歡迎鳶鳥歸來的孩子。看著這些孩子，他便想起自己的童年。小時候他也常常四處閒逛，找尋在藍天上悠閒翱翔的鳶鳥。每找到一隻，他便整個人高興得歡唱起歌兒，問鳶鳥有沒有啣回幾匹布⑤。那已經是好幾十年前的事了；那時他還是個年輕小伙子。

成家後的烏諾卡一事無成，他很窮困，他的妻兒常常沒有足夠的食物吃。他遊手好閒，人們都嘲笑他，還發誓絕不再借錢給他，因為他從不曾還過一分錢。可是烏諾卡能言善道、油嘴滑舌，總有辦法再借到錢，於是債台便愈築愈高。

有一天，一位名叫歐可依的鄰人去他家找他。他那時斜靠在涼床⑥上吹著笛子。一見到歐可依，烏諾卡便站起來與他握手。接著，歐可依展開夾在他臂下的羊皮墊⑦，坐於其上。烏諾卡進入一間內房，然後很快便出來，手上端著一個木製的碟盤，盤內裝著可樂果、辣椒果⑧，以及一小塊白黏土石⑨。

「多謝！供人可樂果就是供人生命。但我認為應該由你來剝開可樂果。」歐可依邊回應邊把碟盤遞回給烏諾卡。

「不行！我認為應以客為尊才是。」有片刻的時間，他們就這樣推來推去。最後，烏諾卡終於接受剝開可樂果的殊榮。這時歐可依拿起白黏土石在地上畫了幾條線，還拿著白黏土石塗他的大腳趾。剝開可樂果的同時，烏諾卡也向祖先祈禱，祈求祖先加增他的生命歲月、護佑身體康健，也求祂們保護他免受仇敵的侵害。他們吃完可樂果和辣椒果後，便開始聊起時下大家關注的事：他們說著那場把山藥⑩給浸泡發爛的連日大雨、談著下一場祭祖盛宴，也談起即將與木百諾村打起來的戰爭。一談起戰爭，烏諾卡就高興不起來。事實上，他很膽小，很怕看到流血。於是，他很快轉換話題，改談音樂。說起音樂，他就滿臉笑容。透過他心靈的耳朵，他想像著由也奎、烏都、以及歐根尼⑪這些敲擊樂器演奏出來，令人熱血澎湃、節奏錯綜複雜的樂曲。他想像自己吹奏的笛聲穿插伴奏於其中，把曲調點綴得生動有趣，但也帶著些許感傷。整體效果熱情洋溢、生動活潑，但如果把那時而低沉、時而高亢、時而成片段頓音的笛聲給去除，將只剩下哀痛與悲傷。

歐可依也是音樂家，擅長演奏歐根尼，但他和烏諾卡不一樣；他已有不凡的成就。他的宅院裡有個大穀倉，穀倉裡裝滿了山藥，而且已娶了三位老婆。現在歐可依正準備領受益迪密利頭銜⑫，那是烏默非亞村的第三大頭銜。接受頭銜的儀式非常昂貴，因此他正積極把他所有資源聚集起來。這也是他來找烏諾卡的原因。他清了清嗓子說：

「謝謝你的可樂果。你可能已經聽說我將要領受頭銜的事。」

既已開始談起來訪的重點，歐可依便接二連三說了半打的諺語佳話。伊博人非常重視說話的藝術，話中和著格言，就如同烹調食物必定使用棕櫚油一樣重要⑬。歐可依是個能言善道的演說家，先是在重點邊邊繞了半天，最後再直擊來訪目的。簡單說，他來是要烏諾卡把兩年多前向他借的兩百貝幣還給他。烏諾卡一明白歐可依的來意，便突然爆笑了起來。他笑得很大聲，也笑得很久，笑聲有如歐根尼一樣響亮，笑到後來連眼淚都流出來了。歐可依給他的笑聲弄糊塗了，坐在一旁愣得說不出話來。最後烏諾卡終於在時而還會爆發出來的笑聲中，對訪客做出回應。

「你看我那面牆，」他指著茅舍裡較遠的那道給紅土塗得發亮的牆說，「你看那些白黏土石所畫的白線；」歐可依看著牆上分成不同組的垂直白線。總共有五組；線條最少的一組有十條線。烏諾卡很有戲劇感；他故意停頓了一下，吸一小撮鼻煙，大聲擤了一下鼻涕之後才接著說：「每一組白線代表我欠某人的債，而每一條線代表一百貝幣。你看，我欠那個人一千貝幣，他也沒有一早來把我叫醒討債。我應該還你的錢沒錯，但不是今天還。我們老一輩的人不是說，陽光會先照到那站著的人，然後才照那些跪在他們底下的人嗎？我理當先清償較大的債務才是。」

說完，他又吸了一小撮鼻煙，彷彿吸鼻煙就是處理大筆債務似的。歐可依於是只好捲起他的羊皮墊離開。

烏諾卡死時，依然沒有任何頭銜，而且還欠了一屁股債。說到這裡，你還會因為歐康闊看不起自己的父親而感到奇怪嗎？還好，伊博族是依個人的價值來判斷一個人，而不會去看個人的父親像不像樣。歐康闊顯然是塊成就大事業的材料；他年紀輕輕就成了烏默非亞九個村落裡最厲害的摔跤高手而一舉成名；現在他是個富有的農民，宅院裡的兩個大穀倉堆滿了山藥，而且最近才娶了第三個妻子。更了不起的是，他已經贏得兩個頭銜，而且在兩次的部落戰爭中展現了驚人的本領。因此，雖然歐康闊才值壯年，但已經成為部落裡最受人敬重的人物之一。伊博族人很敬重年紀大的人沒錯，但他們更欽佩有成就的人；有這麼句諺語說：「一個孩子若洗過手，便可以和國王共餐。」⑭歐康闊當然已經把手洗得非常乾淨，可以和國王及長老⑮一起用餐了。也正因為如此，鄰村為了避免與烏默非亞村起戰爭，而獻給他們一位少年當犧牲人質⑯時，村人才共同決定由歐康闊來看管這位命運多舛的少年。這位歹命的少年名叫倚克米豐納。

①「歐康闊」這個名字是從伊博文的Okonkwo音譯來的。伊博族是奈及利亞三大種族之一。伊博族有四個市集日，每個市集日各有其名稱：Eke, Orio(Oye), Afro, Nkwo，所以，Oko-nkwo指第四個市集日所生的孩子。

②哈麥丹風（Harmattan）是非洲旱季時從撒哈拉沙漠吹向非洲西海岸，乾燥而帶沙的風。於是，非洲西海岸的旱季也叫哈麥丹季。

③在古時伊博族尚未接受基督教文明的洗禮之前，富有男人會娶多位妻子；男主人住在他大宅院裡的主屋（伊博文為Obi），通常宅院大門打開正對著的就是主屋，主屋後方則分別是不同妻兒的外屋。

④伊博文為egwugwu。此處譯為祖靈舞群是因為舞者被祖先靈魂附體；伊博族的祖先在村人收割後一起同食共樂時，會藉著村中某些要人的身體顯靈，跳舞與村人同樂。伊博族是個本性歡樂擅長跳舞的民族，因此在他們的宇宙思想體系裡，祖先會跳著舞從地底冒出。觀舞的人不得指著祖靈舞群說是他們其實是活人裝扮出來的，這是褻瀆神明的行為；事實上他們確實並不只是活人裝扮出來的，因為法師會透過宗教儀式啓靈，使某特定之遠古的靈魂附著於「伊古古」上。祖靈同時也會在村中出現民事法律糾紛時，扮演重要的仲裁角色。在葬禮上，他們更會出現對死者說話。

⑤這樣的歌源於伊博文化童謠故事裡鳶鳥所扮演的角色。伊博族的童謠故事常常像寓言故事一樣，故事中的動物都會擬人化。

⑥涼床，原文mud-bed，其實是燒烤過的類似陶土床。用此陶土製床過程中，在土未涼硬之前，將一片片棕櫚葉固定於其上，如此，棕櫚葉將不會滑落或脱落。這種床在只有乾溼兩季一年到頭都沒有冬天的奈國東南部非常理想，但現在奈國人已經不再使用這種舊時的涼床了。

⑦只有男人，而且只有富有的男人，才會攜帶羊皮墊——那時羊不是一般人買得起的。

⑧可樂果（kolanut）不是可樂果蠶豆酥的那種可樂果。那是味道澀苦、比花生大兩三倍的一種豆果。在奈國，可樂果象徵生命。所以在底下故事烏諾卡的訪客才會說，供給人可樂果的人，就是供給人生命。奈及利亞人常把可樂果和著辣椒果一起吃，因為單單吃可樂果並不可口。辣椒果（原文alligator pepper）不僅有如辣椒加九層塔的辛香味，而且還具有療效，吃了對身體有益。在奈國的伊博族，可樂果代表很多正面的價值，因此被用於很多聚集的場合，通常是由在場年齡最長或身分地位最崇高的人來剝開。

⑨白黏土石，原文chalk，但不宜譯為粉筆，因為那個年代及國度裡尚未有粉筆這種產品。伊博族人就地取材，把

白黏土石拿來作記號用。白黏土石伊博文為nzu。白黏土石在伊博文化裡代表和平，烏默非亞宗族會根據個人所爭取到的頭銜位階，在地板上、臉上、或大腳趾上用白黏土石做記號。比方說，歐可依在自己的大腳趾頭上做記號，代表他的第一個頭銜。烏諾卡把白黏土石和可樂果在客人來訪時拿出來，因為在開始談話前，以白黏土石在地上畫線，是他們的祈禱行為。每畫一條線，就會對神祇說一段祈福的禱詞。

⑩山藥在奈國舊時是主食。那時奈國是沒有米麵的；即使現在奈國的米麵都還有賴進口。但山藥（或薯蕷）依然是奈國很注重的主食之一。其營養價值其實遠勝米麵，但在現代奈國，尤其是都市地區，要像古時那樣餐餐吃山藥已經不可能了，因為吃不起：種植山藥是一種很辛苦的工作，隨著都市化以及務農者人數減少，山藥的生產已經大不如古時了。

⑪也奎（ekwe）是奈及利亞的傳統木製樂器。那是一種把一節樹幹挖空中心部分，表面留下兩個長方孔的類鼓敲擊樂器。烏都（udu）伊博文原意指陶器的意思。那是種上頭有開一個孔的陶器，看起來就像個多了個孔的特大號水壺。節慶典禮上，烏都多由婦女以手拍著上頭的開孔製造節奏，效果是種奇特的低音。歐根尼（ogene）也是伊博族特有的鐘類敲擊樂器，通常是鐘類打擊樂團裡的主樂器。

⑫益迪密利（Idemili）現在是奈國伊博族的一個地名，但就其根源也是宗族某位神靈的名稱。本故事作者是阿納摩拉（Anumbra）的伊博族，相當重視頭銜，頭銜代表成就，也代表財富。

⑬棕櫚油是奈國非常重要的食用油。在舊時他們也只有/用棕櫚油。他們吃主食山藥時，必定會和濃蔬菜沾醬湯一起食用。而烹煮蔬菜沾醬湯，必定使用棕櫚油。有時，吃山藥也可直接沾未煮過的棕櫚油吃，但棕櫚油當然必須和著生洋蔥切片和鹽巴。

⑭「洗手」在依博族的文化裡代表洗去年輕時期的虛妄，而真正進入成年期的實際與價值。之所以會發展出這樣的格言，可能因為他們直接用手拿食物吃，而不像我們拿筷子或湯匙。

⑮長老（elders）不是只要年紀大的人就可以當長老，不過伊博族確實是個非常「敬老」的民族。在伊博族「長老」是經由一族之長指派任命的。比方說，歐康闊年紀還不老，正值壯年時，就因為他的成就而成為長老之一。長老是部落中的權力階級。

⑯木百諾村把這位少年獻給烏默非亞村族來避免戰爭與流血，而這少年將被當成「犧牲」（即如獻給神祇的「供品」），因為他將成為血債血還的犧牲人質。

# 第二章

歐康闊一吹熄棕櫚油燈，放鬆四肢躺在他的竹床上，就聽到村裡的傳信人敲著歐根尼，響聲劃破沉靜的夜空。中空的金屬響器鏘——鏘——的清脆響聲在夜空中迴盪著。然後傳信人大聲公佈消息，說完便繼續敲著他的響器。他帶來的消息如下：明晨所有烏默非亞村的男士們要到村裡的市集廣場集合。出了什麼事呢？歐康闊想著。他確信有事情發生了。從傳信人的口氣裡，他可以清楚聽出某種不幸的訊息。即使這聲音隨著傳信人遠去而逐漸模糊，他仍然可以感知某種悲劇的氣息。

夜晚非常沉靜。除了月光明亮的夜之外，夜晚總是非常寂靜。對這個民族而言，暗夜裡似乎蘊藏著某種模糊未知的恐怖，即使是族裡最勇敢的人也這麼認為。人們會警告孩子們別在暗夜裡吹口哨，以免招來惡靈，比較兇險的動物在黑暗中也變得更為兇狠可怕。暗夜裡，人們也忌諱把蛇叫做「蛇」，他們會改叫「繩子」。就這樣，在這個特別的暗夜，傳信人的聲音逐漸走遠而沒入黑暗中後，再度回歸的寂靜，卻似乎因為上百萬隻林中昆蟲無所不在的鳴叫聲，而更形寂靜。

若是月光明亮的夜晚情況就完全不一樣了。小孩兒會成群在空地上嘻笑玩鬧，較大的孩子們也會成雙成對在較隱密的地方玩耍。年紀大的男男女女會憶起他們年輕的時候。如同一句伊博族諺語所說：「月光亮瑩瑩，瘸子也渴望起身行。」①

但這個特別的夜晚既漆黑又寂靜。在這個夜晚，村裡傳信人的說話聲，和著歐根尼的響聲，走遍烏默非亞的九個村落，催促村裡的每個男人，明晨到廣場集合。

歐康闊躺在竹床上想著，如此急迫要大家集合，為了什麼呢？又要與鄰近部落發生戰爭嗎？八成是為了這個。他不怕戰爭，天生行動積極、驍勇善戰的歐康闊，和他老爸截然不同；他一點也不怕看到流血。最近的部落戰爭中，第一個把敵人頭顱砍回來的，就是歐康闊；那可是他砍下的第五顆頭顱，而他也不過才值壯年而已。在一些盛大的場合裡，像是葬禮或是村子的節慶，他會把他戰勝的第一顆頭顱拿來當酒杯。

一早市集廣場就擠滿了人；少說也有上萬個人，個個都席地而坐、低聲說話。最後，歐布也非②．艾介烏哥終於從眾人之中站了起來，大聲喊著：「烏默非亞人，格努③！」喊四遍，每喊一遍，他就轉身面對不同方向的群眾；每轉身喊叫一次，他整個人就握緊拳頭，做推撞空氣狀，每一次在場的上萬人都回應著說：「呀——啊。」接著，是一片全然的寂靜。歐布也非．艾介烏哥是個很厲害的演說家；每遇到這種場合，村民都會推選他出來說話。他先是伸手撫順他的白髮和白鬍鬚，接著調整他那身穿過右胳肢窩然後固定在左肩膀上的裹身長布。

「烏默非亞人，格努！」他第五次大聲和眾人打招呼，眾人也再次高聲回應。緊接著，他像是著了魔般，猛然伸出左手，指著木百諾村的方向，咬著雪亮的牙切著齒說：「那些禽獸不如的人，竟敢謀殺我們烏默非亞的女兒。」他猛然低下頭，繼續忿恨咬牙，同時也留時間讓一股強忍的憤怒橫掃過所有人。他再次抬頭說話時，臉上的怒火已不在，反而是掛著一種笑容，一種比之前的憤怒還要恐怖兇狠的笑容。這時他以清晰冷漠的口氣，把事情經過逑說給眾人知道，原來烏默非亞的一個婦人在木百諾村市集上遭那村的人殺害。那個婦人，艾介烏哥說，就是歐布也非・烏杜的妻子；說完，他指著坐在他附近一個低著頭的男子。很快，眾人都憤怒叫囂，喊著要血債血還。

還有很多人也站起來說話。最後，眾人決定要依照往常的慣例來處置這樣的案件。很快，烏默非亞村對木百諾村發出最後通牒，要他們決定，看是要選擇戰爭，還是要貢獻出一個少年以及一個處女作為補償。

烏默非亞人的厲害，讓鄰近部落的人都非常畏懼。他們不僅很會打仗，也很會使法術，鄰近所有村落的人對烏默非亞的祭司與巫師④也都敬畏三分。他們最厲害的戰靈⑤，其歷史之久遠，打從他們部落源起時就已經存在。沒有人知道他們的戰靈到底有多古老。有一度，人們認為，此戰靈最厲害的部分來自一個獨腳老太婆的神靈。事實上，此戰靈的名稱，伊博文就是「阿嘎地－恩瓦義」（agadi-nwayi），也就是老婦人的意思。這戰靈有座神祠，就座落於烏默非亞村中心的空地上，若有人在黃昏時刻莽莽撞撞經過神祠，準會看到那老婦人一拐一拐在祠旁走動。

因此，只要是知道烏默非亞村這些厲害之處的鄰近部族，都對之非常敬畏。若是雙方起了衝突，無不先試試和平的解決方式，絕不擅動干戈。值得一提的是，烏默非亞村處事也很公平：除非他們宣戰的理由非常清楚公正，而且經他們的「神示所」許可（這是處在群山洞府間的神示所），否則他們也不會隨便訴諸戰爭。的確，曾經有幾次，神示所禁止烏默非亞發動戰爭，若是違抗神示所的命令而擅動干戈，烏默非亞鐵定慘敗，因為那令人可畏的「老太婆」戰靈絕不去打伊博族所謂招神責怪之仗。

但他們即將發動的這場戰爭是正義之戰，就連他們的敵對部落也承認這點。歐康闊以其一貫的傲慢跋扈之姿，代表烏默非亞村到木百諾村去向他們宣戰時，他受到百般禮敬，而且兩天後他回到自己的村落時，還帶著一位十五歲的少年以及一位年輕處女。那少年的名字叫做倚克米豐納；他的悲劇故事直到今日還在烏默非亞村流傳著。

長老們集合聽取歐康闊這次任務的報告。最後他們做出的決定，正如大家所預料的：那名少女會取代遭殺害的婦人，成為歐布也非・烏杜的妻子，而那少年將歸整個部族所有；一時還不用急著決定他的命運。結果長老決定，先由歐康闊代表整個部族來看管這位少年。倚克米豐納在歐康闊的家庭一待就是三年。

◉

歐康闊高壓控管他的家庭。他的三位妻子，特別是最年輕的三老婆，經常因為他的火爆脾氣而活在恐懼之中；他年幼的孩子當然更是怕他。或許歐康闊的內心深處並不殘酷，問題是他一生都遭恐懼所宰制：害怕失敗、害怕無能的恐懼。人一般會害怕邪惡、害怕反覆無常的神祇、害怕法術、害怕漆黑的森林、害怕大自然中那種兇險、露著血紅爪牙的危害力量；然而歐康闊特有的恐懼比這些都還要大、還要深、還要令他熟悉，他的恐懼不是外在的，而是內化在他內心深處的負面力量，那是對自我的恐懼；他生怕別人看出他有任何與他父親相似的地方。打從孩提時期，他就開始憎恨父親的失敗與無能。即使到現在，他都還記得曾有個孩提玩伴，譏笑他父親為「亞巴拉」（agbala），讓他十分痛苦，他那時才明白，原來「亞巴拉」不僅是稱呼女人的另一個用詞，也可以拿來戲稱沒有頭銜的男人。從此，他整個人就充滿一種激烈的情緒：恨，他恨所有他父親喜愛的事物，其中一個是溫和待人，另一個就是不務正業、遊手好閒。

每到農忙季節，歐康闊總是每天雞啼時分就在田裡幹活，直到雞隻回到雞棚裡才回家歇息。他身強體壯，很少感到疲累，但他的妻兒並不如他強壯，若是跟著他一起耕作，就會覺得很辛苦。不過，他們當然不敢在他面前抱怨。那時，歐康闊的長子恩沃葉才十二歲，但歐康闊就已經因為他時而出現的怠惰而非常操心，至少，在歐康闊的眼中，他就是不夠勤勞；為了糾正他，歐康闊總是不斷指責他、打他。因此，恩沃葉長成面帶愁容的少年。

歐康闊的成功，從他的宅院就可見一斑。他擁有一座由厚厚的紅土圍牆所圍成的大宅院，他自己的主屋，也就是伊博文所謂的「歐比」⑥，就座落在紅土圍牆唯一的大門正對面。他的三位妻子都各有自己的小屋，三座小屋圍繞在主屋兩旁和後面，形成一個半圓；靠著紅土圍牆內的一端是穀倉，裡面堆滿了一根根又粗又長的山藥；圍牆內的另一端是羊圈，而每位妻子都分別在自己的小屋旁蓋雞圈養母雞；穀倉附近有個小房子，那是歐康闊的「靈屋」，也就是神壇，裡頭供奉有歐康闊個人的命運神祇⑦以及祖先神靈。他獻可樂果、食物、以及棕櫚酒來禮敬神祇，同時也為了自己的發展、三位妻子和八個孩子的平安和福祉向祂們祈求。

於是，烏默非亞村的一個女兒在木百諾村遭殺害後，倚克米豐納就住進了歐康闊的家庭。歐康闊把他帶回家的那天，他把大老婆叫過來，把那少年交給她。

「這孩子現在歸我們部族，」他告訴她，「現在交由妳來看管。」

「他會在我們家久住嗎？」她問。

「女人，照著我的話做就好，」歐康闊火爆大吼，然後結結巴巴說，「妳什麼時候變成烏默非亞村的恩帝契耶⑧了？」

就這樣，恩沃葉的母親把倚克米豐納帶到她的小屋去，不提任何問題了。

至於那少年本身則是嚇得不知所措。他不明白這一切到底是怎麼回事，更不明白自己到底做錯了什麼。他怎會知道自己的父親和烏默非亞村女兒之死有關！他只知道有一些人來到他家和他父親低聲說話，最後他被帶出來交給一位陌生人，他的母親痛哭流涕，而他自己則驚嚇得哭不出來。就這樣，那個陌生人帶著他和一位少女，遠離他所熟悉的家園與村落，穿越好多孤寂的林中小徑。他並不認識那位少女，而且後來再也沒和她碰過面。

---

①這句話特別指月光明亮的晚上，人們心中會受鼓舞，充滿希望，連瘸子也不再因為自己身殘，而坐著不動。奈及利亞不僅從前村落沒有路燈，即使現在還是如此（奈國的供電問題一直很嚴重），可以想像月光明亮的晚上與漆黑暗夜在人心中產生的對比。

②歐布也非（Ogbuefi），伊博語，字面上的意思是砍牛的人，但在此是一種頭銜。在伊博文化裡，此字的延伸意為「強人」、「有財富的人」、「樂善好施的人」。有錢的人才養得起牛。伊博族人樂於分享，常常有錢的人殺了自家養的牛後，會煮了請全村的人享用牛肉。「歐布也非」雖然字面上指砍牛的人，但倒不見得拿出牛給大家分享的人就是殺牛的人，而是「把牛分享出來給大家吃的有錢又慷慨的人。」總之，後來「歐布也非」便發展成頭銜。

③原伊博文kwenu為打招呼用語，但大部分只有男人在集會中才會用這字眼與眾人打招呼。用此字打招呼特別表示打招呼人與眾人之間休戚相關的同志或戰友的關係。

④古時伊博族人的祭司他們禮敬神、獻牲祭，能直接與神溝通，為整個村民的生計需要請示神的意思。村人要對鄰近部落發動戰爭，須先透過祭司請示神的許可；村中發生重大糾紛，祭司就是法官仲裁人。而巫師（medicine-man）從字面上直譯，就是醫藥人。但medicine這個字，在伊博人的文化裡除了指治身體病痛的藥，也指醫人靈魂問題（或害人致命）的法術。巫師能看出攪亂人的邪魔，使法術將之驅除。所以相對應於英文medicine這個字的伊博文，在其文化裡一定與神靈有關。

⑤戰靈，原文war-medicine，從伊博文來看，就是指幫助族人攻打他族以保護族人的征戰神靈。

⑥「歐比」的伊博文稱obi，意思是「心」。主屋是伊博族人家庭裡大家長待的地方，也是一家之主接待來訪客人之處；稱之為心，指主屋乃一個家庭的心臟命脈。

⑦原文為personal god 或personal chi。詳見附錄一。

⑧絕對父權的古伊博社會裡，只有長老級人物（「恩帝契耶」[ndichie]）才有資格提問題。

# 第三章

在功成名就之前，歐康闊並不像很多年輕人一樣幸運；他開始時一點也不順遂。他父親烏諾卡並沒有留一座穀倉給他繼承，因為烏諾卡連半個穀倉也沒有。烏默非亞村的人傳說有一次烏諾卡向群山洞府的神示所請示；他想知道為什麼每年他的收成都少得可憐。

神示所裡的神，伊博文叫做「阿巴拉」（Agbala），遠近的人都來向祂請示求教。會向阿巴拉求助的人，有的是因為厄運纏身，有的則是與鄰人起糾紛；有的想知道自己未來的運勢，而有的則是來向已過世的祖先請益。

要進神示所必須經由山腳的一個洞口；那洞口只比雞圈的開口還要大一點。前來敬拜的人以及那些需要神靈幫助的人，都需要匍匐爬行才能鑽入洞口。進入之後會來到一個烏漆抹黑的無底洞府，在他們眼前的就是阿巴拉的神靈。除了阿巴拉的女祭司之外，從來沒有人見過祂的影像，但一個人只要爬進去過這個令人生畏的神示所，無不敬畏阿巴拉的威力。阿巴拉的女祭司會站在洞府中心堆起來的聖火旁，為人揭示阿巴拉神靈的意旨，那聖火並沒有火焰，而是文燒的柴火，只能模糊勾勒出女祭司漆黑的身影。

有時會有人到神示所向他們過世的父親或親人討教。傳說在這樣的鬼靈出現時，人在黑暗中只能看見模糊的影像，但總是無法聽見其聲音。有人甚至說，他們聽到祖先的鬼魂在洞府中飛來飛去，還聽得到祂們的翅膀拍打洞頂的聲音。

多年以前，歐康闊還是個小男孩的時候，他父親烏諾卡曾經向阿巴拉討教。那時阿巴拉的女祭司名叫琪卡，她充滿阿巴拉神靈的力量，人們都非常敬畏她。當時烏諾卡就站在她面前陳述苦衷。

「每年，」他哀嘆說著，「在我種植作物之前，我都會殺一隻公雞來敬拜阿妮，也就是地神。這是我們祖先所定的法則。同時，我也殺一隻公雞禮敬『以非吉歐庫』（Ifejioku），也就是山藥神。種植山藥前，我都會先砍伐雜草雜木，等這些草木乾掉時，我一定放火燒以作為耕地的肥料。雨季的初雨下完，我就把山藥種種下；山藥開始發嫩鬚時，我便開始插竹竿好讓捲鬚纏繞。我一定按時除草——」

「住嘴！」女祭司厲聲叫道，黑暗幽府中迴盪著她高亢的聲音，更形恐怖。「你既沒有冒犯神靈，也沒有得罪祖先。一個人若與神、與先祖都相安無事，那他的收成好壞就要看他下了多少工夫。我們部落所有族群都知道烏諾卡你，懶得使用砍刀和鋤頭。你的鄰人會帶著斧頭到遠一點的處女地披荊斬棘，而你呢，卻把山藥種種在毋須除草的枯竭土地上。你的鄰人會橫跨七條河流去找尋肥沃的耕地，而你卻對難耕的貧瘠土地獻牲祭。你該拿出男人的氣魄下工夫耕作才是。」

烏諾卡是個歹運的人。他的個人命運神祇並不好；歹運一直纏著他，直到他進墳墓；不！應該說，直到他死，因為他並沒有墳墓。他死於連地神都憎惡的腫脹病。伊博族人認為，若一個人身染胃部和四肢的腫脹病，則此人不得死於家中。烏諾卡是被人抬到惡林①中，然後棄置在那裡等死的。曾有個故事講到一個很固執的人，不甘死在惡林中，於是搖搖晃晃走回家，結果還是給人抬回惡林內，還把他綁在一棵樹下。人們相信這種腫脹病為地神所不容，因此其身體不得進入土地的內部深處，這樣的人必須在土地表面發爛腐朽，而且人們不會為他舉行第一次葬禮，更別說是第二次葬禮②了。烏諾卡的命運就是如此。人們把他抬走時，他只帶走他的笛子。

有烏諾卡這樣的人當父親，歐康闊的成家立業之路當然不可能像其他年輕人那樣順遂。烏諾卡既沒有留給他任何穀倉，也沒有任何頭銜，就更別說把什麼年輕的老婆過繼給他了。他的身家背景雖然無法給他任何助力，但他可是打從父親還在世的時候，就已經為自己的未來立下成功的根基；儘管過程緩慢而且艱苦，他就像是著了魔般，整個人沒命地全力衝刺。他確實著了恐懼的魔：懼怕自己會重複父親那種可鄙的生命，以及可恥的死亡過程。

◉

歐康闊的村落裡有一號財富名望兼備的人物；他擁有三個大穀倉、九位老婆、三十個孩子。他名叫恩瓦克比耶，他已經取得部族中的最高榮譽頭銜。歐康闊就是去為他耕作，而賺得了首批山藥種。

他提著一壺棕櫚酒和一隻公雞去面見恩瓦克比耶，還有另外兩位年事已高的鄰人陪同，恩瓦克比耶兩位成年兒子也同在父親的主屋。歐康闊拿出一顆可樂果和一顆辣椒果，在場的人把兩顆果實傳過一遍後，便傳回歐康闊手中。他剝開可樂果說：「我們所有人都該過好日子。我們讚頌生命、祈求長壽、子孫滿堂、祈求豐收、家庭幸福美滿。您追求生命的美好，我何嘗不是如此。我們說，讓鳶鳥棲息，也要讓老鷹棲息；若其中一方不讓對方安歇，願其羽翼斷折。」

在場的人吃過可樂果之後，歐康闊便把置於房屋角落的棕櫚酒拿過來，放在眾人正中央，然後他開始對恩瓦克比耶說話，尊稱他為「恩納－阿義」（nna ayi，我們敬愛的父長）。

「恩納－阿義，」他說，「我向您獻上可樂果，如同我們族人所說，向偉人致敬，能為自我未來的成功鋪路。我來此便是要向您致敬，同時也想請您幫我一個忙。不過，讓我們先喝酒吧！」

在場每個人都謝過歐康闊，然後，訪客便從他們隨身攜帶的羊皮袋取出用作酒杯的牛角。恩瓦克比耶也把綁在屋樑上的牛角酒杯取下。他的兩個兒子中年紀較輕者，同時也是在場年紀最輕的一位，因此他來到中央，拿起酒壺放在左膝上，開始為其他人一一倒酒。第一杯給歐康闊；他必須在其他人開始喝之前，先嚐過自己的酒。接著眾人準備喝酒，先從最年長的開始。在所有人都喝過兩、三杯之後，恩瓦克比耶便差人叫他的妻子過來。他有幾個妻子並不在家，到場的有四位。

「阿娜西不在家嗎？」他問到場的人，她們說她就快來了。阿娜西是他的大老婆，她沒先喝過酒，其他妻子也不能喝，於是她們便站著等她來。

阿娜西是個中年婦女，個子高大、健壯，舉止動作帶著權威。在這個人丁興旺的大家族裡，她儼然是婦女輩裡不折不扣的領導人。她腳上穿著她丈夫頭銜的踝環；只有大老婆才有資格穿戴代表丈夫頭銜的足環。

她走近丈夫，接下他手中的角杯，然後單腳跪下啜了一小口後，把角杯遞還給丈夫。接著她起身，以她丈夫的名字呼喚他後便回到她的小屋，其他妻子也是按照順序，以同樣的方式喝過酒後，一一走回個別的小屋。

她們走後，在場的人繼續喝酒談話。歐布也非・伊狄哥講起棕櫚酒採集人歐比亞可突然決定不再採酒③了。

「這其中必有原因，」他邊說邊用左手背把沾在鬍鬚上的酒沫擦掉，「事出必有因，蟾蜍不可能沒事大白天裡沒命跑跳④。」

「有人傳說神示所對他揭示，他將會在採酒時，從樹上掉下來摔死。」阿布卡里亞說。

「歐比亞可一直是個言行怪異的人，」恩瓦克比耶說，「我聽說多年前，他父親過世沒多久之後，他曾到神示所向我們的神靈請示。神諭對他指示說：『你過世的父親要你殺一隻羊給他獻祭。』你知道他怎麼回應嗎？他說：『您去問我過世的父親，他生前可曾有能耐養過雞⑤？』」聽到這裡，在場的人都開心笑了起來，只有歐康闊除外；他笑得很尷尬勉強。俗語說得好：老太婆一聽到成語格言裡提到枯骨總會渾身不自在⑥。歐康闊想起自己的父親。

最後，為眾人倒酒的年輕人舉起角杯裡剩下一半又濃又白的酒渣說：「酒已經喝完了。」

「我們都看見了。」其他人回答。

「誰要喝剩下的酒渣呢？」他問。

「要幹正事的人就需要喝酒渣。」伊狄哥邊說著邊看著恩瓦克比耶的長子倚約羅，眼中還閃著一種惡作劇的眼光。

每個人都同意倚約羅應該喝下酒渣，於是倚約羅便從弟弟手中接下那半杯酒喝下。伊狄哥說的沒錯，倚約羅確實有「正事」要辦，因為他一、兩個月前剛娶了他第一位老婆。對要進老婆房中「幹活」的人，棕櫚酒濃濃的酒渣非常有益。

「我來想請您幫我一個忙，」歐康闊說，「或許您可以猜到我需要的是什麼。我已經清理出一片耕地，可是苦無山藥種可種。我很清楚要一個人把他的山藥種交托給另一個人，需要什麼條件。現今的年輕人都害怕吃苦辛勞，但我不怕工作的辛苦。敢從高高的桑樹上一躍而下的蜥蜴說，若無人表揚我，我也要表揚我自己⑦。我在大部分人還在吃奶的年紀，就懂得照料自己了。若您能給我一些山藥種，我絕不會讓您失望。」

恩瓦克比耶清清嗓子說：「看到你這樣志高膽大的年輕人，我感到很欣慰。確實，現今很多年輕人軟弱無能。有很多年輕人來向我要山藥種，但我都一一回絕，因為我知道他們把球莖種在土裡就不管了，到頭來只會讓嫩鬚給雜草淹沒。那些被我拒絕的年輕人會認為我冷酷無情，其實他們想錯了。故事中那隻叫艾尼凱的鳥兒說，打從人類學會百發百中射鳥之後，我也學會要高高飛翔，不多做歇息⑧，我也是後來才學會要吝惜山藥種。但我對你有信心，光是看你的神情，我就知道你與眾不同，就如同我們祖先說的：玉米是否已經成熟，看外表就知道。我會給你兩次的四百顆山藥種，你回去儘管放心準備你的耕地吧！」

靠收益分成的佃耕來建造自己的穀倉，既辛苦而且緩慢。辛苦耕耘了一整季，只能分得三分之一的收成。但既然自己的父親沒有山藥，也只能用這個辦法了。讓歐康闊加倍辛苦的是，他得從自己微薄的收成裡，拿出一部分來扶養他的母親和兩個妹妹。而扶養母親，就表示也得扶養父親，總不能叫母親自己煮自己吃，然後看著她的老公餓肚子。就這樣，歐康闊年紀輕輕就得一面辛苦佃耕來建立自己的穀倉，一面還得照顧父親的家庭，這就好比把一根根玉米裝進一口充滿破洞的袋子一般。他的母親和妹妹也很辛勤耕作，但她們種的僅是芋頭、豆子及木薯這類的婦女作物，主食山藥才是作物之首，也是男人才種得起的作物。

◉

歐康闊從恩瓦克比耶那裡取得八百顆山藥種的那一年，是部落中有記錄以來最難耕作的一年，可以說風不調雨不順，該來的不是來得太早，就是來得太遲，彷彿整個世界都變得狂亂一般。初雨來得太遲，而且持續不到幾天就下完了，於是炎熱的太陽很快又回來，而且異常兇猛炙熱，結果把所有之前在雨中長出的嫩芽都烤焦了，曬得如燒紅火炭的土地把所有在雨中種下的山藥都烤熟了。歐康闊跟所有勤勞農夫一樣，下初雨時就把山藥種種下，他種完四百顆山藥種之後，初雨就停了，結果熱浪回襲。整天他看著天空，巴望著雨雲出現；整夜他躺在床上，無法成眠。一早回到田裡，眼睜睜看著嫩鬚枯萎。為了保護嫩鬚不讓悶燃的土地烤焦，他編了一圈圈波羅麻葉覆蓋在嫩鬚周圍，但到最後，連波羅麻葉圈也被烤成乾灰。他每天都更換新的麻葉圈，每天都祈禱夜裡能下雨，但乾旱持續肆虐了八個市集週，到最後，所有山藥種都毀了。

有些農夫還沒開始種植，他們就是那些懶散隨便的農人，總是拖到不能再拖了，才動工開闢耕地。那一年他們儼然成了智者。表面上他們搖頭同情那些勤勞農夫的遭遇，暗地裡卻幸災樂禍，慶幸自己有「先見之明」。

雨終於下下來了，歐康闊便把剩下的山藥種種下。讓他感到欣慰的是，乾旱期之前所種的山藥，是他自己的山藥種，是去年收成所存下的。恩瓦克比耶給他的八百顆山藥種和他父親友人給他的四百顆還安然無恙，他可以從頭來過。

但那一年的時序真的全狂亂了。乾旱後下的雨真是不下則已，一下便沒完沒了。連日連夜，雨猛烈傾倒，把埋山藥的土墩都沖刷掉了。樹木被連根拔起，到處都出現深深的凹洞。後來雨不再那麼激烈，但還是日復一日連綿不斷，該在雨季中期出現的太陽遲遲沒有露臉。山藥長出茂盛的綠葉，但所有農人都知道，沒有陽光，便長不出塊莖。

那年的收成真是令人哀慟，彷彿舉行葬禮一般，很多農夫挖出一塊塊淒慘發爛的山藥塊莖時，都忍不住哭了出來。有個人甚至把布綁在樹枝上，上吊自殺。

之後，歐康闊每憶起那一年的收成悲劇，便整個人打寒顫。想到自己並沒有被如此沉重的絕望淹沒，也覺得很詫異，他自知自己是個勇猛的鬥士，但那一年也確實足以擊垮一名英勇戰士的心。

「既然那一年沒有把我打敗，」他總是如此說道，「那表示沒有任何事可以把我打敗。」他把自己如此的承受力歸功於不屈不撓的意志。

他父親烏諾卡那時已年老體衰，在兒子經歷那個恐怖淒慘的收割月時，曾對他這麼說：「別喪志！我知道你不會喪志的。你很有男子氣概，也很有傲心，這樣的心，可以抵抗這種普遍大眾都得忍受的挫敗。要知道，若只有你一個人承受失敗，那鐵定會更艱苦、更不好受。」

在他生命的最後歲月裡，烏諾卡變得如此嘮嘮叨叨；他的嘮叨隨著年歲與疾病與日俱增；他的嘮叨以一種言語難以形容的景況，折磨他兒子的耐性與神經。

---

① 「惡林」原文evil forest，作者在第十七章會特別解釋「惡林」的由來，讀者看到那一章，就會明白為何惡林會充

滿著各種的邪惡勢力與黑暗力量。

②有關古伊博民族的葬禮傳統，詳見附錄一。

③棕櫚酒的「製作」方法和其他很多種類的酒不一樣。其他的酒需要放在酒桶中醞釀，但棕櫚酒則是人直接爬上棕櫚樹，在其靠頂端處挖個洞，把瓶子或其他可承裝溶液的容器置入洞中之後，接下來便是幾天的等待。幾天之後再爬上去，取出瓶子時，會看到瓶中已經裝有液體；那是棕櫚樹的「汁液」，液體中有天然的酒精成分，故名棕櫚酒。

④這是句著名的伊博諺語，字面上的意思是，大白天若看到蟾蜍慌亂逃命，必定是因為牠後面有東西在追趕著要把牠吃掉。用在這裡的意思，是要說明採酒人不可能無緣無故就不工作了。

⑤此話的意思是：如果一個人生前連一隻雞都養不起，死後竟然要兒子殺羊來給他祭拜，未免要求太過分。那時只有較富有的人家才養得起羊。

⑥老太婆聽到格言裡提到枯骨會不自在，因為自己活在世上的日子不多，很快也會變成一堆枯骨。在這裡歐康闊所以笑得不自在，因為他的父親就像歐比亞可的父親一樣，窮到連雞都養不起。

⑦這句話典出伊博族的一個寓言故事。故事說到有隻蜥蜴與其他蜥蜴很不一樣，其他蜥蜴是沿著桑樹樹幹一步步爬下來，但這隻蜥蜴卻敢直接從樹上一躍而下，不懼危險；但沒人讚美牠，於是牠決定表揚自己，因為只有牠自己知道自己展現了多少的膽識。

⑧這句諺語的意思或許可以拿我們的一句成語「道高一尺，魔高一丈」來做比較。讀者須知，恩瓦克比耶之前的遭遇是如何，以致於後來他學乖了，不再隨便給年輕人山藥種。他不是白白給出他的山藥種當禮物；拿了他山藥種的人把種種下後，收成的三分之二必須還給他——這是他們的佃耕規則。若種的人勤奮苦耕，收成好，那麼給山藥種的人必會連本帶利回收。但若種的人懶惰，收成慘澹，對給出山藥種的人來說，等於投資失敗。

# 第四章

「看著國王的嘴巴，」一位長者說，「你還真會以為他從未吸吮過母親的奶水呢！」這番話是在說歐康闊，他從赤貧與逆境之中迅速崛起，一躍而成為部族中的領導者。那位長者對歐康闊並沒有什麼惡意；事實上，他非常讚佩歐康闊的勤奮與成就，但他和大多數人一樣，看到歐康闊粗暴無禮對待較無成就的人，都感到很震驚。上一週他們開宗族大會討論下一次的祭祖盛典時，有一個人對歐康闊的想法提出反對意見，歐康闊瞧也沒瞧那人一眼就說：「只有男人才能參與這次的會議。」這個反對他的人並沒有頭銜，歐康闊故意說這話暗指他為女人。他很清楚如何打擊人的自尊。

歐康闊把厄蘇哥譏諷為女人時，宗族大會上每個人都站在厄蘇哥這一邊，在場年紀最長的人厲聲對歐康闊說，若是仁慈的神靈替一個人搗碎了棕櫚果核，那人就不該忘記要謙虛待人①。歐康闊當場為自己說了不該說的話道歉，然後會議繼續。

但若說歐康闊的棕櫚果核有仁慈神靈幫忙搗碎，對他並不公平，他是靠自己的力氣把果核一一打碎的。任何人若了解他如何咬緊牙根、竭盡力氣，掙脫貧窮與逆境，絕不會說他是幸運兒。若有什麼人真正值得功成名就，那人便是歐康闊。他年紀輕輕就因為變成全伊博族最厲害的摔跤手而一舉成名，那可不是靠運氣。別人頂多可以說，他的「祈」（chi），也就是他個人的命運神祇是好的。但伊博族也有句格言說，一個人若堅持說「我行」，那他的「祈」也會首肯；歐康闊堅定有力說出「我行」，所以他的「祈」也同意配合，到後來，不僅他的「祈」，連他的部族也對他點頭，因為伊博族按個人所成就的功績來評斷一個人。正因如此，烏默非亞九個村族的人一致推派歐康闊為使者到鄰村去宣戰，除非他們願意犧牲一位少年及一名處女，來彌補他們殺害烏杜之妻的罪過。他們確實對烏默非亞村萬分敬畏，把歐康闊當國王一樣禮敬，恭恭敬敬地把一名處女帶到他跟前，好替補烏杜被殺害的妻子，同時也獻上一位名為倚克米豐納的少年。

部族長老一致同意倚克米豐納該由歐康闊照管一陣子，沒有人知道那孩子會在他家待上三年，長老好像一做完決定就忘了那孩子的存在一樣。

一開始，倚克米豐納非常害怕，有一、兩次他試著想逃，卻不知道要從哪裡開始逃。一想到他的母親和他三歲的妹妹，他就哭得很傷心難過。恩沃葉的媽媽非常善待他，把他當成自己的兒子般看待，但他卻只會說：「我什麼時候可以回家？」歐康闊聽到他什麼也不吃時，便手拿一支大棍子，盯著他顫抖地吞下山藥；片刻過後，他便跑到小屋後，痛苦地把肚裡的食物全吐光。恩沃葉的媽媽會過去以手撫慰他的胸膛和背。不久他病了三個市集週，他終於恢復過來後，似乎也變得不再那麼害怕、哀傷了。

倚克米豐納本性活潑靈敏，很快便贏得歐康闊全家上下的喜愛，特別是孩子們。小他兩歲的恩沃葉甚至變得和他形影不離，因為他好像什麼都知道：他會用竹子或甚至是大象草造笛子；他能叫出各種林中鳥的名稱；他會設巧妙的陷阱捕捉灌木叢中的兔子；而且他知道哪一種樹的樹枝，能造出最堅固的弓。

就連歐康闊自己也變得很喜愛這孩子，不過當然他不會表現出來，他從來不會顯露出自己的情感，他只會表現生氣的情緒，他認為讓情感顯露出來是一種軟弱的表現。他覺得唯一值得彰顯出來的，就只有拳頭和力氣了。因此，他對待倚克米豐納就如同對待其他所有人一樣——高壓控管。但他喜歡這男孩，這點毫無疑問。有時他參加大型的村落會議或宗族祭祖盛宴時，會像父親對待兒子般，要倚克米豐納隨同，叫他幫忙拿板凳、提羊皮袋；而的確，倚克米豐納也稱呼他為爸爸。

倚克米豐納來到烏默非亞族時，正值第一次收割後與第二次耕種前之間的一段農閒期季末。事實上，他從重病中恢復後不到幾天，村子便開始過和平週。而就在那一年的和平週其中一天，歐康闊破壞了該守的和平與秩序，於是根據傳統的規矩，土地女神的祭司艾籍阿尼要降下處罰。

當時他大發雷霆，不過他生氣不是沒來由的。他的三老婆那時到她朋友家去給人編頭髮，卻沒有早點回家煮午後的餐點。剛開始歐康闊並不知道她不在家，他在主屋等她把食物端過來，空等了一陣子後，便到她的小屋去看她在做什麼。他發現小屋裡一個人影也沒有，煮食用的柴火冷冷躺在地上。

「歐嬌歌到哪裡去了？」他問他的二老婆。她人正巧從她的小屋出來，到宅院中央一棵小樹下的大水缸取水。

「她出去編頭髮了。」

歐康闊咬著嘴唇，心裡頭一股怒氣昇了上來。

「她的孩子們都到哪裡去了？她把他們也帶出去了嗎？」他壓住怒火，裝作冷靜問著。

「他們在我這裡。」他的大老婆，也就是恩沃葉的母親，如此回答。歐康闊彎著腰從她的小屋裡頭望過去，歐嬌歌的孩子正和大老婆的孩子一起用餐。

「她出去前交代你要餵她的孩子嗎？」

「是啊！」為了掩飾歐嬌歌的粗心，恩沃葉的母親說謊。

歐康闊知道她沒有說出實情。他走回他的主屋等歐嬌歌回來，她回來時他把她狠狠痛打了一頓，盛怒之下，他根本忘記大家在過和平週。大老婆和二老婆十分驚恐跑出來，懇求他要守聖週的規矩，但歐康闊不是那種打人打到一半就能停手的人，即使他敬畏聖週的女神也辦不到。

歐康闊的左右鄰人聽到他老婆的哭聲，紛紛隔著牆詢問發生了什麼事，有人乾脆走過來看個究竟。在聖週打人是非常駭人聽聞的。

天還沒暗，土地女神阿妮的祭司艾籍阿尼便到歐康闊的主屋造訪他。歐康闊拿出可樂果擺在祭司面前。

「把你的可樂果拿走吧！我才不會在一個不尊重先祖與神祇的人家裡吃可樂果呢！」

歐康闊試著把他老婆不當的行為解釋給祭司知道，但艾籍阿尼卻好像不在乎他在說些什麼。祭司手中拿著一根短杖，他好幾次把短杖放到地上，好強調他要說的重點。

歐康闊說完後，艾籍阿尼緊接著說：「你仔細聽好，在我們烏默非亞村，你不是新來的；你和我都非常明白，我們先祖明定，開始在土地上撒種的前一週裡，不准對周遭的人用粗暴的言語說話。在此聖週裡，大家和平相處，就是為了要禮敬偉大的土地女神；沒有土地女神的祝福，我們的作物就不會長得好。你做了一件很嚴重的惡事。」他重重把短杖丟在地上。「你老婆確實有錯，但即使你回到主屋，看到她的情人騎在她身上而出手打她，照樣是嚴重犯了聖週的規矩。」他再次把短杖放到地上。「你做的這件惡事有可能把整個部族毀掉，土地女神有可能因為你對她如此的藐視與侮辱，而不給我們收成。果真如此的話，我們部族豈不全都要亡了？」這時他的口氣由憤怒轉為命令。「明天你得帶著一隻母羊、一隻母雞、一段布匹及一百貝幣到阿妮的廟祠給土地女神獻祭。」說完他便起身離開。

歐康闊按照祭司的命令給女神獻祭為自己贖罪，同時還帶著一壺棕櫚酒。他內心深處確實頗具悔意，但他不是那種會到處跟鄰人說自己犯錯的人，於是，人們說他不尊重宗族所敬拜的神祇；他的仇敵說他讓自己的好運沖昏了頭；他們說他就如同故事裡那隻叫恩呃的鳥一樣，享用過一頓大餐之後，竟膽敢挑戰他的祈。②

和平週期間，人們不從事任何工作。人們會去拜訪街坊鄰居，一起喝棕櫚酒。那一年他們聊天的話題無他，盡是關於歐康闊違反土地和平這件事。這是好多年來首次有人打破聖週的和平，即使是最老一輩的人，也只能記起在遙遠模糊的過去，曾發生過一、兩樁類似的事件。

村中年紀最大的歐布也非．艾藉烏杜對兩位拜訪他的人說，關於違反聖週和平的懲處方式，在他們部族已經變得很溫和了。

「從前可是非常嚴苛的，」他說，「我父親曾對我說，他聽人講在以前若有人破壞和平週的和平，會被人拖在地上穿過整個村落一直到他死為止。但過了一段時間之後，這種嚴苛的處罰傳統就遭禁止了，本來懲罰的用意是為了維持和平，但過於嚴苛殘忍，反而更破壞了和平。」

「昨天有人告訴我說，」其中一個年輕人說，「有些部族對於在聖週過世的人都非常憎惡。」

「沒錯，」艾籍烏杜說。「歐布都阿妮部族就有這樣的傳統。他們對任何在聖週過世的人，都不會舉行葬禮，還會把屍體丟到惡林裡。他們缺乏見識才會遵守這種不良的傳統，他們沒有舉行葬禮就丟棄了很多男人女人的屍體，結果是什麼呢？他們部族充滿著那些未經葬禮之亡者的惡靈；滿懷怨懟的惡靈回來只會急著傷害部族的生者。」

◉

和平週過後，每個男人以及他的家人便開始清理雜草灌木，準備新耕地。砍下的草木會被置於原地，等乾掉後放火燒作肥料。火燒時，衝上天空的煙會引來鳶鳥從四面八方飛來，在焚燒的耕地上頭盤旋，彷彿在做沉默的告別。③雨季就要來臨，鳥兒會飛走，直到乾季時再飛回來。

接下來幾天，歐康闊開始準備山藥種。他仔細審視每條山藥，長得優良的便可做種。有時若他覺得有些山藥過大，拿來做一顆種太浪費，便會很熟練地用他那把利刀，沿著其長度把山藥切成兩半做成兩顆種。他的長子恩沃葉以及倚克米豐納會幫他到倉庫裡取山藥，放在長籃裡拿到他跟前。等到一顆顆山藥種做好之後，他們會幫忙數數，四百顆放成一堆。有時歐康闊會給他們每人一些山藥，讓他們學做山藥種，但他總是語帶威脅，嚴厲數落他們的過失：「你們以為現在切山藥是為了煮山藥粥嗎？」他問恩沃葉：「你再把山藥切成這種大小，小心我打斷你的下巴。你以為你還是個小孩嗎？我在你這個年紀就開始經營自己的耕地了。還有你——」他接著對倚克米豐納說，「你們的村落難道不也是種山藥嗎？」

其實歐康闊心裡明白，這兩個孩子年紀都還太輕，無法完全精通準備山藥種的複雜技巧，但他認為這種事愈早學愈好。山藥代表男人的力氣，一個男人若每次收成都能餵飽家人，就是一個很了不起的人。歐康闊希望他的兒子能成為了不起的農人、了不起的男子漢。他認為在他兒子身上，他已看到些許令他不安的懶惰跡象，因此他會不遺餘力，想辦法加以根除。

「我絕不允許我的兒子在宗族聚會裡抬不起頭來。與其讓我兒子丟我的臉，乾脆儘早親手把他掐死。如果你繼續像這樣站著瞪我，雷神阿馬迪奧拉④準會打破你的頭。」

幾天過後，兩、三陣大雨滋潤了大地，歐康闊和他的家人便帶著裝成好幾籃的山藥種、鋤頭，還有彎刀，到他們的耕地開始種植工作。他們把整個耕地整成一排排成直線的土墩，然後把一個個山藥種種在土墩裡。

山藥是作物之王，而且是個要求很嚴厲的國王。人們得花三、四個月的時間，辛苦工作來照顧它的需要。從一早雞鳴開始，到傍晚雞隻回到雞舍的巢窩棲息為止，都要盡心服侍它。山藥一長出嫩鬚，便需要編一圈圈的波羅麻葉來保護它，免受地熱侵襲。一旦進入雨量較大的時期，婦女會在一排排的土墩中間種植玉米、香瓜以及大豆，同時也要插樁來支撐開始攀爬的山藥鬚；剛開始插細枝，到後來便得插粗大的樹枝。在山藥生長的三次固定時段裡，婦女必須清除耕地的雜草，而且除草的時間不得過早，也不能過晚。

此時雨季進入全盛期，不僅雨量大，而且連綿不斷，即使村落的求雨法師⑤也不敢宣稱有辦法加以干預。此時求雨法師已經無法阻止雨勢，就如同在乾季的中心時段裡，若法師堅持施法求降雨，鐵定會嚴重傷害自己的健康。對抗極端氣候力量所消耗的個人精神能量，會嚴重打擊人的精神體魄。

因此在雨季當中，沒有人敢干預大自然的力量。有時，大片大片的雨傾盆倒下，整個土地與天空同是一片白茫茫的濕氣，這時沒人能清楚分辨，雷神阿馬迪奧拉的隆隆雷聲到底是來自天上，還是來自地下。在這些時候，烏默非亞族數不清的茅草屋裡，孩子會圍坐在媽媽煮食的火旁說故事，不然就是和父親一同圍坐在主屋的柴火旁，邊取暖邊烤玉米、吃玉米。在艱辛的種植季節與同樣吃力但比較輕鬆的收成季節之間，就有這麼一段短暫的休閒期。

現在，倚克米豐納已經開始覺得自己歸屬於歐康闊的家庭。他還是會想念他的母親和三歲妹妹，還是會有哀傷憂鬱的時候，但因為他和恩沃葉彼此已經建立起深深的友誼，他憂傷的次數也就愈來愈不頻繁，憂傷的程度也愈來愈減輕了。倚克米豐納有說不完的民謠故事，即使是恩沃葉已經聽他說過的故事，他也有辦法融合他現在所屬宗族的當地文化，以嶄新的角度再說一遍。恩沃葉直至終老都還能清楚記得，這段他與倚克米豐納相處的時日，他甚至還記得倚克米豐納曾對他說，那種長有少數稀稀落落玉米粒的玉米穀穗，正確名稱應該叫做艾其－阿嘎地－恩瓦意（eze-agadi-nwayi），也就是老太婆的牙齒。他記得倚克米豐納如此生動的形容，令他開懷大笑，那時恩沃葉會立刻想到住在烏達拉樹附近，一位叫做恩瓦葉卡的老太太，她只剩下三顆牙齒，而且總是抽著她的煙斗。漸漸地，雨量愈來愈少，不再那麼頻繁，陸地和天空也不再連成一色。細雨透著陽光與微風，斜斜飄下來。孩子們也不再待在屋內。他們四處跑著、唱著：

細雨飄飄、陽光照耀，
孤孤單單，恩納迪自己煮食、無人照料。

恩沃葉總是納悶，到底恩納迪是誰，又怎麼會孤單自己一個人，自己煮自己吃呢？最後他認為，恩納迪應該就住在倚克米豐納最喜愛的故事所創造出來的國度裡，故事裡威風的蟻王掌理著牠的王宮，而且白沙永遠跳躍舞動著。

①奈及利亞人所有族群的人在煮食時，都盛行把像是蝦米、芋頭、山藥等的食物放在磨臼裡搗碎。搗碎後的山藥可以做成山藥福福或山藥糕。搗碎的蝦米和芋頭放在蔬菜湯裡，可以讓湯變得更加濃稠美味。搗碎食物這種工作其實相當吃重，尤其因為伊博族通常為大家庭，需要搗碎的食物，比方說山藥，通常很大量，所以相當吃力。棕櫚樹在伊博族屬非常重要的經濟作物：棕櫚油是他們最重要的食用油，而在歐洲國家勢力進入非洲之前，棕櫚酒則是伊博族人唯一享用的酒品。棕櫚油就是來自棕櫚果核。他們搗碎棕櫚果核除了可以製作棕櫚油之外，將搗碎的棕櫚果核加熱水，取其汁液，可以製作非常可口的燉鍋沾醬。但要將大量的棕櫚果核搗碎（當然要大量，否則能製作多少棕櫚油和沾醬呢？）是比搗碎山藥和芋頭還要吃重的工作。因此，才會衍生出文中這句諺語。

②原本的諺語是：恩咂鳥飽餐一頓後便把牠的神祇給忘了。放在伊博文化裡，這句話是指人享福了後便想與全部族的福祉作對。

③鳶鳥在燃燒的耕地上空盤旋，當然不是真的在與人做沉默的告別，而是因為人燃燒土地時，很多「食物」（如地鼠等）為了避免被嗆死，就會從地底跑出來，鳶鳥可以趁機飛衝下來啣走。燃燒過土地後，雨季就會來臨，雨一來，鳶鳥就沒搞頭了，當然要飛往別處較乾燥的地方。

④雷在伊博族的傳統裡，代表正義的神，他們認為犯錯的人會遭雷神懲罰。

⑤現代人用化學藥劑讓雨降下或把雨趕走，但在伊博族，（即使是今日）他們有求雨法師。這種法師可以做法使雨降下，也可以施法把雨趕走。若非乾旱期或氣候極端異常，法師為了作物的生長會應部族的請求施法讓雨降下；而若有人必須在雨季舉行葬禮，只要不是雨季的全盛期，也可以請法師做法把雨趕走。求雨法師必須過著某種嚴謹操持的修行生活，才有辦法把肉體的需要倒空，方能與神靈合作使雨降下或不下。

# 第五章

新採山藥節①就要來臨了，整個烏默非亞村都籠罩在節慶的氣氛裡。人們趁此佳節對土地女神阿妮獻上感謝；阿妮是生產力的泉源。在人的一生當中，阿妮所扮演的角色比任何其他神祇都重要，祂也是人們道德行為的最高法官②。更重要的是，祂和宗族的先祖有很密切的聯繫；因為他們的身體都已回歸土地，獻給了土地。

每年開始收成前，都會舉行新採山藥節來禮敬土地女神及宗族先祖的靈魂。人們必須先把一些新採收的山藥獻給上述神靈，才能開始享用山藥收成。男人、女人、老人、小孩，個個都期待新採山藥節，因為這節日開啟了豐收季的來臨，也就是新年。節日前夕，那些還存有舊山藥的人家會把舊的山藥丟掉，新的一年到來，就要吃新鮮可口的山藥，不要再吃那些早已枯萎、多纖維的老山藥。所有的鍋子、葫蘆容器、木製碗盤都被洗得乾乾淨淨的，特別是搗磨山藥的木頭磨臼。山藥福福③和濃蔬菜沾醬湯④是慶典上的主食，會準備很多，不管家庭成員多麼會吃，也不管他們從鄰村邀請了多少親戚朋友前來共享盛宴，最後總還是會剩下很多食物；人們一直喜歡流傳這麼個故事：有一個富有的人，在客人面前擺了一大團堆得高高的山藥福福，高到坐在這一邊的人看不到另一邊的景象。等到向晚時分，坐在這邊的某個人才首次看到他的一個親戚，原來這個人也同樣受邀但晚一些才到，正坐在另一邊埋頭拼命享用。等到那個時候，他們才互相問候，各伸出右手在剩下的食物上頭握手問安。

因此，新採山藥節使得整個烏默非亞村喜氣洋洋。只要手臂夠強壯的人⑤，都會從遠近邀請許多客人前來一同歡慶佳節。歐康闊總會邀請他妻子娘家的人過來，他現在已經有了三位老婆，因此過節時，他家總是門庭若市。

但不知怎地，歐康闊總無法像大多數人那樣興致勃勃歡度節慶。他是很會吃沒錯，而且一次可以喝下一、兩大壺的棕櫚酒，但要他鎮日坐著等待節日到來或等節日過完，他總會渾身不自在。他寧願下田工作。

再過三天就是新採山藥節了。歐康闊的三位妻子忙著把圍牆和屋子前前後後搽上紅土，直搽到屋牆到處發亮為止。接著，她們在牆上畫上白色、黃色及暗綠色的花紋圖案。然後，她們用紫檀木製成的染劑粧點自己，再在自己的肚子上和背上畫上黑色的美麗圖案⑥。她們當然也會裝扮孩子們，特別是會把孩子的頭髮剃成漂亮的圖案。

這三個女人很興奮談著將受邀前來的故鄉親屬，而孩子一想到會受到母親故鄉親人的寵愛，也是喜孜孜的。倚克米豐納也同樣感到很興奮，他覺得這裡的新採山藥節比他自己村落的還要隆重熱鬧。不過，在他的想像中，他原來的村落也變得遙遠模糊了。

想不到卻有一場風暴襲來。一直壓抑著怒氣在院子裡漫無目的走來走去的歐康闊，突然找到了怒氣的出口。

「誰毀了這棵香蕉樹？」他問。

院子裡頓時一片寂靜。

「是誰幹的？怎麼你們全變聾變啞了？」

事實上，那棵香蕉樹依然生意盎然，歐康闊的二老婆只不過剪了幾片香蕉葉來包裹食物，而她也照實這麼對他說。結果歐康闊二話不說便狠狠揍了她一頓，她和她唯一的女兒哭成一團。另外兩位妻子只敢站在安全距離之外，間或小心翼翼求著說：「夠了！夠了！歐康闊夠了。」根本不敢真的加以阻止。

歐康闊發洩了怒氣之後，決定出去打獵。他有一把生銹的槍，多年前，一位到烏默非亞村定居的聰明鐵匠，打造了這把槍。只是，雖然大家都知道歐康闊是個英勇無畏的傑出人物，但他卻不擅長打獵，事實上，他從沒用這把槍射殺過半隻老鼠。所以，他叫倚克米豐納去取槍的時候，那位剛被他揍得很慘的老婆低聲抱怨，說什麼那把槍只是擺著好看之類的話。很不巧，歐康闊全聽到了，結果，他氣急敗壞衝進屋內，很快取了那把上了膛的槍後，衝出屋外把槍對著她瞄準，而她則費勁地爬過穀倉的那道矮牆。他按了板機，立刻爆出的巨響伴隨著妻兒的哭號。他丟下槍枝躍進穀倉，他的妻子躺在那裡嚇得全身發抖，還好沒有受什麼傷。他深深嘆了一口氣後，拾起槍走出去了。

雖然發生了這個事件，歐康闊全家大小還是歡天喜地慶祝新採山藥節。當天一早，他以新採的山藥和棕櫚酒祭拜祖先，祈求祂們在新的一年裡繼續保佑他和他的妻兒。

那一天，他的親戚陸陸續續從三個不同的鄰近村落到來，每一房親戚都各帶著一大壺棕櫚酒。大夥兒吃吃喝喝，直到晚上，歐康闊的親戚才回去。

新年的第二天是歐康闊的村子與鄰近村落舉行摔跤大賽的日子；到底人們是比較喜歡第一天的山藥盛宴、與親友的聯誼，還是第二天的摔跤賽，這也很難說。不過有一個女人對這問題的答案非常確定，就是歐康闊的二老婆艾葵妃，也就是三天前差點被他射傷的那一位。一年當中不管是什麼季節的盛宴，都無法像摔跤賽那樣令她興奮。多年前，她還是村子裡的大美女時，歐康闊在那場人們有記憶以來最了不起的摔跤賽中，打敗了怪貓，贏得她的芳心。當時她沒有嫁給他，因為他付不起聘金，但不到幾年，她便逃離她丈夫，過來與歐康闊同住。那已經是多年前的事了。現在艾葵妃已是四十五歲的中年婦女，而且吃過不少苦頭，但她對摔跤賽的熱愛，還是像三十年前一樣強烈。

新年第二天還不到正午時分，艾葵妃與她唯一的女兒艾琴瑪坐在煮食的火旁等水煮沸。艾葵妃把她剛殺死的雞放在磨臼裡。水開始沸騰時，她快手快腳把鍋子從火上提起，迅速把滾燙的水淋在雞上頭。她把倒空的鍋子放回角落一個墊子上，看著她那雙給油煙染黑的手掌。艾琴瑪對於母親有辦法赤手把熱鍋從火上提起，總覺得非常訝異。

「艾葵妃！」她說，「人一旦長大，就不會被火燒傷，這是真的嗎？」艾琴瑪和大部分孩子不一樣，會直呼她母親的名字。

「是啊！」艾葵妃答道；她很忙，沒時間和女兒爭辯。她女兒才十歲，但她很聰明，彷彿已不只十歲。

「但恩沃葉的媽媽前幾天因為手上的鍋子裝滿熱湯，把鍋子摔落在地上，結果把鍋子摔破了。」

艾葵妃把磨臼裡的雞翻過來，然後開始拔毛。

「艾葵妃！」艾琴瑪邊說邊和媽媽一起拔雞毛，「我的眼皮在跳耶！」

「那表示妳就要哭了，」她母親說。

「才不是呢！」艾琴瑪說，「是這隻眼皮，上眼皮。」

「那表示妳將會看見某種不凡的景象。」

「我會看見什麼呢？」她問。

「我怎會知道呢？」艾葵妃要女兒自己想出答案。

「啊哈！」艾琴瑪最後終於想到了，「我知道是什麼了——摔跤大賽。」

最後整隻雞終於拔乾淨了。艾葵妃試著把尖尖的雞喙拔掉，但太硬了，於是她坐在矮凳上轉個身，把雞嘴放在火裡燒了一會兒，再拔一次，雞嘴就拔掉了。

「艾葵妃！」叫聲從另外一個小屋傳出來，那是恩沃葉的媽媽——歐康闊大老婆的叫聲。

「叫我嗎？」艾葵妃回應道。有叫聲從外面傳來，被叫的人都是這麼回應。他們從來不會直接說：「什麼事？」生怕發出叫聲的是某個邪靈。

「妳可不可以叫艾琴瑪拿些炭火過來給我？」她自己的孩子和倚克米豐納都到河邊去取水了。

艾葵妃把一些燃燒的炭火放在一只破鍋子裡拿給女兒，艾琴瑪走過清掃得乾乾淨淨的庭院，把東西交給恩沃葉的母親。

「謝謝妳，恩瑪⑦！」她說。她正在削山藥皮。在她一旁的籃子裡放有綠菜和黃豆。

「我來幫妳生火吧！」艾琴瑪說。

「謝謝妳，艾齊寶（ezigbo）！」她說，她常叫她「艾齊寶」，意思是好孩子。於是艾琴瑪到屋外去，從一大捆柴火取出幾根柴枝。她腳跟踩著柴木，以手把柴枝折成小塊後，便開始起火，一邊吹著氣試著助長火苗。

「妳會吹到眼珠掉出來的。」恩沃葉的母親一邊削著山藥，一邊抬頭看著她說。「用扇子吧！」她站起來把一根繫在屋樑上頭的扇子拿下來。她一站起來，一頭討人厭的母山羊原本很守本分，吃著山藥皮，這時趁機開始享用去了皮的精髓，只見山羊迅速吃了兩大口山藥後，便逃離了小屋，躲到山羊圈裡反芻去了。恩沃葉的母親罵了那母山羊幾句，又坐下來繼續削山藥皮。艾琴瑪的柴火現在已升起了厚厚的濃煙，她繼續搧扇子直到火焰冒出。恩沃葉的母親謝過她之後，她便回到她母親的小屋去了。

這時，她們聽見遠方傳來咚咚咚的鼓聲，鼓聲是從「倚婁」（ilo），也就是村子中央的活動空地傳過來的。每個村子都有屬於該村的倚婁，自建村之始就已經存在，所有盛大的典禮以及舞蹈活動都是在倚婁舉行。錯不了，這鼓聲的節奏正是摔跤賽前的舞蹈——輕快歡樂的節拍隨風飄揚。

歐康闊清了清喉嚨，雙腳隨著鼓聲的節奏跳動。自年少以來，每聽到這鼓聲，他就全身熱血澎湃；這鼓聲令他整個人充滿征服的慾望，那就好比男人意欲征服女人的渴望。

「我們再不去，看摔跤賽就會遲到了。」艾琴瑪對她母親說。

「要等到太陽下山，比賽才會開始。」

「但他們已經在擊鼓了。」

「沒錯！正午開始擊鼓，但摔跤賽得等到太陽下山。去看看妳父親是否已經把下午要吃的山藥拿出來了。」

「他已經拿出來了，恩沃葉的媽媽已經在煮了。」

「那妳去把我們的份拿過來吧。我們得趕快煮，否則真的會趕不上看比賽喔！」

艾琴瑪往穀倉的方向跑過去，然後從矮牆上拿回兩條山藥。

艾葵妃趕快削山藥皮。那隻討厭的母山羊又開始四處嗅聞，這會兒已過來吃山藥皮了。她把山藥切成丁，準備用一小塊雞肉煮粥。

這時她們聽見有人在庭院圍牆外哭了起來，哭聲像是恩沃葉的妹妹歐比雅格莉的聲音。

「那不是歐比雅格莉在哭嗎？」艾葵妃大聲對在庭院另一邊恩沃葉的母親這麼說。

「是啊！」她應道，「她鐵定是打破水缸了。」

那哭聲現在已經很接近了，很快地，孩子們一個一個走進庭院，每個人頭上都頂著一個適合其年齡大小的水缸。最先進來的是倚克米豐納；他頂的水缸最大，緊跟在後面的是恩沃葉和他的兩個弟弟。歐比雅格莉殿後，她臉上淚水縱橫，手上拿著原本該放在頭上墊水缸的布墊。

「發生了什麼事？」她母親問她。歐比雅格莉可憐兮兮地跟她母親說事情經過。她母親安慰她，並保證會給她買一個新的水缸。

恩沃葉的兩個弟弟正打算跟母親說出事件的真相，但因為倚克米豐納嚴厲瞪著他們，他們於是住嘴了。事實上，這事的發生是因為歐比雅格莉頭頂著水缸還做「銀樣嘎」⑧。她把水缸平衡在頭上，雙手交叉在胸前學成年小姐擺弄腰肢，水缸掉落在地上摔破時，她還突然大笑起來。他們一行人走到庭院外的那棵桑樹時，她才故意大聲裝哭的。

打鼓人繼續連連不斷敲著同樣的節奏，其咚咚咚的響聲已經與村落的生命分不開來，猶如村落的心跳命脈，在空氣中、陽光裡、甚至是樹幹裡不斷跳動著，使整個村落興奮不已。

艾葵妃把分配給丈夫的那份粥舀進碗中並蓋起來，艾琴瑪把那碗粥端去給父親。歐康闊已經坐在羊皮墊上享用大老婆煮給他吃的食物，是歐比雅格莉從她母親的小屋把食物端給他的，她正坐在地板上等父親吃完。艾琴瑪把她母親煮的那一份擺在他面前，然後在歐比雅格莉旁邊坐下。

「女孩子坐要有坐相！」歐康闊對她咆哮著。

艾琴瑪把雙腳往前合攏起來。

「爸爸，你會去看摔跤大賽嗎？」艾琴瑪隔了一段適當的時間後，這麼問他。

「會啊！」他回答，「妳會去嗎？」

「會。」過了一會兒她問：「我可以幫你拿凳子嗎？」

「不行！那是男孩子的工作。」歐康闊特別喜歡艾琴瑪，她長得酷似她的母親，而她母親年輕時可是村子裡的大美女呢！但只有在少數難得的情況下，他才會表露對她的喜愛。

「今天歐比雅格莉把她的水缸打破了。」艾琴瑪說。

「我知道，她自己已經跟我說了。」歐康闊吃下一口食物前說。

「爸爸！」歐比雅格莉說，「吃東西時不應該講話，不然會被辣椒嗆到。」

「說得好！艾琴瑪！妳聽到了嗎？妳比歐比雅格莉年長，但她比你懂事呢。」

他掀開二老婆的食物開始吃。歐比雅格莉拿起父親用完的碗盤，回到她母親的小屋去。然後恩凱曲拿著第三份食物進來，恩凱曲是三老婆的女兒。

鼓聲繼續從遠處不斷傳來。

①伊博族的阿納摩拉部族（Anambra）會特別以新採山藥舉行盛宴，慶祝豐收，也對土地女神獻上感謝。

②歐康闊在和平週打老婆而破壞聖週的規矩後，前來宣判懲處的，就是土地女神阿妮的祭司。

③福福是由研磨發酵的樹薯所製成的，或可勉強譯成樹薯糕。若福福是由搗磨山藥製成，則是山藥福福。

④原文vegetable soup，其實並不只是蔬菜湯。濃蔬菜醬湯裡頭不只有菜葉，還有蝦米、魚或雞或牛肉，這些組合在一起後，加上他們特有的棕櫚油，就成了美味可口的沾醬湯，可以拌著福福一起吃。

⑤伊博族的語言裡，習慣用手臂強不強壯來形容一個人（特別是男人）賺的錢夠不夠多，這樣的表達習慣當然是從舊時大多數人仍務農時流傳下來的。手臂強壯才能開闢大的耕地，種植多一點山藥。而且舊時的山藥有很多會長得像較嬌小的人一樣高（五尺左右），又粗又大，若不是手臂強壯的男人根本搬不動。所以手臂夠粗壯的，才能種植足夠的山藥好在佳節宴客。

⑥伊博人所分布的地方在現今奈及利亞的東南部，那裡幾乎四季如春夏，沒有冬天。男人女人於是都只圍著下身，上身不著衣；女人頂多胸部會圍綁著一條布巾，會在背上以及肚子上畫圖案裝扮自己。

⑦伊博文nma，意思指「美女」。

⑧伊博文inyanga，搔首弄姿的意思。

# 第六章

整個村落的男人、女人、小孩都來到村子的倚妻。他們圍成一個大圈圈，讓中央的比賽場地淨空。村子的長老和大人物坐在他們的兒子或僕人為他們帶去的板凳上，歐康闊就坐在他們中間。提早到的人或許還可以坐在少數幾個看台上，把表面沒有分枝的樹幹釘在交叉支柱上就成了，其餘大部分的人都得站著。

摔跤手還沒有到場，暫由鼓手獨領風騷。他們就坐在一大群觀眾前方，面對著長老。在他們後方是村中那棵巨大而神聖的吉貝神木，好孩兒的靈就住在樹裡等待出世，在平日，想要生小孩的婦女會過來坐在神木樹蔭下。鼓總共有七個，按照大小排放在一個長形的木籃裡；三個鼓手用鼓槌興奮狂熱地輪流打擊這七個鼓，所有人彷彿被鼓的靈擄獲住了。

在這個場合，幾個維持秩序的年輕人來回快速走動，時而彼此磋商，時而向兩隊參賽的隊長商討。這兩隊摔跤手還在圓圈外面，即在圍觀的民眾後面。其中兩個維持秩序的年輕人，三不五十會在圈圈內繞著圈跑動，手拿棕櫚葉擊打觀眾腳前的地面，要群眾盡量往後站，以保持中央場地淨空；若有人頑固不往後站，腳掌或小腿就會挨棕櫚葉擊中。

最後，參賽的兩隊邊跳舞邊走進圈內。圍觀的群眾一陣喧囂，拍手叫好。此時鼓打得更強烈激動，群眾忍不住蜂擁向前，於是維持秩序的年輕人揮舞著棕櫚葉，四處衝躍。老一輩的人隨著鼓聲的節奏不斷點著頭，回想自己當年隨著鼓聲醉人的節奏摔跤的情景。

比賽一開始，先由十五、六歲的青少年互相對打；青少年每隊只有三名。他們只是負責開場，不是真正的摔跤手。一開始的兩雙對打很快就結束，但第三組卻造成轟動，即使不隨便表露出興奮之情的長老，這時也拍手叫好。這第三組的較勁就跟前面兩組一樣快速，或許還更快些，但之前很少有人看過這樣的摔跤。這兩個男孩一交手，其中一方就使出一種沒有人能說得出來的招數，這招數就如同閃電一樣快速，一眨眼，另一位男孩就已經背朝地躺平在地上。頓時觀眾歡聲雷動，不斷拍手叫好，有好一陣子，連狂熱的鼓聲都給淹沒了。連歐康闊都忍不住霍地起身，然後又很快坐下。三位與這位年輕人同隊的年輕人跑向前，把這男孩扛在肩上，邊跳舞邊穿過歡呼的群眾。很快地，每個人都知道這男孩是誰了，他的名字叫馬杜卡，是歐比耶利卡的兒子。

正式摔跤賽開始前，鼓手暫停打鼓，稍作歇息。他們汗流浹背的軀幹閃閃發亮，這時拿起扇子給自己搧涼，也喝著水壺裡的水、吃著可樂果。這時他們又變成平常人一樣，彼此有說有笑，和站在他們周圍的人交談。原本由於興奮而緊繃的氣氛，這會兒又輕鬆了起來，彷彿把涼水潑灑在拉緊的鼓皮上頭。很多人這時才首次四下張望，發現是誰站在或坐在他們旁邊。

「我不知道是妳站在我旁邊耶！」艾葵妃對一位從比賽一開始就和她並肩站在一起的女士這麼說。

「我不怪妳，」那女人說。「我從沒看過這麼一大群人。聽說歐康闊差點用槍打死妳，是真的嗎？」

「是真的，我親愛的朋友。我到現在都還嚇得不知道該如何對人開口提這件事呢！」

「看來妳的『祈』很警醒呢，好朋友。我的女兒艾琴瑪好嗎？」

「她這一陣子一直都很健康；她應該會好好活下來吧！」

「我想沒問題的。她現在幾歲了？」

「已經快十歲了。」

「她應該會活下來的。這樣的孩子如果沒在六歲之前夭折，通常就會活下來。」

「我祈禱她能好好活下來。」艾葵妃重重嘆了一口氣這麼說著。

這位和艾葵妃交談的婦女名叫齊耶妻，她是「群山洞府神示所」所供奉的神祇阿巴拉的女祭司。在平日，齊耶妻只是個帶有兩個孩子的寡婦。她和艾葵妃非常友好，在市集上她們倆共用一個賣菜的棚子。①她特別喜愛艾葵妃唯一的女兒艾琴瑪，常把她喚為「我的女兒」。她常常買豆糕，會送幾個給艾葵妃帶回家給艾琴瑪吃。任何人在平日看到齊耶妻，很難相信她就是給阿巴拉神靈附身，為人啟示預言的那一位女祭司。

⊙

鼓手再度拾起鼓槌，於是空氣又再度像是拉緊了的弓，緊張顫抖了起來。

參賽的兩隊在淨空的場地上排成面對面的兩行，一隊有一個年輕人邊跳舞邊走過中央到對面去，手一指，挑出另一隊中任何一位他想要對打的人，然後這兩個人便舞著回到場地中央，開始交手。

每一隊各有十二個人，兩隊輪流站出一人向對方挑戰。有兩位裁判會在交手的兩人旁邊走動，若他們判定兩人不分上下，就會喊停。有五組都不分上下，但真正令人興奮的，也只有當其中一方被擲個四腳朝天的時候，那時人們歡呼的叫鬧聲會傳到天上、傳到四面八方，連鄰近的村落都聽得見。

最後一組是雙方領隊的比賽，他們是九個村落之中數一數二的摔跤健將，觀眾都想知道今年到底誰會把對方打敗，有人說歐卡缶比較厲害，但也有人說他不是倚克祖耶的對手。去年他們誰也沒有把對方打倒，即使裁判已經延長比賽時間，都超過規定了。他們彼此用的招數風格相當，所以一方常可以事先看出對方會如何進攻。今年可能又會像去年一樣。

他們開始交手時已近黃昏，咚咚咚的鼓聲和群眾的叫喊聲一樣狂熱。這兩個年輕人舞進圈圈時，群眾忍不住蜂擁向前，維持秩序的棕櫚葉怎麼打也阻止不了。

倚克祖耶伸出右手給歐卡缶握住後，他們便緊接著開始交手。倚克祖耶努力要把腳刺進歐卡缶右腳跟後，想使出聰明的招數「艾給」（ege）讓歐卡缶跌個四腳朝天，但這方早已知道對方的計謀。這時群眾更加往前圍擁，叫喊聲再度淹沒鼓聲，其狂熱的節奏已成為民眾的心跳，不再是沒有靈魂的響聲。

此時兩位摔跤手已緊緊夾住彼此，雙方都幾乎動彈不得。他們臂上、大腿、背上的條條肌肉都突出而且扭曲，看起來好像又打成平手。兩位裁判已經走了過去，打算把他們拉開，此時倚克祖耶想來個孤注一擲：他蹲低一膝蓋，試圖要把對手往後甩過他的頭；但他失算了。他沒想到歐卡缶快如雷神阿馬迪奧拉，倏地抬起他的右腳，猛然向對方的頭踢過去。觀眾頓時歡聲雷動；支持歐卡缶的人一把將他抬起、扛在肩上。他們唱歌頌揚他，年輕女士拍著手說：

誰來代表本村摔跤？

歐卡缶代表本村摔跤。
他可有甩過一百個壯漢？
他已經甩過四百個壯漢。
他可有甩過一百個怪貓？
他已經甩過四百個怪貓。
那麼派他來為我們征戰。

---

①當然她們兩人都不是以賣菜維生的。齊耶妻的主要工作是女祭司，而艾葵妃在平日則身為歐康闊的妻子。在舊時因為家家户户都務農，所以會把部分收成拿到市集上賣，或換成其他家裡需要的食物或用品。

# 第七章

倚克米豐納住在歐康闊的家庭裡已經有三年了，烏默非亞村族的長老好像已經完全忘了他。他就像雨季裡的山藥嫩鬚一樣，成長快速，充滿著生命的活力朝氣。他已經完全融入這個新家庭，對恩沃葉來說，他就像個長兄。打從一開始，他似乎就已經在恩沃葉的身體裡，點燃了一把新的生命之火。倚克米豐納使恩沃葉覺得自己已經長大；而現在每到黃昏時刻，他們已經不再待在媽媽的小屋看她煮食，而是與歐康闊一起坐在主屋裡，或是看著他為晚餐採集棕櫚酒。他母親或父親的其他老婆派恩沃葉做家中較困難、或男人比較能做的粗活，像是劈柴或搗碎食物之類的工作時，他就會感到快樂無比；但若她們派弟弟或妹妹去叫恩沃葉做這些工作時，他就會假裝不耐煩，大聲抱怨女人真是麻煩。

對恩沃葉如此的發展與改變，歐康闊暗地裡感到非常歡喜，他知道這都要歸功於倚克米豐納。他希望恩沃葉能長成強韌的青年，如此有朝一日，他往生加入先祖的行列後，恩沃葉方能統領這個家族；他希望兒子能富足昌盛、穀倉滿滿，才能規律獻祭給供奉的列祖列宗。每當他聽到恩沃葉抱怨女人的麻煩時，總是非常高興，這表示將來他也會有能力統領自己的女眷。一個男人不管再怎麼富有，如果無法統領妻兒（特別是妻子），那他就不是個真正的男子漢。他會像歌謠裡那個娶了十一個老婆，但卻沒有足夠的沾醬來吃福福的那個有錢男子①。

因此，歐康闊鼓勵他的兒子們和他一起坐在主屋裡，聽他講伊博國度的戰爭故事，那是充滿暴力血腥、屬於男子漢的故事。恩沃葉知道，要當男子漢就需要強硬、要訴諸暴力，但不知怎地，他還是比較喜歡母親經常說的故事。他確定他母親會繼續說這些故事，給他的弟弟妹妹聽；母親的故事有的說著那隻狡猾的烏龜②；另有故事講到那隻叫做恩內凱－恩堤－歐霸的鳥，牠向全動物王國下摔跤挑戰書，最後卻被貓擲個四腳朝天。他記得他母親經常說天王和地王爭吵的故事；天王一氣之下，七年不降一滴雨，後來農作物全枯死了，人們也無法埋葬死者，土地乾旱，變得如石頭般堅硬，鋤頭不但挖不動，還挖壞了。最後地王派禿鷹去向天王求情；面見天王的禿鷹唱著哀歌，說著人民如何受苦受難的情狀，希望能軟化天王的心。每次他母親唱著這首歌時，恩沃葉就會心向神往，思緒飄向天際，想像地王的禿鷹使者唱歌乞求天王憐憫的情景。最後天王終於動了憐憫心腸，於是他把雨包裹在芋頭葉裡，讓禿鷹帶著。不過在他飛回地面的途中，他的長爪不小心刮破了芋頭葉，造成大雨傾盆而下，雨從來不曾下得如此瘋狂，結果禿鷹根本無法回去報信，他只好飛到一個遠方國度，他遠遠窺見了火。他飛近時，才發現是一個人在獻牲祭，於是他一面在火旁取暖，一面吃著牲祭的內臟。

恩沃葉喜歡聽這一類的故事，但他現在知道，這些故事是愚蠢的婦女講給小孩聽的。他知道父親要自己成為一名男子漢，於是他會假裝再也不喜歡聽女人講的故事。他發現自己如此假裝的時候，父親就會感到很歡喜，而不再罵他或打他。於是恩沃葉和倚克米豐納會一起聽歐康闊講部落戰爭的故事，聽他講到多年前他如何暗中尾隨一個敵人，把對方制伏後，砍下那人的項上人頭，成為他的第一個戰利品。他們就這樣坐在黑暗中，或透著柴火的微光，一邊聽他講故事，一邊等待婦女煮食。晚餐準備好後，每一位妻子就會端著她煮的福福和濃醬湯過來給她丈夫吃。油燈點燃後，歐康闊會品嚐每一份端來的食物，然後他會分兩份給恩沃葉和倚克米豐納吃。

日子就這樣一個月接著一個月、一季跟著一季過去。接著蝗蟲來了。已經好久沒看到蝗蟲了。老一輩的人說，蝗蟲一個世代只出現一次，接下來的七年裡，每年都會再度出現，然後就要等到下一個世代才會再看到蝗蟲。牠們飛回遠方國度的洞穴中，洞穴外有矮人看守著。一個世代之後，矮人族會再度打開洞穴的門，讓蝗蟲飛到烏默非亞村來。這次牠們在寒冷的哈麥丹季來，那時作物已收成完畢，於是牠們把田野裡所有野草吃光了。

歐康闊和兩個男孩在修築宅院的外牆，這是收割後比較輕鬆的差事。他們在外牆蓋上一層厚厚的棕櫚枝葉，以防下個雨季的侵襲。歐康闊在牆外工作，兩個男孩則在牆內幫忙。牆的外層有一些小洞穿透兩邊，歐康闊經由這些小洞把繩索或綁帶穿過去給他們，而他們則把繩索繞過支索再穿過洞給他。就這樣他們加強鞏固了外牆。

婦女已到林中撿拾柴火；小孩子則到鄰家去找他們的玩伴。空氣中已瀰漫著哈麥丹的氣息，整個世界似乎因此而透著一股朦朧的睡意。歐康闊和兩個男孩安靜工作著，只有他們舉起一片新的棕櫚枝葉放在牆上，或有隻忙碌的母雞在不斷翻動枯乾的樹葉覓食時，才會打破這層靜默。

突然間，一大片黑影覆蓋著大地，太陽彷彿躲到厚厚的黑雲後面去了。歐康闊抬頭納悶著，難道雨會在這個不可能的時節下下來？但這時一陣歡喜的叫鬧聲立即從四面八方傳來。原來在午時朦朧睡意中打盹的烏默非亞村，頓時熱鬧了起來。

「蝗蟲要降下來了！」到處都可以聽到人們滿心歡喜、反覆這麼喊著。男人、女人、小孩都停下手邊的工作或遊戲，紛紛跑到空曠的地方來看這個罕見的景觀。蝗蟲已經有好多、好多年沒來過了，只有老一輩的人曾經看過這景象。剛開始來的只是一小批蝗蟲，牠們是先驅隊，過來勘測大地，然後在地平線出現一大團緩慢移動的黑影，彷彿一大片無邊無際的黑雲慢慢飄往烏默非亞村。很快地，半邊的天空全變暗了，一大片結實的蝗蟲黑雲中間，只有出現一點一點小小的縫隙時才會透光，看起來如同星塵一個個小小閃亮的光眼，真是個充滿力與美的壯觀景象。

現在村裡所有人都出來了，他們興奮交談著，期待蝗蟲能在烏默非亞村過夜。雖然蝗蟲已經有好多年沒有出現過，但每個人都本能知道，蝗蟲很可口。最後，蝗蟲真的降落了。每棵樹、每片草葉、屋頂上、空地上，全覆蓋著蝗蟲。壯碩的樹枝因為蓋滿了蝗蟲而下垂，整個村落蓋滿了這群浩大飢餓的蝗蟲而成了土棕色。

很多人帶著籃子要去抓蝗蟲，但老一輩的人勸他們要耐心等到黃昏。果真沒錯，棲息在樹林裡過夜的蝗蟲，因為羽翼沾滿了夜晚的露珠而變得溼重。到了夜裡，整個烏默非亞的居民全出動了，不顧哈麥丹季的刺骨寒風，每個人袋子裡、鍋子裡都塞滿了蝗蟲。隔天早晨，人們把蝗蟲放在陶土鍋裡燒烤，然後鋪晒在陽光中，等蝗蟲變乾變脆，接下來幾天，人們就把這道珍奇美食沾著純棕櫚油吃。

歐康闊坐在主屋裡，歡喜自在地和倚克米豐納及恩沃葉嘎吱嘎吱嚼著脆蝗蟲乾，一邊還大口大口喝著棕櫚酒。這時歐布也非．艾齊烏杜進來找他。艾齊烏杜是烏默非亞村這一區年紀最大的長老，少壯時他是個偉大無畏的戰士，直到今日，仍受到所有族人敬重。他回絕了與他們一起享用美食，然後要歐康闊跟他到外頭說句話。他們兩人一起走出去，長老倚著木杖，到了他們確定不會有人聽見他們說話的地方時，他對歐康闊說：

「那男孩稱呼你為父親，你可別參與殺戮他的行動。」歐康闊聽了很吃驚，正要開口說話時，長老繼續接著說：

「沒錯，我們村子的人已經決定把他殺了。群山洞府的神示所已經公佈了，按照慣例，他們會把他帶到村外殺了，這件事我完全不想插手。他稱呼你為父親呢！」

次日，烏默非亞九個村落的一群長老到歐康闊家。在他們開始低聲說話之前，倚克米豐納和恩沃葉已被叫出去。長老們並沒有久待，但他們走後，歐康闊手撐著下巴，一個人靜靜坐了許久。那天稍後他把倚克米豐納叫過去，對他說隔天他會被帶回家。恩沃葉偷聽到了，忍不住哭了出來，於是他父親把他痛打一頓。至於倚克米豐納則是感到很茫然，他自己的家已逐漸變得遙遠模糊，他還是會想念他的母親和妹妹，如果能再和她們相見，他會很高興；但不知怎地，他知道無法再和她們相見。他記得曾經有些人與他父親低聲說話，現在同樣的情況似乎又再度發生。

稍後，恩沃葉到母親的小屋去告訴她說，倚克米豐納就要被帶回他的家了。她一聽，原本握在手上用來搗辣椒的杵立刻掉在地上。雙手交叉在胸前，她嘆口氣說：「可憐的孩子。」

次日，那群長老帶著一壺酒回來了。他們全都穿戴備齊，彷彿正要去參加大型宗族會議或要去參訪鄰村似的。他們把身上的裹身長布繞過右胳肢窩，並把羊皮袋及插在鞘內的大砍刀掛在左肩上。歐康闊很快準備好後，這群人便出發；倚克米豐納負責頂那壺酒。他們走後，歐康闊整座宅院變得一片死寂，即使年幼的孩子好像也知道要發生什麼似的。一整天，恩沃葉都坐在母親的小屋裡，淚眼婆娑。

一開始，這群烏默非亞村民有說有笑；他們談著蝗蟲、談著他們的妻子，還說著那些拒絕參與這次行動的人，說他們沒有男人的氣概，但他們接近村外時，所有人都沉默了。

太陽緩慢走到天空中央；乾燥多沙的小路開始散發土裡的熱氣。林中有鳥兒吱吱呱呱的叫聲，和著這群人腳踩乾葉的響聲，除此之外，一片死寂。然後從遠方傳來微弱的也奎敲擊聲，聲音在風中此起彼落——那是遠方一個宗族的安寧舞蹈。

「這是『歐朱』舞③。」這群人彼此這麼說著，但沒有人確定這樂聲到底來自哪個村落。有人說是艾吉密利村，也有人說是阿罷梅村或阿寧塔村。他們爭論了一陣子後又歸於沉默，只剩下似有若無的樂聲在風中起起落落。然後從某處又傳來某人領受宗族某個頭銜的儀式樂聲，有奏樂、有舞蹈，當然還有盛大的饗宴。

來到森林的中心，小路已經變成一條窄細的路線，原本環繞村落的矮樹以及稀疏的灌木已不見蹤跡，取而代之的是一棵棵高大的樹木和四處攀沿的藤蔓，彷彿開天闢地以來就聳立在此，完全沒有斧鑿或林中野火毀過的痕跡。穿過枝葉傾瀉而下的陽光，在多沙的路徑上投下光影所組成的圖案。倚克米豐納聽見耳後有人悄聲說話，立刻機伶轉身，原本悄聲說話的那個人，這時大聲叫大家要快快趕路。

「我們還有一大段路要走。」這人一說完，便和另一個人走到倚克米豐納前面，踏著大步往前領眾人加快腳步。

就這樣，這群身上背著砍刀的烏默非亞村民快步趕路，而倚克米豐納頭上頂著一壺棕櫚酒，也在他們中間快步走著。雖然一開始他覺得有些心神不安，但現在他已經不怕了。歐康闊就走在他們後面。他幾乎已經無法想像，如果歐康闊不是他真正的父親，那會是如何，他從來就不喜歡他的親生父親；這三年下來，他的生父對他而言，變得更生疏了。不過，他的母親以及他的三歲妹妹……當然她現在已經不是三歲，而是六歲了。現在他還會認得她嗎？她現在應該長大很多了吧！他母親一定會喜極而泣，謝謝歐康闊這三年來把他照顧得這麼好，還把他帶回來，她一定會想聽這三年發生在他身上的大小事情。他能記得所有的事嗎？他一定會跟她說恩沃葉和他母親，他還會說蝗蟲降臨的事……然後，他心裡突然出現一個想法：他母親有可能已經過世了。他試著不要這樣想，但卻克制不住。然後，他試著用小時候他遇到這類想法時慣用的解決方法，他還記得那首歌：

艾齊、艾林納、艾林納！

沙啦

艾齊、伊利誇呀

伊誇吧、阿誇、阿里后裏
艾貝、但達、內齊、艾齊
艾貝、烏組組、內特、艾古
沙啦④

他在心裡唱著這首歌，腳隨著節奏踏步。若歌唱完最後節拍落在右腳，那表示他母親仍活著；但若節拍落在左腳，表示她已亡故。不！不是亡故，是病了。結果落在右腳，可見她還健在。他再唱一次這首歌，但這次落在左腳。但第二次的不算。第一次唱的歌聲上達「曲古」⑤，即神的家，這是小孩子最喜歡說的一句話。倚克米豐納這時覺得彷彿又回到小時候；這應該就是快要回到家與母親團圓的感覺吧！

這時，倚克米豐納後面有個人清了清嗓子，於是他回頭張望，結果那人低聲對他怒吼，要他繼續往前走，別站著往後看。這人說話的語調使倚克米豐納的背脊起了寒顫，他那隻托著黑酒壺的手微微顫抖了起來。為什麼歐康闊要退到隊伍最後面呢？倚克米豐納覺得雙腳開始發軟。他不敢再往後看。

那個清嗓子的人走近那孩子並舉起大砍刀時，歐康闊別開頭不敢看。他聽到刀砍下的聲音，接著酒壺跌落摔破在沙地上。他聽到倚克米豐納一面跑向他，一邊哭叫著：「父親啊，他們要砍殺我了。」這時滿懷恐懼而惶惑的歐康闊拔出了砍刀，把那孩子砍倒。他怕其他人認為他懦弱。

⊙

那天晚上，恩沃葉一看到父親走進門，就知道倚克米豐納已經被殺了，而他身體裡頭某種堅持似乎也讓步了，就像拉得過緊的弓斷了弦一般。他不再哭泣，只像失了魂魄似地無精打采。不久前，在上個收割季期間，他也曾經有過類似的感覺。每個小孩都喜歡收割季節，只要大到能用小籃子提一點點山藥的孩子，都會跟著大人到田裡去；就算他們無法幫忙挖山藥，也會撿拾柴火在田間烤山藥吃。這些沾著紅棕櫚油在田裡吃的烤山藥，比在家裡吃的山藥都還要甘甜。就是在上個收割季某個這樣的日子，在田裡工作完後，恩沃葉首次感受到心中有某種東西斷裂了。那時，他們正要從一個跨過溪流離家較遠的田裡回家，冷不防卻聽到茂密的森林裡有嬰兒的哭聲。原來在談話的婦女頓時全都靜默了下來，而且還加快腳步。恩沃葉有聽過雙胞胎會被放在瓦盆裡棄置在森林中，但之前從沒有親身遇過。他微微打了個寒顫，而他的頭似乎也腫脹了起來，像個在夜晚孤獨行走的人，在路上經過某個惡靈身邊一樣。然後，他感覺身體裡頭有某種東西屈服了，這種感覺在那天晚上，父親殺了倚克米豐納後走進家門時，又再度出現在他心中。

---

① 福福沾蔬菜沾醬是伊博族的主食，尤其在舊時還沒有從國外進口米麵時，更是如此。種山藥是男人的工作，但種菜、養雞、養羊卻是女人的工作。如果一個娶了妻子的男人只有山藥糕可吃，卻沒有蔬菜沾醬，則表示他的妻子懶散，不種菜、不養雞，因此沒能做出蔬菜沾醬來侍候丈夫。而妻子懶散，就是做丈夫的沒法管教所致。

② 伊博族的文化裡烏龜的象徵意義如同伊索寓言「龜兔賽跑」的烏龜一樣，是智慧的表徵。但在伊博文化中特別還會把烏龜的智慧進一步解釋成「聰明反被聰明誤」、「狡猾」的意思。因此在伊博族的寓言故事裡，就不用狐狸，而用烏龜來包辦「智慧」以及「狡猾」的功能。

③ 伊博文Ozo，是葬禮上跳的舞，就是上個段落說的安寧舞蹈。

④ 因為原文以伊博文呈現，所以在此我也尊重作者，在內文裡僅把此詩以音譯出來。網路上找到的一筆關於此詩歌的英文翻譯，出自*Matt's Poetry Pocket Book: Poems and Poets*，譯成中文是這樣的：國王啊！別吃，千萬別吃啊！／沙啦／您若真吃了，就要痛聲哀哭，因為那是天地所不容的事啊！／到時，您就要到那白蟻立王之所，／到那塵土隨鼓聲跳躍之地。／沙啦。

⑤ 伊博文Chukwu。「曲古」除了指此處「神的家」之外，也指伊博族信仰體系中創造宇宙萬物的神。

# 第八章

倚克米豐納死後，整整兩天，歐康闊都吃不下東西，從早到晚只是猛喝棕櫚酒。他佈滿血絲的眼睛看起來兇狠可怕，活像尾巴被夾住的老鼠，在地板上猛衝猛撞時，絕望充血的眼睛一般。他叫他的兒子恩沃葉過來跟他一起坐在主屋內，但這孩子怕他，一注意到他開始打盹，便從主屋溜了出來。

夜晚他無法成眠。他試著不去想倚克米豐納，但他愈是不要去想，就想得愈多。有一次，他乾脆起床到庭院裡走動，但他非常虛弱，雙腳幾乎撐不住他，感覺像是個喝醉酒的巨人，卻得用細如蚊子的腳走路一樣，三不五十還會有一股寒顫從他的頭傳遍全身。

到了第三天，他叫他的二老婆艾葵妃給他準備烤大蕉①。她按他喜愛的方式料理：他喜歡烤大蕉和著油豆片與魚片一起吃。

「你兩天沒吃東西了，」女兒艾琴瑪把食物端過來時這麼說，「所以你得把這些全吃完。」她坐下並把腳往前伸直。歐康闊心不在焉吃著，「真希望她是個男孩子。」他看著十歲大的女兒，心裡這麼想著。他拿起一塊魚片遞給她吃。

「妳去端一碗冷水過來。」他說。艾琴瑪口中嚼著魚，很快跑去主屋，然後又很快從她母親屋裡的陶壺裡舀了一碗涼水，回到主屋。

歐康闊從她手中接過碗，大口大口喝下涼水，多吃了幾塊大蕉之後，便把盤子推到一邊。

「把我的袋子拿過來。」他吩咐著。艾琴瑪把放在主屋另一邊的羊皮袋取過來後，他開始搜尋放在袋內的鼻煙瓶。袋子很深，他得整隻手伸進去找。袋子內還有裝其他東西；除了鼻煙瓶外，還有一個喝酒的角杯和喝水用的葫蘆杯，他的手在袋內摸來摸去時，這些東西就碰來碰去的。拿出鼻煙瓶後，他把煙瓶在膝蓋上敲了幾下，敲出一些鼻煙放在左手掌上；這時他才記起沒把鼻煙匙拿出來，於是又伸手進去找；他取出一支細小扁平的象牙湯匙後，便把褐色的鼻煙放在湯匙上頭，拿近鼻孔吸。

艾琴瑪一隻手托著盤子，另一隻手拿著空水碗回到她母親的小屋去。「她要是男孩子就好了。」歐康闊又在心裡這麼說一遍。他的心思又念及倚克米豐納，於是不禁顫抖起來。如果他能找些工作做，就能夠把那孩子忘懷，但這是豐收後的農閒時節，下個種植季還沒來臨，這時男人唯一的工作便是在宅院的外牆鋪上新的棕櫚枝葉，但這工作歐康闊已經做完了。就是在蝗蟲來的那一天做的，那時他在牆的一邊做，而倚克米豐納和恩沃葉在牆的另一邊幫忙。

「你什麼時候變成一個動不動就怕得發抖的婦道人家？」歐康闊自問，「你在所有九個村落裡是個出名的戰爭勇士。一個在戰場上取過五個人頭的勇士，豈可因為多殺了一個男孩子就變得軟弱而崩潰呢？歐康闊，我看你已經變成婦道人家了。」

他一躍站了起來，把羊皮袋掛在肩膀上，去拜訪他的朋友歐比耶利卡。

歐比耶利卡在屋外的柳丁樹下，用椰子樹葉編茅草屋頂。和歐康闊互打招呼後，便領他進主屋。

「我正打算編完茅草後過去你家看你呢。」他邊說邊把黏在腿上的沙粒抹掉。

「事情進展順利嗎？」歐康闊問。

「還不錯，」歐比耶利卡回答。「我女兒的求婚者今天就會來。到時我希望能把聘金敲定，希望你能在場。」這時歐比耶利卡的兒子馬杜卡，從外頭進來主屋，和歐康闊打過招呼之後，便轉向庭院走去。

「過來和我握手啊！」歐康闊對那男孩說，「你那天使出的摔跤招數讓我看了很高興。」那男孩微笑著和歐康闊握過手之後，便走到庭院裡去了。

「這孩子將來一定能成大器，」歐康闊說，「如果我有個像他這樣的兒子，我就心滿意足了。我很擔心恩沃葉；一碗山藥泥都能把他摔個四腳朝天，比起來，我還比較看好他的兩個弟弟。只是我跟你說，歐比耶利卡，我的孩子都不像我。老香蕉樹終會死，但該長出的小香蕉株卻不見蹤影！②如果艾琴瑪是個男孩的話，我會比較安心一點。她還比較有氣概。」

「你根本就是在窮擔心，」歐比耶利卡說，「你的孩子們根本都還小。」

「恩沃葉已經大到可以使女人受孕了，我在他這個年紀已經開始自食其力。說真的，他已經不小了。一隻小雞能不能長成雄糾糾氣昂昂的公雞，從牠孵出來的那一天就可以看出來。我盡我所有的能力想使他長成男子漢，但他生來就比較像他母親，不像我。」

「或者說比較像他祖父吧！」歐比耶利卡心裡這麼想著，但沒有說出來。同樣的想法也出現在歐康闊心中，但他早已學會如何擺平那鬼魂；每當想到父親的軟弱與失敗而心神受擾時，他便會回顧自己的勇氣與成就來驅散這鬼魂。此刻，他的心思就正在「驅鬼」：回顧他最近以男子漢的勇氣所成就的事。

「我搞不懂你為何不加入砍殺那男孩的行動。」他問歐比耶利卡。

「因為我就是不想這麼做，」歐比耶利卡厲聲道，「我可不是閒著沒事幹。」

「聽起來你好像不把我們神示所的權威放在眼裡！那不就是神示所的旨意嗎？」

「我沒有藐視神示所的意思，犯不著。只是，神示所並沒有指定我來執行祂的旨意啊！」

「總要有人來執行吧！如果每個人都害怕看到流血的話，就無人願意出來執行旨意了。若果真如此，你認為神示所會如何懲罰我們呢？」

「歐康闊，你應該非常明白，我並不怕看到流血；若有人跟你說我怕的話，那人必定是在撒謊。吾友，有件事我得跟你說：若我是你的話，那天我絕不會參與殺戮的行動，寧可待在家裡。這樣的行為不可能取悅地神；事實上，土地女神還可能因此而把整個家族消滅掉。」

「土地女神怎可能因為我遵照祂的指示行事而來懲罰我呢？」歐康闊說，「小孩兒的手指豈可能因為母親把熱山藥放在他手中而燙傷③。」

「話是這麼說沒錯，」歐比耶利卡同意，「但如果神示所決定我兒子得受死，那麼我既不會加以爭辯，也不會親手制裁他。」

若不是歐福也都在這個時候進來，他們倆還會繼續爭辯下去。他眼睛閃爍，顯然有重要的消息要說，但如果立即問他的話，並不恰當。歐比耶利卡把剝開請歐康闊吃的可樂果拿出一瓣給他吃，歐福也都一邊慢慢吃，一邊談著蝗蟲。吃完可樂果時他說：

「最近發生的事很不尋常。」

「發生什麼事？」歐康闊問。

「你們知道歐布也非．恩杜魯耶嗎？」歐福也都問。

「艾瑞村的歐布也非．恩杜魯耶？」歐康闊和歐比耶利卡齊聲說。

「他今天早晨去世了。」歐福也都說。

「那並不奇怪啊！他是艾瑞村年紀最老邁的人嘛。」歐比耶利卡說。

「你說得沒錯，」歐福也都同意。「但你應該問，為何他死了，卻沒有人來烏默非亞村擊鼓通報他的死訊呢？」④

「為什麼？」歐比耶利卡和歐康闊齊聲問。

「怪就怪在這裡。你們知道他的大老婆嗎？倚手杖走路那一個。」

「知道啊！她叫歐柔耶梅娜。」

「是喔，」歐福也都說。「你們知道歐柔耶梅娜太老了，在她老公生病時無法照料他，所以都是較年少的老婆在照顧他。他死時，今早其中一位照料他的老婆到歐柔耶梅娜的小屋去通知她，她聽了便從蓆子上起身，倚著拐杖走到主屋去。她跪下，手放在門檻上呼喚她丈夫；他身體躺在一張蓆子上。『歐布也非．恩杜魯耶。』她叫著，叫了三次，然後便回到她的小屋去。當她們準備清洗他的身體時，最年少的老婆又去她的小屋叫她，要她過來一起出席，但她卻發現她躺在蓆子上，死了。」

「這的確很奇怪，」歐康闊說。「這會兒他們得先把恩杜魯耶的老婆給葬了，才能舉行他的葬禮。」⑤

「所以才沒有人到烏默非亞村來擊鼓通報。」

「人們一直都說恩杜魯耶和歐柔耶梅娜一體同心，」歐比耶利卡說。「我記得我年少的時候，人們還編了一首歌來講他們的故事。恩杜魯耶做什麼事之前都會先跟她討論。」

「這我沒聽說過，」歐康闊說。「我還以為他年輕時是個勇壯的男子漢呢！」

「他確實是個男子漢啊！」歐福也都說。

歐康闊懷疑地搖著頭。

「他少壯的時候都是他領烏默非亞族人去打仗的。」歐比耶利卡說。

◉

歐康闊覺得自己終於又回到先前該有的樣子了。他就是需要有事情做。如果他殺死倚克米豐納是在忙碌的種植季或收成季，就不至於情緒低落，只要一忙起來，他就會全神貫注在工作上。歐康闊不善思考，只善於行動，但如果沒有工作做，那麼找人談話是第二個最佳選擇。

歐福也都一離開不久，歐康闊也拿起他的羊皮袋準備要走。

「我必須回家採集棕櫚酒好配午餐。」他說。

「誰為你爬上較高的棕櫚樹採集酒的？」

「烏袂朱利凱。」歐康闊答道。

「有時我還希望自己沒有領取這個『歐佐』頭銜，」歐比耶利卡說。「看著這些年輕人以採酒之名殺死一棵棵的棕櫚樹，我就心裡難過。」⑥

「話這麼說是沒錯，」歐康闊同意，「但我們還是得遵守土地的律法啊。」

「真不知道我們怎麼訂出這樣的律法，」歐比耶利卡說，「其他很多宗族並沒有規定有頭銜的人不許爬棕櫚樹啊。我們宗族的律法說有頭銜的人不許爬樹，但卻可以站著採集較低矮的棕櫚樹所生成的酒。這就好像故事中那個叫做迪馬拉嘎納的人：他不願把刀子借人切狗肉，說他自己絕不吃狗肉，但卻又說他願意用自己的牙齒幫忙撕開狗肉⑦。」

「我很高興我們宗族非常尊敬持有『歐佐』頭銜的人。對其他那些你提到的宗族而言，頭銜根本不算什麼；他們連乞丐也可以領取這個頭銜。」

「我也不過是開玩笑說說罷了，」歐比耶利卡說。「在阿罷梅村及阿寧塔村，這個頭銜根本還不值兩個貝幣。他們每個男人都把頭銜掛在腳踝上，即使做出偷盜行為，也不會失去頭銜。」

「他們確實已經污蔑了『歐佐』這個頭銜的價值。」歐康闊起身要走的時候這麼說著。

「再過不久，我的親家就會到了。」歐比耶利卡說。

「我很快就會回來。」歐康闊看著太陽在天空的位置答道。

⦿

歐康闊回來時，歐比耶利卡的主屋已坐了七個男人。求婚者是個年約二十五歲的男子，陪同他一起來的是他父親和伯父。歐比耶利卡這邊則有他的兩個長兄和他十六歲的兒子馬杜卡。

「叫阿葵艾卡的媽媽給我們準備一些可樂果。」歐比耶利卡對他兒子這麼吩咐著。馬杜卡像閃電一般，飛快走過庭院。這時話題都環繞著馬杜卡，每個人都說他像剃刀一樣敏銳伶俐。

「有時我還覺得他太敏銳了，」歐比耶利卡帶著些許溺愛的口吻說。「他很少用走的，總是非常匆忙。你吩咐他做件差事，他往往話還沒聽完人已『飛』得不見蹤影。」

「你以前還不是一樣，」他的長兄說，「我們有句俗語說：『母牛吃草，小牛看母嘴學吃草。』馬杜卡就是有樣學樣而變得如此伶俐的啊。」

他們還在聊的時候，馬杜卡回來了，後面跟著他同父異母的姊姊阿葵艾卡；她端著一個木盤，盤子裡有三顆可樂果和辣椒果。她把盤子遞給她大伯父，然後很害羞地和求婚者及求婚者的親人握手。她年約十六歲，才剛適婚。求婚者以及求婚者的父親、伯父帶著一副專家的眼睛，上下打量著她年輕的身軀，好像要確定她夠不夠美、夠不夠成熟。

她頭戴一頂弄得像羽冠的頭飾，皮膚上塗著一層薄薄的紫檀染料，全身還用「烏里」⑧畫著黑色的圖案；豐滿的胸部上方垂掛著一條在脖子上繞了三圈的黑色項鍊，手臂上戴著紅黃色手鐲，腰上也掛著四、五排的「吉各達」（jigida），即腰部的飾珠。

與客人握過手之後（或說，伸出手讓客人握她的手之後），她便回到她母親的小屋去幫忙煮食。

「先脫掉妳的吉各達。」阿葵艾卡走近火旁要取靠放在牆邊的搗杵時，她母親這麼警告她。「每天我都跟妳說吉各達怕火，但妳就是不聽。妳長耳朵不是要來聽人話的，僅供裝飾是嗎？遲早妳腰間的吉各達著了火，妳就知道厲害。」

阿葵艾卡走到小屋的另一邊去，準備脫去腰間的飾珠。她必須小心翼翼把吉各達一條一條分別脫掉，否則吉各達會斷掉，如此就得辛苦地把上千顆小圓珠再串起來。她用手掌把一條一條吉各達往身體下方轉動，讓它滑下來，滑過臀部和大腿之後，最後滑落到雙腳周圍的地上。

在主屋的男士們已經開始喝求婚者帶來的棕櫚酒。那酒質純而濃烈，即使酒壺口已橫掛著棕櫚果以遏止鮮酒冒泡，白色的泡沫不但依然上升，還溢出壺口。

「採集這酒的人，顯然技藝非凡。」歐康闊說。

聽了這話，這位叫做伊貝的求婚者眉開眼笑地對他父親說：「你聽見了嗎？」然後他對其他人說：「我爸從不承認我採酒的技藝高超。」

「他曾經為了採酒，把我三棵最好的棕櫚樹弄死了。」他父親烏凱布說。

「那已經是五年前的事了，」伊貝說，他這時已開始倒酒，「那時我還沒學會採酒的技巧。」他把第一個角杯倒滿酒後，遞給他父親，然後一一倒給其他人。歐康闊把他的大角杯從羊皮袋中取出，從杯口吹氣，清除了裡頭所有可能的灰塵後，把角杯拿給伊貝裝酒。

這些男士邊喝酒邊談天，什麼都談，就是不談他們此次聚集一起要談的正事。直到壺裡的酒都喝完了，求婚者的父親才清了清嗓子，宣佈他們此行的目的。

歐比耶利卡這時才遞給他一小撮短掃帚枝⑨。於是，烏凱布開始數掃帚的枝數。

「三十枝是嗎？」他問。

歐比耶利卡點頭。

「我們總算有些頭緒了。」烏凱布說，然後轉向他的哥哥和兒子說，「我們出去小聲商討一下。」他們三個於是起身走出屋外。他們走進屋內時，烏凱布把手中的那一撮掃帚枝遞回給歐比耶利卡，換他數有幾枝掃帚枝：他發現已不是三十枝，而是十五枝。歐比耶利卡把掃帚枝傳給他長兄馬其，馬其也數過一遍之後說：

「我們原來設定是不能低於三十，但如同故事中那隻狗所說的，『若我為你倒下，你也會為我倒下，這本是一場遊戲。』⑩結婚應該是一場遊戲，不該是一場爭戰；我們就互相吃個虧吧。」說著他便把十隻掃帚枝加進那十五枝裡頭，然後把那一撮掃帚枝遞給烏凱布。

就這樣，阿葵艾卡的聘金最終敲定在二十袋貝幣。雙方達成協定時，已經是黃昏時刻。

「去告訴阿葵艾卡的母親，說我們已經敲定聘金的金額。」歐比耶利卡對他兒子馬杜卡如此吩咐。幾乎於此同時，阿葵艾卡端著一大碗福福進來了，後面跟著歐比耶利卡的二老婆，她手上端著一鍋沾醬濃湯。馬杜卡墊後，他帶來一壺棕櫚酒。

這群男士邊吃邊喝棕櫚酒，邊談起他們鄰村的習俗。

「今早，」歐比耶利卡說，「我和歐康闊才談起阿罷梅村和阿寧塔村呢！他們允許有頭銜的人爬樹，而且他們的男士還會為老婆搗福福呢！」⑪

「他們的習俗都本末倒置。他們不像我們用掃帚枝來決定聘金金額，會討價還價，像是在市場上買牛羊一樣。」

「那樣實在很糟糕，」歐比耶利卡的長兄說。「但在一個地方視為好的習俗，到另一個地方可能視為壞的。在烏孟叟村，他們既不討價還價，甚至也不像我們用掃帚枝。求婚者把一袋袋貝幣拿進來，直到他的親家說夠了為止。這樣的做法很不好，總會引發爭端。」

「世界之大，無奇不有，」歐康闊說。「我甚至還聽說，有些部落裡，男人的孩子歸於他的妻子以及妻子的娘家所有。」

「那簡直是亂七八糟，」馬其說。「搞不好他們在製造孩子的時候，是女人騎在男人身上呢！」

「這就好像人們說的有關白人的故事；他們說，這種人的皮膚就如同這塊白黏土石一樣白，」歐比耶利卡說著，舉起一塊白黏土石，每個男人都會在他的主屋裡放幾塊，客人來了會用黏土石在地板上畫幾條線之後，再開始吃可樂果。「他們還說，這種白皮膚的人沒有腳趾頭。」

「你從沒見過這種人嗎？」馬其問。

「你見過嗎？」歐比耶利卡。

「有啊！有個白人常常會經過這裡呢！」馬其說。「他的名字叫阿馬迪。」

在場知道阿馬迪是誰的人都笑了起來。他是個痲瘋病人，而在他們的社會裡，對痲瘋病人較禮貌的稱呼就叫「白皮膚的人」。

①大蕉比香蕉還要大，故名大蕉。台灣沒有大蕉。大蕉多半不能像香蕉一樣直接吃，但不管生熟都可以拿來煮食，而且半生不熟的大蕉比熟的還要有營養價值；可燒烤、水煮、也可油炸。

②種香蕉只要種一株，因為自原香蕉樹的樹根會長出另外的香蕉株。這裡歐康闊說出害怕自己死後卻沒有像樣的兒子承繼他的家業。

③言下之意就是，做母親的若要把煮熟的山藥給孩子吃，應該會注意山藥是否還太熱。伊博族人（或說所有奈及利亞人）從古到今都有直接用手拿食物吃的習慣。做母親的因此會小心，避免把過熱的食物給孩子，以免燙傷孩子的手指。從這個比喻可看出歐康闊全然相信土地女神的決定完全正確：歐康闊認為祂不可能要祂的孩子做一件事，孩子做了後，還要因此受懲罰。

④就像如今人們在報紙上登訃聞來向社會大眾宣告某人的死訊，伊博族的人古時（如今在村落裡還是用擊鼓的方式來通知某人死訊）在某個有頭銜的人過世時（也就是，沒有頭銜的人〔包括女人〕死時就不會擊鼓），會有人出來擊鼓，向本村以及鄰近同族的村落通報某某某過世的消息。

⑤這是阿納摩拉伊博族古時的傳統；舊時女人過世時，他們並不會擊鼓通報，而是把屍體送回她的家鄉與她父母家族的人同葬。既然歐布也非·恩杜魯耶和他的老婆同一天過世，而歐布也非·恩杜魯耶又是德高望重有頭銜的人，需要全村的人做充分的準備為他舉行隆重的葬禮，因此必須先把他老婆的遺體先送回家鄉埋葬。也因為如此，還不能擊鼓通報給所有村族的人知曉。

⑥「歐佐」頭銜（伊博文Ozo）是阿納摩拉伊博族的最高頭銜之一。歐康闊所屬的宗族規定，領有頭銜的人一律不准再爬上高大成熟的棕櫚樹上採酒，恐有損形象與威嚴。烏默非亞族認為爬樹對一個有頭銜的人而言不雅觀、有損形象，於是有頭銜的人便站著採集較低矮的棕櫚樹；站著採，就不會損及形象。問題是，較低矮的棕櫚樹也就是樹齡還小的樹，如此等於提前殺死一棵年紀還輕的棕櫚樹。

⑦這個故事說出一個人矛盾得可笑：如果他真的忌諱吃狗肉的話，基本上他不但不會把刀子借人切狗肉，他應該會在人在殺狗之前就阻止，或者避開這樣的場合。但故事中的迪馬拉嘎納沒有避開這種場合，也不把刀子借人拿去切狗肉，但卻提議用自己的牙齒幫忙撕開狗肉，那他說自己忌諱吃狗肉豈不自打嘴巴。作者用歐比耶利卡說出這個故事，藉此來對採棕櫚酒的文化做某種的批評：如果有頭銜的男人不許爬樹採酒的話，何不乾脆規定全面禁止

採棕櫚酒？

⑧伊博文uli；一種類似粉筆的畫筆。奈及利亞（各個民族）在西方的文化影響深入之前，在穿著上純粹依其氣候而定。奈及利亞沒有冬季，在舊時的衣著大都僅遮蓋住身體的私密處，連婦女也是如此；她們上身不會穿任何衣物（或許只用一塊布巾圍著；「胸罩」這種東西就是歐美文化），僅腰部以下用塊裹身布裹起來然後綁在一角。於是，就發展出彩繪身體的藝術。

⑨伊博族的掃帚當然和台灣的掃帚取用的材料不一樣：他們就地取材，用的是拔掉葉子後的棕櫚葉枝。把一枝枝棕櫚葉枝聚集起來，綁緊之後，就是掃帚了。

⑩即我為你吃個虧，你也會在我有需要時，給我方便。簡單說，就是互相讓步的意思。

⑪烏默非亞村是個絕對父權的社會：基本上奈及利亞不管是哪個族群（奈及利亞除了有伊博族之外，還有優羅巴族、豪薩族等），多是父系社會。但他們鄰村顯然已開始有些變革——男人也可以幫他們的女人在廚房做比較粗重的工作，而且也比較不把領取頭銜看成是什麼了不起的事。

# 第九章

這三個晚上以來，今晚歐康闊終於睡著了，半夜他只醒來過一次。他在心裡回顧過去這三天的種種，並沒有什麼讓他感到不安的。他開始納悶為何前兩天自己會那麼不安，感覺就好像一個人在大白天，回顧晚上做的一個夢，不明白為何在夢境裡會感到很恐怖。他伸展一下四肢，搔著大腿上一處在睡覺時被蚊子叮的地方，另有一隻蚊子此時正在他右耳旁嗡嗡叫著。他拍打右耳，希望已經把蚊子殺死了。蚊子為何老在人的耳旁鳴叫呢?他還是個小孩的時候，他母親說了這麼個故事，但這故事就像所有女人家說的故事一樣，是個蠢故事。她說蚊子請求耳朵嫁給牠，耳朵一聽立刻跌落在地上，失控地笑個不停。「你以為你能活多久呢?」耳朵問。「你現在看起來僅剩骨架了。」蚊子滿懷屈辱飛走了，但每次牠飛經過耳朵時，都會提醒耳朵說，牠還活著。

歐康闊側了個身，繼續睡覺。一早就有人砰砰砰猛打他的房門把他吵醒。

「是誰啊?」他低聲怒吼著。他知道一定是艾葵妃，他的三個老婆之中，就只有艾葵妃膽敢如此猛打他的房門。

「艾琴瑪快不行了。」是艾葵妃的聲音沒錯，短短幾個字，載滿了她一生所有的悲劇與傷痛。歐康闊立刻從床上跳下來、推開門閂，跑進艾葵妃的小屋。

艾琴瑪躺在床墊上，全身不停抖動著；床墊旁是她母親整夜為她升的火。

「是『野巴』①。」歐康闊邊說邊拿起大砍刀，跑進林中採集能治療「野巴」的樹葉、草葉、及樹皮。

艾葵妃跪在生病的孩子旁，不時用手觸摸孩子熱得發燙、汗流不止的額頭。艾琴瑪是她唯一的孩子，也是她生命的中心。常常都是艾琴瑪決定她母親該準備什麼食物，艾葵妃甚至還會給她吃像蛋之類的美食，但一般大人很少會給孩子吃蛋，因為這種美食會誘使孩子偷盜②。有一天，艾琴瑪正在吃蛋時，沒想到歐康闊正從主屋過來她母親的小屋，他甚為震驚，警告艾葵妃，如果她敢再給孩子吃蛋的話，就要把她痛打一頓，但艾葵妃根本不可能拒絕給艾琴瑪任何她想要的東西。事實上，經過那次父親的訓斥之後，艾琴瑪吃蛋的胃口變得更厲害了。她現在最享受的事，便是躲起來偷偷吃蛋；那時她母親總會把她帶進她們的臥房內，關緊房門。

所有的孩子都稱呼他們的母親「恩內」（nne），只有艾琴瑪例外——她跟著父親以及所有其他長輩一樣，直呼她母親的名字艾葵妃。她們倆之間不是只有母女的關係，還有如平輩之間的夥伴關係；一起躲在臥房內吃蛋，當然更加強這種夥伴的同謀關係。

艾葵妃一生受過很多苦難。她生過十個孩子，但有九個夭折——通常都活不過三歲。葬過一個接著一個孩子之後，她的痛苦漸漸轉為絕望，到最後，她甚至冷漠以對，聽任命運的擺佈。生小孩對女人來說，原本有如加冕戴冠的榮耀，但對艾葵妃，生小孩除了給她帶來身體的巨痛之外，完全不帶任何希望。七個市集週之後的命名典禮，對她而言變成毫無意義的儀式。她日益加深的絕望，從她給孩子取的名字就可聽得出來：其中一個名叫「昂烏畢可」，聽起來簡直就像悲情的哀求聲，因為這名字的意思正是「死神啊，我求求祢！」但死神卻裝作沒聽見，昂烏畢可只活了十五個月就走了；接下來是個女孩，名叫「歐柔艾孟娜」——「願別再發生」，但她只活了十一個月；之後又來了兩個孩子，也是夭折。那時艾葵妃變得挑釁、不服了，於是她把下一個孩子叫作「昂烏瑪」——「死神，就讓祢如願吧！」結果死神真的如願了。

艾葵妃的第二個孩子死了之後，歐康闊去找一位巫師求助，那人是阿法神示所的占卜師，歐康闊去問他，到底哪裡出了差錯？占卜師告訴他，那孩子是個「歐班桀」③，就是那種死後會再進入母親的子宮，再出世的壞心孩子。

「你老婆再度懷孕時，」他說，「別讓她睡在她的小屋裡，讓她留在娘家，如此她才能逃過那個折磨她的壞心小孩，也才能打破這種生了又死、死了又再來出世的邪惡循環。」

艾葵妃照他的話做，一懷孕就回去她出生的村落與她的老母親住在一起。在那裡她生下她第三個孩子，而且出生第八天，孩子還行了割禮④，直到舉行命名典禮的前三天，她才帶著孩子回到歐康闊的宅院。這孩子就叫做昂烏畢可。

昂烏畢可死時並沒有舉行葬禮。歐康闊找來了另一個巫醫；此人因為對歐班桀很有研究，在宗族之中很有名氣，名叫歐卡布耶·烏焉瓦。歐卡布耶外表很惹人注目——高大、滿臉濃密的鬍鬚，但頂上無毛；他膚色很淺，而且眼睛火紅。聽那些向他求助的人訴苦時，他還會咬牙切齒。關於那死去的孩子，他問歐康闊幾個問題，所有來追悼的親友和鄰居就圍著他們。

「他生於哪個市集日？」他問。

「歐耶（oye）。」歐康闊答。

「他今晨死掉的嗎？」

歐康闊答是，這是他第一次發現，這孩子死亡的市集日跟出生的市集日是同一個。在場的鄰人和親友也都看出這個巧合，對彼此說這其中的意義重大。

「你跟你老婆在哪裡行房的？在你的主屋還是在她的小屋？」巫師問。

「在她的小屋。」

「以後叫她到你的主屋來。」

然後巫師吩咐，不許為這死去的孩子舉行哀悼儀式。他從掛在左肩上的羊皮袋中取出一把尖銳的剃刀，開始毀損這孩子的身體。結束後，他抓住孩子的腳踝，在他身後的地上拖行，就這樣把屍體拖到惡林中埋葬。經過這樣的酷刑之後，這個歐班桀應該就不太敢再回來了；若是冥頑不靈，敢再回來的話，必會帶著剃刀毀損的印記——例如不見一根手指，或身體上會有前世巫師在上頭割的一道暗痕。

昂烏畢可死後，艾葵妃痛徹心扉。她丈夫的大老婆已生了三個兒子，每一個都很健康強壯。因為她接連生了三個兒子，所以歐康闊按照慣例為她宰了一頭羊來慶祝，艾葵妃也只能祝福她，但她對自己的命運神祇已深感痛心，根本無法為他人的好運而感到歡樂。因此，那天恩沃葉的母親為了生下第三個兒子，舉家樂聲歡宴時，眾人都快樂得眉開眼笑，只有她失魂落魄，一片愁雲慘霧。大老婆以為她不懷好意，畢竟丈夫的妻子們之間常會有互相猜忌的情形，但她根本不知道，艾葵妃並沒有怨懟別人，而是埋怨自己的靈魂；她不是因為別人的好運而怪別人，而是怪自己的命運神祇很壞，不給她任何好運。

最後艾琴瑪出世了，雖然體弱多病，卻似乎堅決留在人世。一開始，艾葵妃對待她就如同對待其他之前的孩子一樣——不帶任何個人興趣，隨時準備接受命運的安排。但她活過四歲、五歲、六歲之後，艾葵妃的心中又重新灌滿了愛；然而愛來了，焦慮也來了。她決定要好好調養孩子的身子，於是把全部的心神體力灌注在孩子身上。她的努力有時會很有收穫：艾琴瑪偶爾會有一段朝氣蓬勃的時期，那時她就像新鮮冒泡的棕櫚酒一樣，充滿活力，好像不受任何威脅；但突然間她又會倒下，每個人都知道她是個歐班桀，這種度過一段健康時期之後又會突然患疾的現象，正是歐班桀的典型。可是她都已經活這麼長一段時間了，或許她已決定活下來。有些歐班桀真的會厭倦自己這種不斷「出生入死」的邪惡循環，或者有的會開始可憐他們的母親，而決定留下來。艾葵妃打從內心深處相信，艾琴瑪會留下來。她之所以相信，因為她唯有抓住這個信念，活著才會有意義；而且，大約一年前，一個巫師挖出艾琴瑪的「依宜－巫娃」⑤之後，她的信念便更加堅定了。那時每個人都確定艾琴瑪會活下來，因為她與歐班桀世界的連結在那之後便已斷掉了，所以艾葵妃也寬了心。但她實在太愛女心切了，根本無法完全屏除心中的恐懼。雖然她相信當時挖出來的依宜－巫娃應該是真的，然而有個她無法忽略的事實：有些孩子真的很壞，有時會故意誤導人挖出似真而假的依宜－巫娃。

但艾琴瑪的依宜－巫娃看起來很真實；那是一塊包裹在髒破布裡的小圓石。挖出來的人就是歐卡布耶，他對歐班桀很有研究，因而名聲傳遍所有宗族。艾琴瑪剛開始並不願意與他合作，不過這個大家都料想得到——任何歐班桀都不會輕易透露其祕密，大部分的歐班桀從不透露祕密，只因為他們年紀很小就過世了——小到人們根本不可能向他們提問題。

「妳把妳的依宜－巫娃埋在哪裡？」她不但沒有回答，還照樣反問了歐卡布耶。「妳知道的啊！妳把那東西埋在地裡的某處，如此在妳死了之後，就可以再回來出世折磨你母親。」

艾琴瑪這時看著她母親，只見母親那雙憂傷哀求的眼睛定睛望著她。

「立刻回答這個問題。」站在她一旁的歐康闊對她吼叫著。她全家人都在場，甚至有些鄰人也來圍觀。

「把她交給我好嗎？」巫師氣定神閒對歐康闊這麼說，然後轉身又問了艾琴瑪一遍。「妳把妳的依宜－巫娃埋在哪裡呢？」

「在他們埋葬小孩的地方。」她這麼回答。此時原本靜悄悄的圍觀者開始彼此低聲說話。

「好，那麼妳給我指出確切的地點。」巫師說。

一群人於是出發，艾琴瑪帶頭，歐康闊緊跟在她後面。她來到村子的主要幹道時，往左轉，一副要往溪流的方向走去的樣子。

「妳剛不是說在人們埋葬小孩的地方嗎？」巫師問她。

「不是。」艾琴瑪說，她輕快的腳步使她看起來一副辦正經事的樣子。她有時會突然來個小跑步，但又會突然停下來，後面的群眾也如此沉默跟著她。婦女和小孩從溪流汲水回來，頭上頂著水缸，都納悶地看著他們，直到看到後頭跟著歐卡布耶，便猜想這一定跟歐班桀有關。他們都熟知艾葵妃和她的女兒。

艾琴瑪來到那棵大的烏達拉樹時，便轉進樹叢中，群眾也跟著她進去。她個子小，比後頭跟著的大人更能在樹叢藤蔓之中輕快地鑽過來爬過去。樹林地上的枯枝枯葉上到處是腳印，以及被推得彎成一邊的樹枝。艾琴瑪愈走愈深入樹林內，群眾也如是跟著她。然後她突然轉了個身，開始照原路走回，每個人都站著讓她經過，然後再成排跟著她。

「如果妳帶我們走這麼遠的路只為了整我們的話，看我會不會打得妳叫不敢。」歐康闊語帶威脅著說。

「我不是跟你說，把她交給我嗎？我知道如何對付這種小孩。」歐卡布耶說。

艾琴瑪帶著大家走到原來的路上，到一個點上左看看右看看之後，她轉右轉，於是大家又都回來了。

「妳把妳的依宜－烏娃埋在什麼地方？」艾琴瑪最後在她父親的主屋外停下來時，歐卡布耶問她，一臉氣定神閒。

「就在那棵柳丁樹附近。」艾琴瑪說。

「妳為什麼不早說呢？妳這個阿卡羅勾利⑥的邪惡女兒。」歐康闊氣得大罵。巫師根本不理會他。

「妳來指出確切的地點吧。」他靜靜對艾琴瑪說。

「就在這裡。」他們走到柳丁樹下時，她說。

「用妳的手指頭把那個地方指出來。」歐卡布耶說。

「就是這裡。」艾琴瑪說，手指頭碰觸一處地面，站在一旁的歐康闊連聲責罵，怒聲如同雨季裡低吟不斷的雷響。

「給我一把鋤頭！」歐卡布耶吩咐。

艾葵妃把鋤頭拿過來時，他已經從身上脫下羊皮袋和長裹身布，放在一旁，身上只剩下「底褲」，那是一條又長又窄的布巾，像條帶子般綁在腰上，繞過胯下後，又再綁在背後的腰帶上。他立刻在艾琴瑪指的地方挖出個坑，坐在周圍圍觀的鄰居看著這坑愈變愈深。上層的黑色土壤挖開後，底下的鮮紅色土壤便露了出來，婦女們經常拿來粉飾地板和屋牆。歐卡布耶孜孜不倦、靜靜工作著，汗流浹背的身軀在陽光下閃閃發亮。歐康闊在坑旁站著看，他叫歐卡布耶上來休息一下，換他來挖，但歐卡布耶說他還不累。

艾葵妃進去她的小屋煮山藥。她丈夫拿出比平常更多的山藥，因為巫師也需要吃東西。艾琴瑪跟著她進小屋準備蔬菜。

「妳是不是放太多蔬菜了？」她問。

「妳沒看到鍋子裡滿滿的山藥嗎？」艾葵妃問。「妳知道草葉煮過後會變少。」

「沒錯，」艾琴瑪說，「所以蛇蜥才會把牠母親給殺了。」

「正是。」艾葵妃說。

「蛇蜥給他母親七籃的菜葉要她煮，煮完後菜量只剩三籃，一氣之下蛇蜥把牠母親給殺了。」艾琴瑪說。

「故事還沒完呢！」

「是喔！」艾琴瑪說。「我記起來了：他再買七籃菜葉，自己煮，結果同樣只剩下三籃，所以他把自己也殺了。」⑦

主屋外面，歐卡布耶和歐康闊輪流挖土，還沒挖到艾琴瑪埋的依宜－巫娃。鄰人還是坐在洞的四周觀看，現在洞深到看不見挖土的人了，只能看到挖的人甩丟出洞外的紅土愈堆愈高。歐康闊的大兒子恩沃葉站在離洞邊很近的地方看，他想把洞內所有發生的事看得一清二楚。

又輪到歐卡布耶從歐康闊手中接下鋤頭，他同樣靜靜挖著土。鄰人和歐康闊的妻子們開始聊了起來，孩子們也已經失去興趣，開始玩耍起來。

突然間歐卡布耶像花豹般敏捷地跳到地面上來。

「已經很接近了，」他說。「我已經感覺到了。」

大家聽了立刻又興奮了起來，原本坐著的人都跳著站了起來。

「去把你妻子和女兒叫過來。」他對歐康闊說。但外頭的喧鬧聲已經把艾葵妃和艾琴瑪吸引出來看個究竟了。

歐卡布耶又跳回坑中，坑口四周已經站滿圍觀的人。又挖了幾個鋤頭的土後，他的鋤頭終於敲到那依宜－巫娃了。他用鋤頭小心把它舉起來後，才往上拋到地面上來。它被丟上來的同時，有一些婦女早已嚇得跑開，但很快又回過頭，每一個都站在一個安全的距離外，盯著那塊破布。歐卡布耶從坑中冒出來後，一句話也沒說，甚至也沒看圍觀的人，便逕自從他的羊皮袋中取出兩片樹葉，放入口中嚼，吞下樹葉後，便用左手拾起破布，並把布的結打開，接著那塊光滑的小圓石便掉了出來。他把石塊撿起來。

「這是妳的嗎？」他問艾琴瑪。

「是的。」她答道。在場所有的婦女都齊聲歡呼，因為艾葵妃的厄運終獲解除。

這已經是一年多以前的事了，而且從那之後，艾琴瑪便沒再生過病。但是她怎麼突然會在昨晚開始發寒顫呢？艾葵妃把她帶到煮食的地方旁，把草蓆鋪在地上並生起火。可是艾琴瑪的身體狀況愈來愈糟，艾葵妃跪在她身旁，手掌不斷觸碰女兒滾燙而溼透的額頭，口中祈禱了上千遍。雖然她丈夫的其他妻子一直跟她說，那不過是野巴，但她根本聽不進去。

歐康闊從樹林中回來，左肩上扛了一大捆草葉、樹根及樹皮，都是從具有醫療效用的樹木及灌木上採集來的。他走進艾葵妃的小屋，放下肩頭上的擔子後坐下。

「給我拿一個鍋子來，」他說。「先別管孩子。」

艾葵妃去拿了鍋子來後，歐康闊開始從採集過來的草藥中，摘取最好的部分，然後每種按照一定的比例放在一起後，切碎放進鍋內。接著艾葵妃把水倒進鍋內。

「這樣夠嗎？」把大碗中大約一半的水倒進後，她問。

「再倒一些……我說一些就好，妳耳聾是嗎？」歐康闊對她吼了起來。

她把鍋子放在火上後，歐康闊拿起他的大砍刀，回去主屋。

「妳得小心煮草藥，」他走時這麼對她說。「別讓草藥煮過頭了，煮過頭就沒有療效了。」他回去主屋後，艾葵妃就開始細心看顧這鍋草藥，彷彿看顧生病的孩子一樣，目光不時從艾琴瑪的身上回到鍋子，又從鍋子回到艾琴瑪身上。

歐康闊覺得草藥已經煮得差不多後便回來了。他仔細看了一下說，已經煮好了。

「拿一張矮凳給艾琴瑪，」他說。「還要一張厚蓆。」他把鍋子從火上拿下，放置在矮凳前。他叫醒艾琴瑪，把她帶來坐在矮凳上，讓她雙腳跨在冒蒸汽的鍋子上方，然後把艾琴瑪和鍋子一起用厚蓆蓋起來。熱騰騰的蒸汽使艾琴瑪嗆得受不了。她想掙脫，但歐康闊把她壓住，於是她哭了起來。

厚蓆終於拿開時，她全身已給汗水溼透。艾葵妃用布把她擦乾之後，她便在一張乾草蓆上躺下，很快就睡著了。

①伊博文iba，也就是瘧疾。瘧疾在奈及利亞很普遍，因為奈國的蚊子很多為帶瘧疾的瘧疾蚊。本章一開始提到歐康闊夜半起來搔一處被蚊子叮的地方，接著還讓他回顧小時候他母親說的蚊子的故事，應該就是在預示接下來孩子得了瘧疾的事。瘧疾曾經是會致命的疾病；病徵是身體會忽冷忽熱，全身發燙，發冷時會全身抖動，不管蓋多少條棉被還是一樣。

②舊時蛋類食品因很罕見，故被視為美食。故事發生的時代，甚至只有長老級人物才能吃蛋。既是罕有的美食，若讓孩子食髓知味了，則可能因為不能常有蛋吃又很想吃的情況下，而偷家裡的錢或別人家的錢去買蛋。

③伊博文ogbanje，歐班桀就是故意把不幸帶給一個家庭，來折磨那個家庭的惡靈。按字面上的意思翻譯，就是指「一直不斷來了又走了的小孩」。人們相信歐班桀出生後，通常活不過青春期就會死掉，然後再從同一個家庭出世，如此不斷重複來來去去，給家庭帶來不幸。有時人們認為把陰莖毀傷可以擺脫掉這種惡靈，但一般認為，需要把這種惡靈的信物，即「依宜－巫娃」（iyi-uwa）挖出（人們相信是這種惡靈藉著歐班桀祕密埋在地底下的），才可以確保歐班桀不會再把不幸帶給某個家庭。此信物就是歐班桀能再來人世間的管道，同時也藉著此信物，歐班桀能容易找到受害家庭而再出世，把不幸帶給同一個家庭。

④伊博族有很多傳統近似舊約的文化，如舊約的亞伯拉罕在他孩子出生第八日行割禮（就是把包皮割掉），伊博族也是一樣。所以有研究種族的人類學家認為伊博族（Igbo）與古時的希伯來人（Hebrew）有一些淵源；Igbo這個字的音讀起來也酷似Hebrew。

⑤依宜－巫娃（iyi-uwa）是一個已故孩子（即歐班桀）與陽間連結的信物；此信物使它可以再回到陽世讓同一個母親生出來。很多東西都可以拿來當依宜－巫娃：石頭、布娃娃、死掉孩子的頭髮或衣物、某預兆性的信物、或是供品等等。

⑥伊博文Akalogoli，在伊博文化的思想體系裡，Akalogoli指惡人或所有慘死之人的遊魂，專找活人的麻煩。

⑦這很顯然是艾琴瑪的母親說給她聽過的故事。在奈及利亞，尤其在舊時，做母親會對孩子說很多以各種動物為角色的寓言故事。這些故事都涵蓋濃厚的道德教訓。這個蛇蜥因為誤會母親而把母親殺死的故事，在警告人行事不能衝動，不清楚事情原委之前別做出會讓人後悔莫及的事。

# 第十章

在村子的倚婁周邊，太陽熱度逐漸消退而不再熱得灼痛人的體膚時，大群村民才開始到倚婁聚集。大部分村子的集會或慶典都會在一天的這個時候開始，因此即使公佈說，儀式將在「中餐過後」舉行，每個人都知道，其實要等到中餐過後很久，太陽的熱度緩和下來之後，才會開始舉行。

從群眾站或坐的方式，很明顯可以看出這個將要執行的儀式只有男士能參與。在場雖有很多婦女，但她們只站在外圍旁觀。有頭銜的男士及長老坐在凳子上等待審判開始。在他們面前擺有一排凳子，但還沒有人坐在上頭。凳子總共有九張，在凳子的另一邊，於適當的距離之外，有兩小組人站著，面對長老。其中的一組有三個男人，另外一組則有三個男人和一個女人。那女人叫孟芭芙，而和她一起的三個男士是她的兄弟；另一組的人，其中一個是她丈夫，名叫烏左烏魯，另外兩個是他的親屬。孟芭芙和她的兄弟像雕像般站定不動，而雕刻家在「雕像」臉上刻了反抗不服的神情；另外一邊，烏左烏魯和他的親屬則交頭接耳，看起來像是在耳語，事實上他們是在高聲對談。在場的群眾每個人都在講話，就像在市集上一樣。從遠處聽，群眾的說話聲隨風飄動，在風中低沉地隆隆作響。

鐵鑼敲響了，人們知道這表示儀式正式開始，於是每個人都往「伊古古」屋的方向看過去。鐵鑼鏘鏘鏘繼續敲著，接著笛子也吹出一聲高昂有力的鳴響，然後伊古古發出粗嘎而令人生畏的喉音；婦女與小孩受其聲浪衝擊，紛紛往後退，但他們只是退後一些，因為他們站的地方離伊古古已經夠遠了，就算伊古古會走向他們，他們絕對有足夠的空間逃跑。伊古古屋現在滿是魔音傳腦的顫聲，才從地底冒出的先祖神靈正以某種神祕的語言彼此打著招呼：「阿魯—喔音—的—的—的—地——」這樣的問候聲散布在空氣中。從地底冒出的神靈會先在伊古古屋裡出現，離群眾很遠的伊古古屋面朝森林，群眾看到的是屋後牆上由很多顏色所組成的花紋與圖畫，那是由特別選出的婦女，在固定的時間間隔所彩繪出來的。這些婦女從未見過屋內的景況；事實上，沒有任何婦女見過。她們在洗刷及彩繪外牆時都有男人在一旁監控，就算她們會想像屋內的景象，也只是把想像放在心上。對這個宗族裡最具影響力，同時也是最神祕的教派，從來沒有任何婦女敢問任何問題。

黑暗、緊閉的伊古古屋充斥著「阿魯—喔音—的—的—的—地」的聲響，如同烈火的語言。這些宗族先祖的神靈就要來了；此時鐵鑼的敲擊聲已變得連綿不斷，高昂刺耳的笛聲則在這一片渾沌之上飄動著。

緊接著伊古古出現了。婦女小孩都驚聲尖叫、拔腿就跑。這是直覺的反應，有個女人一見到伊古古就逃得不知去向。那天，宗族中九個最具權威、戴著面具的神靈一起出現時，那場面確實驚心動魄，就連孟芭芙也忍不住要逃，多虧她的兄弟把她控制住。

這九位伊古古代表著宗族的九個村落，其領導者就叫惡林，他的頭上冒著煙。烏默非亞的九個村落就是從宗族始祖的九個兒子傳承下來的，惡林代表烏堳魯村，也就是厄魯之子孫，而厄魯則是先祖九個兒子中的長子。

「烏默非亞村民，格努！」伊古古的領袖一面大聲跟村民打招呼，一面以其椰葉手臂做推動空氣狀，宗族的長老回應著說：「呀——啊！」

「烏默非亞村民，格努！」

「呀——啊！」

「烏默非亞村民，格努！」

「呀——啊！」

打完招呼後，惡林把嘎嘎響的手杖尖銳那端刺入地面，戳入地底的手杖於是震動了起來，而且發出更大的聲響，彷彿某種金屬生命在手杖裡騷動似的。他在第一張空凳子上坐下，其餘的伊古古也按照個別的輩分權力坐在適當的凳子上。

歐康闊的妻子，或許還有其他婦女，可能會注意到，第二個伊古古走路騰躍的樣子，很像歐康闊，而且她們可能也有注意到，坐在伊古古後方的長老以及有頭銜的人當中，並沒有歐康闊的身影。但即使她們心中做了這些聯想，她們也不會說出來。走路像在騰躍的那位伊古古，是宗族裡一位已故的父老，他看起來很可怕，他蓋滿椰葉的身軀冒著煙，那張巨大的木頭臉上，除了中空的圓眼以及大如人手指的漆黑牙齒之外，全漆成白色；頭上還有一對雄壯有力的角。

所有伊古古都坐定之後，他們身上的諸多鈴鐺以及嘎嘎響的東西也都靜止下來，惡林便開始對面向他的兩組人說話。

「烏左烏魯的身體，我跟你問好！」他說。神靈總是把人叫做「身體」，烏左烏魯彎下身軀，並以右手碰觸地面做服從狀。

「我們的先祖，我手已著地。」他說。

「烏左烏魯的身體，你認識我嗎？」神靈問。

「我怎麼可能認識您，先祖？您是如此超越我們凡人的認知。」

這時惡林轉向另一組人，並對三位兄弟中最年長的一位說：

「歐杜奎的身體，我跟你問好。」他說。歐杜奎彎下身體，手觸地面。接著開始審訊。

烏左烏魯往前站一步，開始陳述他的指控：

「站在那邊的那位婦人是我的老婆，叫孟芭芙。我付了錢，送了山藥給她的家人，才把她娶進門。我什麼也沒欠我的親家，我沒欠他們山藥，也沒欠他們芋頭；但一天早晨，他們來了三個人，把我揍了一頓之後，便把我的妻子以及孩子給帶走。這事是在今年的雨季發生的。我苦等著妻子回來，但只是空等。最後我到我親家那裡去，對他們說：『是你們把你們的妹妹帶走的，我可沒有趕她走。既然是你們自己帶她走的，按宗族的法律規定，你們必須把我付的聘禮還給我。』但我妻子的兄弟卻說，他們跟我沒什麼好談的。所以我才把這件事帶到宗族的先祖面前，請您們來作裁決。我陳情完畢。謝謝。」

「你說得有理。」伊古古的領袖這麼說。「現在讓我們聽歐杜奎的說詞吧！他說的，可能也有理。」

歐杜奎長得矮而結實。他走向前和先祖的神靈打過招呼後，便開始陳情。

「我親家說，我們到他家裡把他揍了一頓，並把我的妹妹和她的孩子帶走。他說的沒錯。他還告訴您們說，他來向我們討聘禮，但我們回絕他，這也屬實。但我這個親家，烏左烏魯是個禽獸。我妹妹和他生活了九年，但這九年來，這禽獸沒有一天不打她，我們一直試著解決他們夫妻之間的紛爭無數次了，每次都是烏左烏魯不對——」

「你說謊！」烏左烏魯大聲咆哮。

「兩年前，」歐杜奎繼續說。「她懷孕時，他還把她打到流產。」

「你說謊！她流產是因為她跑去和她的情人睡覺。」

「烏左烏魯的身體，聽著，」惡林說著要他住嘴。「什麼樣的情人會和懷孕的女人睡覺呢？」這時從群眾那裡傳來喃喃的斥責聲。歐杜奎繼續說：

「去年我妹妹大病過後，還未完全恢復時，他又把她打得很嚴重，如果不是左右鄰居前去救她，她準會被打死。這件事傳到我們耳中之後，我們便趕去把她和孩子帶走。根據我們烏默非亞的律法，如果一個女人逃離夫家，則應當退還聘禮。但我妹妹逃離夫家，是為了保住自己的性命。她的兩個孩子理當歸屬烏左烏魯，這點毋庸置疑，但因為他們都還小，離不開母親。如果烏左烏魯能戒除惡性，正正當當到我家來請求他妻子回去，他妻子不會不從；但如果他敢再對她動粗的話，我們有權切斷他的生殖器。」

眾人聽了嘩然大笑，於是惡林站了起來，原有的秩序立即恢復；惡林頭上不斷冒出陣陣煙霧。惡林又坐下之後，叫兩位證人站出來；他們都是烏左烏魯的鄰居，而且都證實他會打妻子。聽完後，惡林站起來，拔出手杖後又再度把手杖戳入地。他往婦女站的地方跑了幾步，她們都嚇得逃開，但幾乎又立刻回到原來站的地方。接著九位伊古古回到伊古古屋去商討此案該如何定奪。他們沉寂了好一段時間之後，鐵鑼又鏘鏘鏘響了起來，笛子也吹響了，伊古古又從他們地底的家冒了出來，他們彼此互打招呼之後，再度出現在倚妻。

「烏默非亞村民，格努！」惡林面對宗族的長老以及重要人物，高聲招呼問候。

「呀——啊！」群眾如雷回應著，然後靜默似乎從天空降下，吞噬了所有的聲響。

惡林開始說話。他說話時其他所有人都靜默，其他八位伊古古則如雕像般一動也不動。

「我們已聽完兩方的說詞，」惡林說，「我們的職責不是要譴責這人或褒揚那人，而是要解決紛爭。」他轉向烏左烏魯那一組人，暫停了一下，說：

「烏左烏魯的身體，我跟你問好！」他說。

「我們的先祖，我手已著地。」烏左烏魯回答，手碰著土地。

「烏左烏魯的身體，你認識我嗎？」

「我怎麼可能認識您，先祖，您超越我們凡人的認知，」烏左烏魯回話。

「我是惡林，我有權把一個人在正值生命最甜美的年歲時殺死。」①

「您說的是。」烏左烏魯說。

「帶一壺酒到你親家家裡，請求你妻子回到你身邊。男人打女人可不是英勇的表現。」說完他轉向歐杜奎，暫停一下，說：

「歐杜奎的身體，我跟你問好。」他說。

「我手已著地。」歐杜奎回答。

「你認識我嗎？」

「沒人真正認識您。」

「我是惡林，我是塞滿口的乾肉，是無薪長燃的火②。如果你親家提酒去你家求你，就讓你妹妹跟他回去吧！」他把木杖從堅硬的地上拔出，然後又刺回去。

「烏默非亞村民，格努！」他大聲對群眾招呼，群眾也回應著。

「我不明白為何把這種芝麻小事③帶到伊古古的面前審判！」有個長老對另一個長老這麼說。

「你難道不知道烏左烏魯是個什麼樣的人嗎？若不是伊古古出面調停，他什麼也聽不進去！」另一位長老這麼說。

在他們倆講話的同時，已經有另外兩組的人站在伊古古面前，於是一場重大的土地糾紛案開始接受審理。

①所謂一個人生命最甜美的年歲，意指最不想死的時候。有一說是強調，惡林要人記住，掌控人生命的，不是人自己，而是先祖的神靈。

②乾肉指炸過的肉，而炸過的肉不像水煮的肉。水煮的肉柔軟，可以輕易的咀嚼下嚥，而乾肉可就要花一番工夫咀嚼，才能下嚥，而若是滿嘴的乾肉，吃起來就會更辛苦。所以，意思是，惡林特別對人強調神靈可是不好惹的。而「無薪長燃的火」又是什麼意思？古時沒有電，哈麥丹季來臨時夜晚睡覺時特別寒冷。如果你拿束薪起火，乾柴烈火，很快柴火就會燒盡，無法持續一整夜，而如果拿半乾半溼的樹枝來燒的話，就不一樣了；既可以有火焰，而且可以持續整夜。所以惡林的意思是，神靈帶給人的溫暖與保護是長存的。（資料來源：Professor Raphael Orji）

③丈夫毆打老婆，一次打到老婆流產，另一次幾乎快把她打死——是芝麻小事嗎？作者特別把這兩位長老的對話寫下來，用以指出在伊博族，特別是舊時男尊女卑的時代，家暴並不被看成是什麼嚴重的事，而這裡特別也反映出歐康闊會打老婆的事在烏默非亞村不被視為什麼大不了。而作者特別把這案子的審理寫在小說故事裡，當然就是要指出這種男尊女卑的文化會出現的問題。

# 第十一章

這段時間，夜常是暗得伸手不見五指，月亮愈來愈晚升空，現在只在黎明才見月亮姍姍來遲。每當月亮遺棄夜晚，只在雞鳴時分才露臉時，夜總是漆黑如炭。

艾琴瑪和她母親吃過山藥福福和苦葉濃醬湯當晚餐之後，坐在鋪地板的草蓆上，一盞棕櫚油燈發出昏黃的亮光。沒有這油燈根本沒法吃晚餐：這麼黑的夜，沒有燈，恐怕連嘴巴在哪裡都不知道。歐康闊的四座屋子，每座都有一盞油燈，每座屋子從其他屋子望過去，看起來就像安置在厚實的暗夜裡，帶著黯淡光芒的柔和眼睛。

夜裡除了蟲兒尖銳的叫聲之外，一片靜寂。蟲鳴，加上恩瓦憶葉凱用搗搥搗木臼，調製福福的聲音，構成了夜的一部分。恩瓦憶葉凱就住在離歐康闊家四個宅院遠的地方，她最出名的就是常常很晚才準備晚餐，附近每個婦人都熟悉恩瓦憶葉凱搗木臼的聲音，那聲音也成了夜的一部分。

歐康闊已經吃過妻子們端來的晚餐，現在他背靠著牆。他搜尋羊皮袋把鼻煙瓶拿出來，打開瓶蓋欲把煙草倒在左手掌上，但卻倒不出來，於是他把鼻煙瓶拿在膝蓋上敲，想鬆動裡頭的煙草。歐凱凱製的鼻煙總是會有這種問題——總是太快受潮，裡頭含有太多硝酸。在這之前，歐康闊已經有好一陣子沒向他買鼻煙了。真正懂得磨製鼻煙的人是伊迪哥，但最近他生病了。從歐康闊妻子們的小屋傳出斷斷續續低沉的說話聲，間或伴著的歌聲，傳到歐康闊的主屋裡來，每位妻子都對她的孩子們訴說著民謠故事。艾葵妃和她的女兒艾琴瑪坐在鋪在地板上的草蓆上，現在輪到艾葵妃說故事。

「很久很久以前，」她開始說故事，「所有鳥兒受邀參加一場空中的盛宴。為了準備那天的到來，鳥兒都興高采烈地粧點自己，用紫檀粉飾自己的身體，並用烏里在身體上勾勒美麗的圖案。烏龜看到鳥兒盛裝預備，很快就發現他們在預備什麼。動物界所發生的事，沒有一件能逃過烏龜的注意。一向詭計多端的烏龜，一聽到空中即將舉行一場盛宴，喉嚨便開始饑渴得發癢。那時正在鬧飢荒，兩個月來，烏龜都沒吃過一頓像樣的餐點，他變瘦的身軀在空蕩蕩的殼內，彷彿一枝乾樹枝在裡頭嘎嘎發響，所以他開始計畫該如何到天空上去。」

「但烏龜沒有翅膀啊！」艾琴瑪說。

「耐心聽！」她媽媽回答，「故事是這麼說的：烏龜沒有翅膀，所以他到鳥兒那裡去，要求他們讓他一起去共赴盛宴。」

「『我們太了解你了，』鳥兒聽他這麼要求，便這麼說，『你生性狡猾，而且不知感恩，若我們讓你同我們一起去，難保你不會使詭計。』『你們其實並不了解我，』烏龜說，『我已經改過自新了。我現在知道，給別人製造麻煩的人，到頭來也會給自己製造麻煩。』烏龜油嘴滑舌，不一會兒工夫，所有鳥兒都相信他已經改過自新。於是，每一隻鳥都拔一根羽毛給他。他把所有的羽毛集合起來，給自己製作了一雙翅膀。」

「最後，盛宴的日子終於來臨，第一個到達集合地的就是烏龜。眾鳥都到齊之後，他們便一起出發，飛在鳥兒中間的烏龜高興得高談闊論。很快，鳥兒便推舉他當他們的發言人，因為他真是個能言善道的演說家。」

「『有件重要的事情，我們千萬不能忘記，』他邊飛邊說，『當人們受邀參加如此的盛宴時，會需要因應這種場合，給自己取新名字。天上盛宴的主人會希望我們遵守這個確立已久的傳統。』沒有鳥兒聽過這種傳統，但他們知道烏龜曾到過很多地方旅行，熟知不同文化的傳統——儘管烏龜有很多其他缺點，於是每隻鳥兒都給自己取新名字。所有的鳥兒都有了新名字之後，烏龜也給自己取了一個新名字，叫做『你們全體』。」

「最後他們終於到達空中，天上的主人很高興他們的來臨。穿戴著五顏六色羽翅的烏龜站出來，謝謝主人的邀請。他的致詞流利，滔滔不絕，所有鳥兒都很高興把烏龜帶到宴會中，個個對他的演說內容都點頭表示同意。宴會的主人把他當成鳥中之王，特別是因為他比起其他所有的鳥兒，看起來就是有些不一樣。他們吃過獻上的可樂果之後，天上的人們為客人擺上烏龜最夢寐以求的可口美食。濃沾醬湯才從煮食的火上取下，裝湯的正是煮這湯的鍋，鍋內滿是牛肉、魚肉。烏龜開始出聲，嗅著食物的香味，有山藥糕、有和著棕櫚油和鮮魚煮成的山藥粥，還有好幾壺棕櫚酒。所有食物都擺齊在客人面前時，主人派一個人把所有的食物，每一鍋都嚐過一點①。然後這人邀請鳥兒開始用餐，但烏龜卻跳出來問：『你們是為誰準備這盛宴的啊？』」

「『為你們全體啊！』這人回答。」

「烏龜轉身對眾鳥說：『你們記得，我的名字是你們全體嗎？這裡的習俗是，發言人要先吃，之後才輪到其他人。我吃過之後，你們才吃。』」

「於是烏龜開始吃了起來，其他鳥兒則氣得喃喃抱怨。天上的人們還以為，鳥國的傳統是要讓鳥王先嚐過所有的食物。就這樣，烏龜把食物最好吃的部分吃個精光，還喝了兩壺棕櫚酒，到最後他的身體都塞滿了食物和酒；飽滿的身體於是擠滿了他的龜殼。」

「現在鳥兒集合過來吃剩下的食物，並啄食烏龜丟了滿地的骨頭。有些鳥兒根本氣得吃不下去，寧可空著肚子飛回家。但在他們離開之前，每隻鳥兒都把先前借給烏龜的羽毛拔回來。到最後烏龜只剩下他原有的硬殼，硬殼裡的身體裝滿食物和酒，但卻沒有翅膀可以讓他飛回家。烏龜請求鳥兒帶個口信給他的老婆，但他們全都拒絕了。到後來，原本比其他鳥兒都還要生氣的鸚鵡突然改變心意，答應要幫烏龜帶訊息。『請告訴我老婆，』烏龜說，『把家裡所有柔軟的東西都拿出來把院子鋪滿，這樣我從空中跳下來時才不會有太大的危險。』」

「鸚鵡答應要傳遞這個訊息後便飛走了，但當他飛到了烏龜的家時，卻告訴烏龜的老婆，把家裡所有堅硬的東西拿出來，於是烏龜的老婆便把丈夫的鋤頭、大砍刀、矛、槍，甚至他的火炮都搬出來。烏龜從空中往下看，只看見他老婆把東西拿出來，但因為實在太遠，所以看不清楚她搬出來的是什麼東西。等到一切似乎都準備就緒後，他便讓自己往下掉。他掉啊、掉啊、掉的，直到他開始害怕自己是否要掉入無止無盡的無底洞。然後，突然間砰地一聲，如火炮開爆似的，他重重摔落在自己的院子裡。」

「他死了嗎？」艾琴瑪問。

「沒有，」艾葵妃回答。「只是他的殼卻摔成碎片。還好他家附近有一位厲害的巫醫。烏龜的老婆派人把巫醫請來，巫醫把殼的碎片集合起來，黏在一起。這就是為何龜殼從來不是一整片的。」

「這故事沒有附帶歌曲耶！」艾琴瑪指出。

「是沒有啊！」艾葵妃說。「讓我想想另一個有附帶歌曲的故事。不過，現在換妳說故事了。」

「很久很久以前，」艾琴瑪開始說，「烏龜和貓去找山藥比賽摔跤——不對！不對！故事的開頭不是這樣的。從前從前，動物王國裡發生了一場大飢荒，每隻動物都骨瘦如柴，只有貓例外。貓不僅肥滋滋，身體還油亮油亮，好像抹了層油似的。」

她突然住口，因為就在這個時候，一聲高昂宏亮的人聲劃破了外頭夜的寂靜。那是齊耶婁，也就是阿巴拉的女祭司；她在說預言。這沒有什麼稀奇的。齊耶婁有時會被阿巴拉的神靈附身，然後開始說預言。但是今晚，她的預言是特別說給歐康闊聽的，所以他家裡每個人都仔細聆聽，所有民謠故事都停下來了。

「『阿巴拉』都－歐－歐－歐！『阿巴拉』耶凱恩尼歐－歐－歐－歐②。」這聲音像把利刃劃破了夜。「歐康闊！『阿巴拉』耶凱恩尼歐－嗚－嗚－嗚！『阿巴拉』－丘魯－依夫－阿達－呀－艾琴瑪－歐－歐－歐－歐！」

一聽到預言提到艾琴瑪的名字，艾葵妃就急扭她的頭，像隻動物嗅到空氣中死亡的味道，她的心在體內痛苦跳動著。

女祭司現在已經來到歐康闊的庭院，正在主屋的外面與歐康闊對談。她一次又一次重複著說，阿巴拉神祇要見他的女兒艾琴瑪。歐康闊請求她清早再來，因為艾琴瑪已經睡著了；但齊耶妻對他的請求聽而不聞，繼續喊著說阿巴拉神祇要見他的女兒。她的聲音就像金屬一樣宏亮清晰，歐康闊的妻兒在她們的小屋內，把她說的每個字句都聽得一清二楚。歐康闊還是一直求她說，他女兒最近身體不太好，而且現在已經睡著了。艾葵妃很快把女兒帶進臥房內，讓她躺在高的竹床上。

女祭司突然尖聲說道：「當心啊！歐康闊。」她警告說，「當心！你竟敢跟阿巴拉神祇討價還價。神靈說話時，凡人有回嘴的餘地嗎？要當心啊！」

她穿過歐康闊的主屋，進入圓形的庭院，然後直接走向艾葵妃的小屋。歐康闊跟在她後面。

「艾葵妃！」她叫道。「阿巴拉神祇跟妳問好。我女兒艾琴瑪在哪裡啊？阿巴拉神要見她。」

艾葵妃左手提著油燈從屋裡走出來。屋外吹著微風，她把右手拱成杯狀，護著油燈的火焰。恩沃葉的母親同樣也手提著油燈從屋裡出來。她的孩子們也都到屋外來，在黑暗中看著這個奇怪的事件。歐康闊最年輕的老婆也出來與其他人站在一起。

「阿巴拉神祇要在什麼地方見她？」艾葵妃問。

「還有哪裡！當然是在祂的家，也就是群山洞府裡的神示所。」女祭司答道。

「那我也要一起去。」艾葵妃堅定地說。

「圖非呀－阿！」③女祭司咒罵著，她的聲音就像乾季裡怒吼的雷鳴，霹哩啪啦響著。「放肆！妳這女人竟敢擅自主張要與萬能的阿巴拉神祇同行！當心啊！女人，免得阿巴拉神在盛怒之下懲罰你。把我的女兒帶出來。」

艾葵妃進去屋內把艾琴瑪帶出來。

「我的女兒，過來，」女祭司說。「我會把妳背在背上。嬰孩待在母親背上，才不會覺得路途遙遠。」

艾琴瑪開始哭了起來。她很習慣齊耶妻把她叫做「我的女兒」沒錯，但眼前這個站在昏黃燈光下的人，顯然和她所熟知的齊耶妻不同。

「別哭，我的女兒，」女祭司說，「免得阿巴拉對妳生氣。」

「別哭！」艾葵妃說。「她很快就會把妳帶回來的。我給妳魚乾帶著吃。」她又走進小屋，把一個燻黑的籃子取下；籃子裡有魚乾、還有其他煮濃醬湯的食材。她把一塊魚乾掰成兩片，一片拿給依偎在她身旁的艾琴瑪。

「別怕！」艾葵妃邊說邊撫摸著艾琴瑪剃成規則圖案的頭髮，然後她們倆一起走出屋外。女祭司跪著一隻膝蓋，讓艾琴瑪爬到她的背上，艾琴瑪的左手掌緊握著魚片，眼睛泛著淚光。

「阿巴拉都－歐－歐－歐！阿巴拉耶凱恩尼歐……」女祭司又開始吟誦著向阿巴拉神祇致敬

的詞。她突然急轉彎穿過歐康闊的主屋，走過屋簷時特別蹲低。現在艾琴瑪已經哭得很大聲了，邊哭邊叫著媽媽。最後，女祭司的吟誦聲和艾琴瑪的哭叫聲都消失在濃厚的暗夜之中。

艾葵妃杵在原地，望著聲音消失之處，剎那之間，突然全身出奇地發軟，就像一隻母雞望著她唯一的小雞被鳶鳥叼走一樣。艾琴瑪的聲音很快消失了，只剩下齊耶妻漸漸移往遠處而變弱的吟誦聲。

「妳為什麼站在那裡不進去屋裡呢？她又不是遭綁架！」歐康闊邊走進主屋邊這麼對她說。

「她很快就會把她帶回來的。」恩沃葉的母親對她說。

但這些勸慰的話，艾葵妃都聽不進去。她站了一會兒，接著突然打定了主意，她很快穿過歐康闊的主屋，走出宅院。

「妳要到哪裡去？」他問。

「我要跟蹤齊耶妻。」她回完話後，很快消失在黑暗中。歐康闊清清喉嚨，然後從他身旁的羊皮袋拿出鼻煙瓶。

女祭司的聲音在遠處已變得很微弱。艾葵妃很快來到村子的主要路徑，然後左轉朝聲音的方向去。茫茫暗夜中，她的眼睛根本無用武之地，但是道路兩旁的樹枝與含露的樹葉，讓她可以輕易循著滿佈砂石的路徑走。她開始跑起來，雙手握住胸部，免得乳房盪來盪去拍打身體製造聲響。突然，她左腳板撞到突出地表的樹根，於是她害怕了起來，這可不是好預兆。她跑得更快了，但齊耶妻的聲音還是在遠處，難道齊耶妻一直都用跑的嗎？她背著艾琴瑪怎麼可能走這麼快？雖然夜裡很涼，但艾葵妃跑著跑著已經覺得熱了起來。她一直撞到長到路徑上來的濃密野草及藤蔓，有一次，她絆倒了，驚愕地發現齊耶妻停止了吟誦。她的心跳得很厲害，整個人靜止不動，接著齊耶妻高昂的吟誦聲又重新冒出，就在前方幾步路遠的地方。但艾葵妃就是看不見她，她把眼睛閉上一會兒再用力睜開，想要看清楚，但根本沒用，充其量只能看到自己的鼻樑。

天上連一點星光也看不見，一大片雨雲遮著天空。一隻隻螢火蟲提著一盞盞特小號的綠燈籠四處飛動，但只讓這濃濃的暗夜暗得更深邃。除了齊耶妻間或冒出的吟誦聲外，夜裡四處充滿著林中昆蟲尖銳的震顫聲，與這無窮無盡的黑暗交織在一起。

「阿巴拉都－歐－歐－歐！阿巴拉耶凱恩尼歐－嗚－嗚－嗚！」艾葵妃疲累費力地跟在後面，既沒有跟得太近，也沒有離得太遠。她想她們很可能已經快到神示所了。現在她可以慢慢走，也就有時間思考。她們進入洞府之後，她要做什麼呢？她可不敢進去；她會等在洞口，一個人孤孤單單在那個可怕的地方等著！她開始想著各種在暗夜裡會出現的可怕東西。她記得好久好久以前，有個晚上她看到了「歐布－阿嘎力－歐度」（ogbu-agali-odu），那是藉由某種強勁巫術所放射出來的邪惡精素，古早以前，部族為了對付敵人，特別製作並放射出這種邪惡的物質，但如今部族的人已經不知道要如何控制這種四處飛竄的歐布－阿嘎力－歐度。艾葵妃記得，那個晚上與這個晚上一樣暗，那時她與她母親到溪流取水，在回家途中不期然看到那東西發著光，而且還朝她們的方向飛過來。她們嚇得把水缸丟在地上，躺在路邊，心想那惡意的光就要降臨她們身上，取她們的性命。她就那麼一次見過歐布－阿嘎力－歐度；雖然那已經是好久以前的事了，每次她憶起那天晚上，還是會嚇得冒冷汗。

女祭司的吟誦聲已經不再那麼密集，但依然宏亮清晰。夜氣寒冷，而且含著露水，溼氣很重。艾琴瑪打了噴嚏，艾葵妃悄聲說：「願生命歸妳！」④同時，女祭司也說：「願生命歸妳，我的女兒！」在這漆黑的夜聽到艾琴瑪的聲音，讓艾葵妃的心暖了起來。她還是步履艱難、慢慢跟在後面。

突然，女祭司尖聲喊道：「有人偷偷跟在我後面！」她說。「不管你是人是鬼，願阿巴拉用鈍剃刀剃你的頭⑤，願阿巴拉扭斷你的脖子！」

艾葵妃立定不動，有個念頭對她說：「女人，回家吧！免得阿巴拉的神靈懲罰妳。」但她就是無法這樣回家。她站在原地等齊耶婁走了一段距離之後，才再繼續跟蹤。走了這麼久，她的四肢和頭部都有點凍僵了。突然她想到，她們應該不是才要走到神示所，而是其實早已經過了洞穴。現在應該已經快要到烏木阿齊村了，那是宗族裡最遠的村落。現在齊耶婁的吟誦聲間隔久久才出現一次。

艾葵妃感到黑夜已不再那麼濃厚，雨雲已消散了一些，點點星光就露了出來。月亮應該準備要升起了，一定還是鬱鬱寡歡的樣子。月亮很晚才升上空的話，人們說它一副拒吃東西的樣子，就像個與老婆吵過架的丈夫，悶悶不樂，拒吃老婆煮的食物。

「阿巴拉都－歐－歐－歐！烏木阿齊！阿巴拉耶凱恩尼烏努歐！」果真如艾葵妃所想的，女祭司現在正在跟烏木阿齊村打招呼。真是不可思議，她們竟然走了這麼遠的路。她們從林中窄小的路徑進入空曠的村落時，黑夜便不再那麼深沉，可以隱約看到樹木模糊的形狀。艾葵妃用力擠眼睛，想把她女兒和女祭司看個清楚，但每當她以為已經看到她們的身形和輪廓時，眼前的她們總又立刻化為黑黑的一團。她全身凍僵，辛苦地跟著。

現在齊耶婁的聲音不斷高昂起來，如同她一開始啟程一般。艾葵妃感到已來到一處空曠的空地，所以她猜那應該是這村子的倚婁，也就是村民集會或活動的空地。接著她猛然發現，齊耶婁已不再往前移動，事實上，她正在往回走。艾葵妃於是立刻閃躲起來，讓齊耶婁走過去之後，她們又「一起」按來時路往回走。

那真是個漫長又令人厭倦的旅程。艾葵妃大部分時候都覺得像是在夢遊一般。月亮確實正在上升，雖然尚未升上天空，其光亮已逐漸化開夜的暗。艾葵妃現在已能分辨女祭司以及她背上「擔子」的形影，她慢下步伐，好讓女祭司走遠些。她怕萬一齊耶妻突然轉身看到她，天曉得會有什麼樣的後果。

她一直祈禱月能上升，但現在她發現這初升的月，發出朦朧昏黃的光比黑暗更可怕。她發現，自己周遭出現模糊奇幻的人影，想仔細看時，那人影卻突然消失，然後頓時又以另一身形冒了出來。艾葵妃有一度嚇到差點呼喚齊耶妻來陪她作伴、給她安慰。（她所看到的其實是一個人爬上一棵棕櫚樹的身影；他的頭朝地，腳朝天。）但就在那一刻，齊耶妻又揚起聲音，全然神靈附體似地高昂吟誦，於是艾葵妃畏縮了，眼前的齊耶妻身上沒有人的性情，這個齊耶妻不是那個在市集上與她坐在一起，有時會買豆糕送給艾琴瑪，把艾琴瑪叫做「我的女兒」的齊耶妻，眼前這個齊耶妻根本是另外一個女人——是群山洞府神示所供奉的阿巴拉神祇的女祭司。現在她覺得自己舉步艱難，走在兩個令她害怕的東西中間，她感到自己近乎麻木的腳步聲，聽起來像是某個跟在她身後的人發出的聲音。她雙手交叉在她裸露的胸部上，濕重的露水凝降，空氣甚為寒涼。她已經無法思考了，甚至也無法想夜晚會出現的恐怖事物。她只是半睡半醒緩行著，只有齊耶妻冒出高聲的吟誦時，她才會整個人頓時醒覺過來。

最後她們終於轉了個彎，開始往洞府的方向走去。從那之後，齊耶婁的吟誦聲就沒有間斷了。她用多重的名號來讚美她的神——掌握未來者、土地的使者、有權在生命最甘美時取走人之性命者。艾葵妃也清醒過來了，然而她先前僵化掉的恐懼感卻也跟著醒了。

月已升上天空，她可以清楚看見齊耶婁和艾琴瑪了。一個女人竟能輕而易舉背著這麼大的孩子走這麼遠的路途——這真是奇蹟。但艾葵妃心裡想的不是這個。那個晚上，齊耶婁根本不是個女人。

「阿巴拉都—歐—歐—歐！阿巴拉耶凱尼歐—歐—歐—歐！齊—內布—瑪督—烏博西—恩督—亞—烏投—達陸歐—歐—歐！」⑥

艾葵妃已經能看見丘陵隱約顯現在月光中。從天空看，這些丘陵形成一個圓形的環，其中一段有個缺口，路徑就是從這缺口導入中央。

一步入山環之中，女祭司吟誦的音量不僅加倍，而且還在整個山谷裡迴盪著，這個聖陵所供奉的阿巴拉神祇果真是不同凡響。艾葵妃小心安靜地循著路徑走，她開始想著自己這一路跟隨，其實不是很明智。艾琴瑪不會有事的，她想。就算會發生什麼事，她有辦法阻止嗎？她根本不敢進入這洞穴。她來這裡根本沒有用，她想。

她心裡這麼想著時，她並不知道她們已經很靠近洞口了，這時女祭司背著艾琴瑪，從一個小到只能讓一隻母雞穿過的入口隱入洞穴中，艾葵妃突然跑了起來，湧起想要阻止齊耶妻的衝動。她站在那裡瞪著那個把她們吞入的黑暗小洞口時，不禁淚如泉湧，心裡頭發誓，若她聽到艾琴瑪哭起來的話，一定會衝入洞府裡護衛她，就算得對付這世界上所有的神祇也一樣，她寧可和女兒一起死。發過誓後，她便坐在一塊岩壁突出的台上等著。她的恐懼已經消失了。她可以聽見女祭司的聲音，已不再尖銳宏亮，洞府裡的空曠吸收了她聲音裡金屬般的高昂。她把臉埋在腿上等著。

她不知道已經等了多久，應該有好一大段時間了。她的背朝著步出山環的缺口。她一定是聽到背後有個聲音，才猛然轉身。一個男士手上拿著大砍刀站在那裡。艾葵妃尖叫了一聲，站了起來。

「別傻了！」是歐康闊的聲音。「我還以為妳會跟著齊耶妻一起進入洞府裡呢！」他挖苦道。艾葵妃沒有回答，眼中充滿感激的淚水。她知道她的女兒會安全沒事。「回家睡覺吧！」歐康闊說，「我會在這裡等著。」

「我也要在這裡等，天都快亮了。第一隻公雞已經啼過了。」

就在他們倆一起站在那裡時，艾葵妃的心思憶起當年他們都還年輕的時候。她嫁給阿那納，只因為那時歐康闊太窮，無法娶她。與阿那納生活兩年之後，她再也受不了了，於是她逃開，奔入歐康闊的懷抱裡。那時也是清早，同樣月亮也明亮掛在空中。她正要去溪中取水，歐康闊的家就在要去溪流的途中。她走進他家院子，敲著他的房門，他走了出來。即使是年輕時，歐康闊也不太講話。他只是把她抱進去他的床上，在黑暗中摸索她腰間上鬆開裹身布的邊角。

---

①這麼做是為了表示食物沒有毒，請放心使用。

②這個對「阿巴拉」神祇的禮敬吟誦，意思翻出來就是：阿巴拉神啊，我向祢致敬，阿巴拉神啊，所有的榮耀都歸給祢。

③原伊博文：Tufia-a。可以翻成：「萬萬使不得啊！」或「你想遭天譴啊！」在伊博族文化裡，**tufia-a**是很重的話。聽到人說了褻瀆神靈的話，會說**tufia-a**。聽到很駭人的事，像是有人被雷打死的事，也會這麼說。

④原文life to you。譯成「別著涼了」或許讀起來順些，但這樣就無法捕捉原來說者講life to you那種祈禱的用語與含意。所以，才依照原文，譯成「願生命歸你」。

⑤給人用鈍剃刀剃頭髮，不僅很痛，而且還會使頭皮流血。會這樣詛咒人是因為奈國的人在舊時會用剃刀的把頭髮剃成規則美麗的圖案。

⑥原伊博文：Agbala do-o-o-o! Agbala ekeneo-o-o! Chi negbu madu ubosi ndu ya nato y auto daluo-o-o。意思就是前面說過的「那有權在生命最甘美時取走人之性命者」。

# 第十二章

次日清晨，整個鄰近區域都喜氣洋洋的，因為歐康闊的好友歐比耶利卡在慶祝他女兒的「嫵瑞」①。就在這一天，她的準新郎（因為已經付了大部分的聘禮）不僅會帶棕櫚酒給她的父母和直系親屬，同時也會送酒給她的旁系血親還有關係較遠的家族族人，也就是「屋母恩那」（umunna）。附近所有人，無論是男人、女人、或是小孩，都受邀前來共同慶祝。不過「嫵瑞」比較是屬於婦女的慶典，因為儀式的主角是新娘和新娘的母親。

天一破曉，大家就匆匆忙忙吃過早餐，婦女及孩子開始聚集到歐比耶利卡的庭院，來幫新娘的母親，因為這一天她要執行一項困難但快樂的任務：煮食物給全村的人吃。

歐康闊的家人就像鄰近所有其他人的家庭一樣，人人都動了起來。恩沃葉的母親和歐康闊的三老婆都已經準備好，帶著她們所有的孩子前往歐比耶利卡的庭院。恩沃葉的母親提著一籃芋頭、一條鹽塊，以及一些燻魚；她要把這些送給歐比耶利卡的老婆當賀禮。歐康闊的三老婆歐嬌歌也帶了一籃大蕉、芋頭，以及一小壺棕櫚油。她們的孩子個個都頂著水缸。

艾葵妃經過一整夜的折騰，現在又累又睏，她和歐康闊才回來沒多久。女祭司背著已經睡著的艾琴瑪，像條蛇般從小洞口爬出神壇，既沒有多看艾葵妃和歐康闊一眼，看到他們等在洞口也沒有感到驚訝，只是自顧自走回村落。歐康闊和艾葵妃隔著一段適當的距離，跟在她後面以示尊敬。他們以為女祭司可能會先回她自己的家，沒想到她先去歐康闊的宅院，穿過主屋走進艾葵妃的小屋，進入臥室，把艾琴瑪小心放在床上後離開；完全沒有跟任何人說話。

每個人都忙東忙西做準備時，艾琴瑪還在睡覺。艾葵妃拜託恩沃葉的母親和歐嬌歌，跟歐比耶利卡的老婆說她會比較晚到。她已經準備好要送給他老婆的芋頭和魚，但她必須等艾琴瑪醒來才能帶她一起過去。

「妳自己也需要睡個覺啊，」恩沃葉的母親說，「妳看起來很疲憊。」

她們還在說話的當兒，艾琴瑪從小屋裡冒出來，揉著眼睛，伸展她瘦削的身軀。她看到其他孩子都拿著水缸，才想起他們要一起去取水給歐比耶利卡的老婆用。於是，她便跑進小屋去把她的水缸拿出來。

「妳睡夠了嗎？」她母親問。

「睡夠了，」她回答，「我們走吧！」

「妳得先吃過早餐才行。」艾葵妃說著便走進小屋去，把昨晚煮的蔬菜醬湯弄熱。

「我們該走了，」恩沃葉的母親說。「我會跟歐比耶利卡的老婆說，妳會晚點到。」就這樣，他們一行人便去幫忙歐比耶利卡的老婆——恩沃葉的母親帶著她四個孩子，加上歐嬌歌和她的兩個孩子。他們成群結隊穿過歐康闊的主屋時，他問：「妳們誰會準備我的午餐呢？」

「我會回來弄給你吃。」歐嬌歌說。

歐康闊也是又累又睏。他們都不知道，其實歐康闊昨晚整夜都沒闔眼，他也覺得很焦慮，只是沒有顯露出來罷了。艾葵妃去跟蹤女祭司時，為了顯示男子漢的理性與鎮定，他故意等了一段時間，覺得差不多了之後，才拿著大砍刀到聖陵去，以為她們已經在那裡。到達聖陵時，他才想到，女祭司可能會繞過全村後，才會回頭到洞穴去。歐康闊回家坐下來等，覺得等得夠久時，又到聖陵去，結果發現群山洞府的神示所依然一片死寂。他走了第四趟才看到艾葵妃，那時他已經焦慮不堪了。

⊙

歐比耶利卡的庭院裡就像蟻丘一樣熱鬧。每個可利用的空間都擺上三塊晒乾的泥磚，泥磚中間升火，當臨時煮食用的火灶架子，架上這鍋煮完很快換下一鍋，而上百個木臼中搗碎調製著福福；有些婦女煮山藥和樹薯，其他婦女則準備蔬菜醬湯。年輕男士搗製福福或劈柴火，小孩子則不斷到溪中取水。

三個年輕的壯漢幫歐比耶利卡宰殺了兩頭準備用來煮醬湯用的羊。這兩頭羊又肥又壯，但最肥壯的那一頭則被拴在庭院靠牆一根木樁上——有一頭小牛那麼大。那是歐比耶利卡派一個親戚大老遠到烏木依凱村去買的，他要把這頭活羊獻給他的親家。

「烏木依凱村的市集真的是熱鬧得不得了，」被歐比耶利卡派去買這肥羊的年輕人這麼說，「市集上擠滿了人，若你丟一粒沙子過去，那沙子恐怕無法落到地上呢！」

「那是因為他們施了一種神奇的法術，」歐比耶利卡說，「烏木依凱村的人希望他們的市集能不斷擴大，好併吞鄰近的市集，於是就研製出一種強勁的法術，每個市集日在雞啼之前，這法術就化身為一個拿著扇子的老婦人，站在市集的廣場上。她拿著這把魔扇向鄰近宗族的市集招攬。她向前招攬、也向後、向左、向右招攬。」

「就這樣人人都被她招攬去了，」另一個人接著說，「誠實的人去，小偷兒也去。這些小偷連你綁在腰上的裹布都偷。」

「沒錯，」歐比耶利卡說。「所以我才警告恩萬闊去那裡時眼睛睜要亮一點，耳朵放尖一點。曾有個人到那個市集去，打算賣他的一頭羊。他用一條粗繩牽著羊，繩索另一端繞在自己的手腕上。但他走經市集時，他發現人人都對他指指點點，好像在指著瘋子一樣。他起先搞不清楚是怎麼回事，直到往後看才發現，他手上的繩索末端拴的不是一頭羊，而是一大捆沉重的柴火。」

「你認為一個小偷有辦法憑自己的力量做出這種事嗎？」恩萬闊問。

「沒辦法，」歐比耶利卡說。「他們用的是法術。」

他們割了羊的喉嚨並讓流出來的血收集在一個大碗裡之後，便把羊架在火上，把羊毛燒掉，羊毛燃燒的味道與煮食的味道融合在一起。之後他們把羊洗乾淨、切塊，方便婦女們煮湯。

所有這些如蟻丘般的熱鬧活動都進行得很順利。突然間出現一段小插曲。遠處傳來一聲呼喊，說：歐集，歐度，阿求伊集－歐－歐！（那頭用尾巴趕走蒼蠅的！）每個女人都放下手邊的工作，欲往聲音傳來的方向衝出去。

「我們總不能所有的人都衝出去，把食物放在火上不管，」女祭司齊耶妻大聲說，「至少也要有三、四個人留下來。」

有五個婦女留下來看顧正在煮的食物，其餘的都跑去找那頭被放出來的牛。她們找到那頭牛並把牠趕去主人那裡時，牛主人立刻付給她們很重的罰金，這是村子的規定：任何人的牛鬆了綁，跑到鄰人的田裡，牛主人就得付高額罰金。這些婦女們取得了罰金之後，開始清點她們當中可有人聽到呼喊聲沒有衝出來找牛的。②

「孟寶歌人在哪裡？」她們其中一人問。

「她生病躺在床上，」孟寶歌的隔壁鄰居說，「她得了野巴。」

「另一個沒到的人是嫵丹郭，」另一個婦女說，「她的孩子出生還不到二十八天。」③

之後那些沒有被歐比耶利卡的老婆拜託留下來幫忙的婦女便先行回家，其餘的則一起回到歐比耶利卡的庭院。

「那是誰家的牛啊？」一個留下來看顧煮食的婦女問道。

「那是我丈夫的牛，」艾齊拉寶說，「我們家一個年幼的孩子把牛舍的門打開了。」

◉

午時過後沒多久，歐比耶利卡的親家便先送來兩壺棕櫚酒。他們正式把酒獻給婦女，給她們每個人都倒了一、兩杯，以慰勞她們煮食的辛勞。他們也倒了些酒給新娘以及幫新娘粧點的女侍，有的正以剃刀給新娘的髮式補上最後的修飾，有的則用紫檀在她平滑的皮膚上補上最後幾畫。

太陽的熱度緩和下來後，歐比耶利卡的兒子馬杜卡，便拿著一把長掃帚清掃他父親主屋前的地面。然後，彷彿大家都等待這一刻來臨似的，歐比耶利卡的親戚朋友紛紛抵達，每個人一邊肩膀上都掛著羊皮袋，手臂下則夾著一個捲起的羊皮墊，還有的人由他們拿著木凳的兒子陪同，歐康闊就是其中一個有兒子陪同一起的人。他們坐成半圈，開始聊起很多時事。再過不久準新郎就會到達。歐康闊拿起他的鼻煙瓶，遞給坐在他身旁的歐布也非．艾齊恩瓦。艾齊恩瓦接過鼻煙瓶，把瓶子拿在他膝蓋上敲，然後把左手掌在身體上擦乾之後，才倒一點鼻煙在手掌上。他的每個動作都非常講究，而且還一邊說：「希望我們親家帶足夠的酒過來。雖說他們村落是吝嗇出名的，但他們也該知道，阿葵艾卡可是絕對有資格嫁給國王當王后的。」

「再怎麼吝嗇，相信他們也不敢帶少於三十壺的酒過來吧，」歐康闊說。「果真少於三十壺的話，我會乾脆跟他們明講。」

這時歐比耶利卡的兒子馬杜卡把那頭巨大的羊牽出來，給他父親的親戚欣賞，他們都稱讚那羊長得碩大肥美，還說就是應該送這麼大的羊給親家才對。之後那羊又被牽回內院。

很快，親家那邊的人陸續抵達。年輕男士以及男孩們先過來，他們排成一長排，每個都頂著一壺酒，一一走入庭院，同時歐比耶利卡的親戚也忙著數：二十，二十五……然後中斷了好一陣子；那時主人家的親友面面相覷，彷彿在說，「我不是跟你說過他們很吝嗇嗎？」但接著有更多的酒送達：三十、三十五、四十、四十五，於是他們個個點頭表示認可，好像在說：「男子漢大丈夫就是要這麼慷慨嘛！」他們總共送來五十壺酒。跟在送酒的人之後進來的是準新郎伊貝，而他後面則跟著他家族的長老們。他們坐成半圈，與主人家的半圈併成一個大圓圈，那五十壺酒就在圓圈內。然後新娘、新娘的母親以及其他六位婦女和少女，從內院出來；她們繞著圓圈一一和每個人握手，由新娘的母親領頭，後頭跟著新娘和其他六位女子。已婚婦女都穿著她們最華美的服飾，少女們則穿戴紅黑相間的腰部飾珠和黃銅踝環。

女士們退下去之後，歐比耶利卡便為他親家的人呈上可樂果。他的長兄剝開第一顆可樂果，「願我們每個人都享受生命，」他剝果時說，「願你們家和我們家能維持良好的友誼。」

眾人回答：「耶——耶——耶！」

「今天，我們把我們的女兒嫁給你，她會成為你的好妻子；她會為你生下九個兒子，如同我們烏默非亞村的始祖母一樣。」

眾人回答：「耶——耶——耶！」

客人那一邊最年長的人回答：「我們兩家結為親家，不僅會為你們帶來益處，也會為我們帶來益處。」

「耶——耶——耶！」

「我們村人和你們村的人聯姻，這不是第一次。我的母親就是個例子；她現在已成為你們村的人。」

「耶——耶——耶！」

「所以，這次我們結為親家，也不會是最後一次，因為你們了解我們，我們也了解你們。你們是個壯大繁榮的家族。」

「耶——耶——耶！」

「你們家族有富足成功的男士兼偉大的戰士，」他邊說邊看著歐康闊，「你們的女兒將會為我們生育出像你這樣的男子漢。」

「耶——耶——耶！」

吃完可樂果，眾人開始享用棕櫚酒。他們四、五個人坐在一起共享一壺酒。傍晚時分一到，食物也開始擺在客人面前：有大盤大盤的褔褔、有一鍋鍋的濃醬湯、也有好幾鍋山藥粥。真是場可觀的盛宴。

夜晚來臨時，一支支火炬設置在木架上，然後年輕男士開始昂首高歌。長老們圍坐成一大圈，唱歌的年輕人圍著圈圈唱，每走到一個長老面前，便歌詠讚頌他。對每一位長老，他們都能唱出不同的讚美。有些長老是偉大的農夫，有些是為族人發言的演說家；對歐康闊，他們則說，他是如今生者之中最偉大的摔跤手兼戰士。他們對每一位長老都唱完讚美歌後，便坐在圈圈中央。緊接著，少女從內院出來跳舞。剛開始新娘並沒有在她們中間，等她終於出來時，她右手抓著一隻公雞，群眾見了大聲歡呼。她把公雞呈給樂隊之後便開始跳舞，她一面跳，腳上的銅踝環便不斷發響，而她塗著紫檀的身體則在柔和的黃光下閃著微光。樂隊敲著他們木製、陶製、以及金屬製樂器，熱情洋溢得唱著一首接一首的歌。他們唱起村落裡最時興的歌曲：

我握她的手，
她說「別碰我！」
我握她的腳，
她說「別碰我！」
我握她腰間的飾珠，
她卻假裝不知道。

夜深時，客人才起身準備把新娘帶到她夫家先過七個市集週④。他們邊走邊唱著歌，而且在正式離開新娘的村落之前，還先拜會過像歐康闊這類著名的人物。他們拜會歐康闊時，歐康闊送給他們兩隻公雞當禮物。

---

①前面歐比耶利卡的親家到他家付聘金。那是第一次的下聘，會付大部分的禮金。此處這個「嫵瑞」儀式中（伊博文uri），準新郎會付完剩餘該付的聘禮（在伊博族的文化就是送酒給新娘遠近的親屬）。儀式完後，新郎和新郎的家人會把新娘帶回新郎的家，但新娘還沒有正式嫁作新郎為妻。

②伊博族這種聽到有人高喊牛鬆綁了，聽者便衝出來找牛好得賞金的傳統，即使到現在還在實行。

③孩子生出來二十八天之內不出門的傳統，現在在伊博族依然實行著。

④也就是說，過了七個市集週之後，新娘會回娘家，跟家裡的人詳細報告她對夫家人以及夫家生活狀況的印象和感受。若她覺得很滿意、一切都很平安，沒什麼怪異之處，她就會正式嫁到夫家去成為她丈夫的妻子。先在夫家過的七個市集週裡，她不會和準新郎睡在一起，而會和她丈夫的母親共用臥房。這是種保護新娘的傳統制度——讓新娘能先到夫家做個調查和觀察；顯赫的家族比較能確實執行這樣的傳統。

# 第十三章

「戈—迪—迪—戈—戈—迪—戈，迪—戈—戈—迪—戈。」這是也奎對宗族的人「說話」的語言，這種中空的木製敲擊器所發出的聲響，是村落裡每個人都熟悉的「語言」之一。每隔一段時間，大砲也砰砰砰地隆隆作響。

也奎剛開始「說話」，大砲也打破了寂靜時，整個烏默非亞還沉浸在睡眠之中，第一隻公雞還未啼叫。然後人們開始在竹床上不安地轉動身體，帶著焦慮傾聽。有人過世了。大砲好像要把天空扯破一樣，也奎所發出的迪—戈—戈—迪—戈—迪—戈—戈聲，也使整個夜空充滿了沉重的訊息。遠處婦女微弱的啼哭聲如同悲傷的沉澱物，一聲聲沉落在土地上。在這片啼哭聲中，間或會揚起渾厚的哀慟聲，因為一有男士進入死者所在之處，他會以雄渾的哀慟聲，大聲喊出他的悲悼一、兩次，然後他會與其他已經表示過哀悼的男士坐在一起，聽婦女無止盡的啼哭聲，以及也奎所發出的神祕語言。大砲還是三不五時規律地隆隆作響。雖然婦女的啼哭聲到村外就聽不見，但也奎會把消息傳遍宗族的九個村落，甚至更遠的地方。它會說出宗族的名稱——「烏默非亞—

歐寶都－迪凱！」——意思是「烏默非亞，勇士之鄉」。「烏默非亞－歐寶都－迪凱！烏默非亞－歐寶都－迪凱！」就這樣，也奎一遍又一遍重複叫著宗族的名稱。而就在也奎如此重複強調的同時，那晚，竹床上一顆顆起伏不安的心也愈來愈焦慮。也奎的聲音愈來愈接近，並且叫出村落的名稱——「產黃磨石的伊歸都！」那是歐康闊的村落。也奎一遍又一遍叫著「伊歸都」，同時九個村落的男士都屏氣凝神，等候著也奎公佈死者的名字，最後他們終於聽到死者的名字公佈出來①，於是他們嘆息著說：「啊喔！艾齊烏杜去世了！」這時歐康闊冷不妨背脊打起冷顫，因為他憶起前不久，艾齊烏杜來找他時對他說：「那男孩稱呼你為父親，你可別參與殺戮他的行動。」

⊙

艾齊烏杜是個很了不起的人物，宗族所有的人都來參加他的葬禮。葬禮上敲著古喪鼓，也鳴槍鳴砲，男士們四處猛衝，看到有樹或動物，他們一律砍倒；他們也翻牆，在屋頂上跳舞②。這是為偉大的戰士所舉行的葬禮；從早到晚，戰士依不同年齡層，一組一組前來弔唁。戰士都穿著燻黑的椰葉裙，身上則有白黏土石和黑炭塗抹的圖案。間或會有某個先祖的神靈（也就是伊古古），從地底冒出來，以某種非屬人間的顫音說著神祕的言語，而且全身蓋滿了椰葉。有的伊古非常火爆，葬禮那天早些時候，就有個伊古古拿著尖銳的大砍刀橫衝直撞，只見人人四處逃竄走避，直到兩個壯漢用一條粗大的繩索束住他的腰桿，才制止了他，而沒有造成嚴重的傷害。三不五時，伊古古會轉身追那兩位壯漢。那時他們當然逃命要緊，但他們總會設法回頭再拿穩拖在伊古古身後的繩索。伊古古以某種恐怖的聲調說「艾款蘇」（也就是魔鬼）跑進了他的眼睛。

但更可怕的還在後頭。這位最嚇人的伊古古總是孤孤單單，而且身形就像一副棺材，不管他走到哪裡，總散發出一種令人作嘔的臭味，蒼蠅總是繞著他飛。即使是最厲害的巫醫，見他趨近也會趕緊走避。好幾年前，曾有另一個伊古古膽敢站在他前面不讓步，結果祂就當場嚇呆在那裡，站在原地兩天無法動彈。這位可怕的伊古古只有一隻手臂，手臂上還提著一個裝滿水的桶子。

但有些伊古古是完全不具殺傷力的，有一個伊古古還又老又弱，非得倚著拐杖否則無法行走；他一拐一拐走到屍體停放的地方，端詳著屍體一會兒之後，便走開回到地底去了。

生者的領域離先祖的領域並不遠，這兩個領域之間總會有往來，在節慶時如此，老者過世時更是如此，因為老人與祖先非常接近。一個人從出生到死亡會經過一系列的轉變儀式，每經過一個儀式，人就離先祖愈近。

艾齊烏杜在他的村落中年紀最老，他過世時，整個宗族只有三個人年紀比他還大，而有四、五個則與他同年。每當任何耆老從群眾之中出現，踉踉蹌蹌跳著部落的葬禮之舞時，年輕男士就會讓開，騷動也會平息下來。

這真是個隆重的葬禮，對如此偉大的戰士來說正適合。愈近向晚，年輕人的呼嘯聲、槍鳴聲、擊鼓聲、以及舞動砍刀的鏗鏘聲也就愈熱烈。

艾齊烏杜一生之中總共領取了三個頭銜；這可是罕見的成就。宗族裡總共只有四個頭銜，而從古至今，曾經把四個頭銜全拿取的人，頂多也不過一、兩位，這樣的人就順理成章成為領主。艾齊烏杜因為是有頭銜的重要人士，所以得等到夜晚來臨之後，僅點亮一支火炬來照亮這神聖的典禮。但在舉行這最後的安靜儀式之前，騷動將會增加十倍。鼓猛烈敲著、男士狂熱地跳上躍下、四周傳來槍響，而戰士火熱地執行舞刀禮，刀碰出的火星飛濺四處；空氣中充滿火藥的塵灰與味道。就在這個時候，那位獨臂的伊古古來了，手上提著滿滿一桶水。所有人都讓路給他，喧鬧聲也平息了下來，就連火藥的味道也給淹沒了，因為他的出現使得空氣滿是令人作嘔的味道。他隨著喪鼓的節奏舞了幾步，然後便過去見死者的身體。

「艾齊烏杜，」他以濃濃的喉音對死者說，「若你一生窮困潦倒，那我祈願你在來世要努力致富；但你此生富足繁榮。若你生前是個懦夫，我會要你在來世帶著勇氣過來；但你此生是個無畏的戰士。如果你英年早逝，那我會要你在來世要活得長壽；但你此生福壽無疆。所以，我要對你說，願你來世再來時，要過得像這輩子一樣各方面都圓滿。若你的死，是因為你壽終正寢，那麼願你安息，但若非如此，而是有人造成的話，那千萬別讓那人有片刻安歇。」③說完他又舞了幾步之後，便離去了。

鼓又敲了起來，眾人也接著舞了起來，直至極度興奮的狀態。就快要入夜了，因此葬禮也近了。他們執行最後一次鳴槍禮，火砲撼動著天空。就在一片狂熱的激動之中，突然傳來一聲痛苦的哭嚎，緊接著是一片驚恐的喊叫聲，如同某種詛咒奏效了一般。於是，喧鬧聲嘎然而止，群眾圍著一個躺在血泊之中的少年。這孩子是死者的兒子，年僅十六歲；事件發生時，他正與他的兄弟以及同父異母的兄弟，跳著傳統歡送舞以向他們的父親告別。是歐康闊的槍起了火引爆，一塊爆開的鐵片飛出來刺穿了這少年的心臟。

接下來所爆發的慌亂在烏默非亞是前所未有的。暴力致死是常有的事④，但這樣駭人的意外，可是史無前例。

歐康闊唯一的出路是逃離宗族；殺死宗族的同胞等於得罪土地女神；犯了這種罪的人必須遠離宗族的國土。殺死同族人的罪有兩類：陽性或陰性。歐康闊所犯的是陰性的，因為是不注意所造成的意外，所以七年之後，他可以再回到宗族的土地。

那晚，他把家中最貴重的財產集中起來，捆成一個個可以頂在頭上的包袱。他的三個妻子都哭得很厲害，她們的孩子也都跟著哭，只是不知道發生了什麼事。歐比耶利卡及其他六個朋友都過來幫他打理，給他安慰。他們每個人都頂著一捆捆歐康闊的山藥，走了九趟、十趟，把山藥運到歐比耶利卡的倉庫儲存。隔天雞啼之前，歐康闊全家已經逃到歐康闊母親的家鄉。那是一個叫做牡班塔的小村落，就座落在木百諾村的邊境上。

天剛破曉，一大群人從艾齊烏杜的住處出發，穿著戰服過來襲擊歐康闊的宅院。他們放火燒他的房屋、弄倒他的紅土牆、砍死他的牲畜、破壞他的穀倉。這是土地女神所做的審判，他們只是執行裁決的信差，並非懷恨歐康闊而這麼做。事實上，歐康闊最好的朋友歐比耶利卡，也在他們之中。他們這麼做是為了清洗歐康闊殺死族人而污染了土地的血跡。

歐比耶利卡是個會思考的人。他執行了土地女神的正義之後，坐在他的主屋裡，哀嘆歐康闊的災禍。為何一個人要為他無心所犯的過失擔負如此沉重的判決？雖然他花了很多時間思考這個問題，還是得不到解答。事實上，他還愈想愈頭痛。他記得他把老婆生下的雙胞胎丟棄在森林裡的事，雙胞胎犯了什麼罪？但土地女神宣判雙胞胎的存在違反自然常理，必須去除。任何人有違土地女神的法則，宗族的人卻沒有確實執行裁決的話，土地女神就會把她的憤怒宣洩在全宗族的人身上，而不是只有犯錯的人才會受罰；如同長老們所說的，若一根手指頭沾到油，很快所有手指都會跟著沾油漬。⑤

①也奎先公佈宗族的名稱（烏默非亞），然後是村落的名稱（伊歸都），最後才公佈死者的名字。簡單的說就是：「屬於某某宗族，住在某某村的某某人（人名）過世了。」
②伊博族年輕男士為一位活得很富足長壽的英勇戰士之死，表現出來的情緒是悲憤與激動，而不是靜靜哀悼。
③直至今日，伊博族的阿納摩拉宗族在舉行葬禮時，都會有高人對死者說這句話：「若你是自然死亡，那麼願你安息，但若是有人加害於你，那願你的靈魂去找那害你的人報仇。」
④伊博族不同宗族之間常有因為仇恨而以暴力殺害敵方宗族的人。之前他們執行殺戮倚克米豐納之時，也是一種以暴力而殺人的例子。但此處因為意外所產生的暴力致死，之前從未發生過。
⑤舊時的伊博族人，是非常反個人主義這種想法的。當然現今的伊博人已採歐美的懲處制度，一人犯罪，則得接受審判，判決通過此人得受刑罰，則此人單獨承受刑責，不會連累宗族其他的人；但在歐康闊那個時代或更早之前，一人的命運與其宗族的命運是緊緊相連的。

# 第二部

# 第十四章

在牡班塔，歐康闊母親的族人帶著善意接納歐康闊全家。迎接他的那位長者是他母親的弟弟，現在是他母親原生家庭裡年紀最長的，名叫烏卻恩都。三十年前，歐康闊把母親的遺體從烏默非亞帶回牡班塔，好使她與族人葬在一起時①，迎接他的人也是烏卻恩都。那時歐康闊還是個青少年，烏卻恩都還記得他哭著唱出傳統的告別曲：「母親啊母親！母親啊再會！」

那已經是多年前的事了。今天，歐康闊不是帶著母親的遺體回來，讓母親與族人葬在一起，而是帶著他的三個妻子和十一個孩子，到母親宗族的土地上尋求庇護。烏卻恩都一看到他和他的全家人，個個憂傷而且疲憊不堪的模樣，便大概知道發生了什麼事，也就不多問。隔天，歐康闊才把事情發生的原委全部告訴他。老人默默聽他把事件發生的經過說完，鬆了一口氣說：「所以你犯的是陰性的『歐屈』②。」然後他便去安排必要的迎接儀式與牲祭。

他給歐康闊一小塊土地讓他蓋宅院，並給他三塊地，讓他在即將到來的雨季裡可以耕種。在他母親族人的協助下，他蓋好了自己的主屋，以及給他三位老婆住的小屋，接著，他把他的個人神祇以及去世先祖的神主牌安置妥當。烏卻恩都的五個兒子各給他三百顆山藥種，一旦初雨來臨，他就必須立刻開始種植。

雨終於降下來了，來得很突然，也很驚人。之前有整整三個月，太陽持續發威，到最後彷彿對著大地噴火似的，所有草葉都變得焦萎枯黃，連腳踩沙地都像踩在燒紅的木炭上。一棵棵長青樹都蓋滿了一層灰褐色的沙土，林中的鳥兒靜悄悄的，整個世界在這一片火紅的熱浪下喘息著。然後，突然間，霹哩啪啦出現了雷鳴；那是一聲憤怒、嚴厲、乾燥的雷鳴，不像雨季時低沉、流暢的隆隆雷響。接著一陣狂風大作，空氣中塵土狂飛，棕櫚樹不安搖晃著，狂風把棕櫚樹葉刮成飛揚的頂冠，看起來就像某種稀奇古怪的髮型。

雨終於降下來時，落下的是一顆顆大而結實的凍雨③；伊博族人把這種雨叫做「從天降下的雨豆」，這種雨打在身上又重又痛，但年輕人卻歡樂得四處跑跳，撿拾滿地冰冷的「雨豆」，放入口中融化。

大地很快恢復了生機：林中鳥兒四處鼓翼躍動、快樂地吱吱喳喳，一股淡淡的生命氣息隨著綠色植物的芬芳散布在空氣中。雨勢逐漸冷靜下來，改降下較小的液態水珠，小孩也紛紛躲雨，大家都喜悅歡笑，因重獲生機，而滿懷感激。

歐康闊和他的家人非常辛苦耕作他們的新田地，但這就好比重新過生活，而他們早已缺乏年輕的活力與熱忱，也像活到老了才開始學著用左手做事過活一般。工作對歐康闊而言，已不再像之前一樣，不再能帶給他成就和喜悅。沒有工作做時，他只是靜靜坐著打盹。之前歐康闊的生命目標就是要成為宗族的領主之一④，這個夢想一直是他的生命泉源，他只差最後一步就可達到目標，但現在一切都破滅了。他遭罷逐逃出自己的宗族，就如同一條魚被拋離水，躺在乾燥的沙灘上，饑渴喘著氣。顯然他的個人命運神祇生來就無法成就大事，人無法超越命運神祇所註定的命運。那句長老所說的格言不是真的，他們說，若人對自己說「是」，那麼他的「祈」也會點頭首肯；但現在就有個人對自己說「沒問題」，他的祈卻否定了。

烏卻恩都清楚看見歐康闊陷入絕望，因而感到憂心忡忡。他打算舉行過「伊撒－伊菲」儀式（isa-ifi）之後，要好好規勸歐康闊。

烏卻恩都有五個兒子，最小的么兒叫做阿米庫；他現在就要把他的新妻子⑤娶進門，所有的聘禮都已經送過去了，現在要舉行最後的儀式。歐康闊來牡班塔之前兩個月，阿米庫以及他的族人已經把棕櫚酒送給新娘家族的人了，現在該是做最後告白的時候。

烏卻恩都家族的婦女都出現在儀式上，有的人可是從她們遠處村落的夫家專程回到這裡的。烏卻恩都的長女是從歐寶都村回來的，有半天的腳程那麼遠。烏卻恩都兄長的女兒也都回來了，也就是說，這個場合把所有「烏姆阿達」⑥都集合到場。若家族中有人過世，她們同樣也都會回來。在場總共有二十二位婦女。她們圍成一個大圓圈坐在地上，準新娘則右手抓著一隻母雞，坐在圓圈中央。烏卻恩都坐在她身旁，手持家族的祖傳權杖，家族其他男士坐在圓圈外觀看，他們的妻子也在觀看。那時已是傍晚時分，夕陽西下。

烏卻恩都的長女恩吉德先開口問話：「請記住，如果妳沒有誠實回答，將會面臨產難，嚴重的話，還會死於產難。」她開始問：「打從我弟弟首次表示要娶妳為妻到現在，有多少男人曾與妳睡過覺？」

「一個也沒有。」她簡單回答。

「請照實回答。」另一個婦女督促著。

「一個也沒有嗎？」恩吉德問。

「一個也沒有。」她回答。

「請對著這根我先祖流傳下來的權杖發誓。」烏卻恩都說。

「我發誓。」準新娘說。

烏卻恩都從她手中把母雞抓過來，接著他用一把利刀切開雞的喉嚨，讓一些雞血落在權杖上頭。從那天起，阿米庫便把新娘娶進門成為他的妻子。家族的婦女沒有立即返回個別的夫家，而是與家族的人相聚了兩、三天後才回去。

到了第二天，烏卻恩都把他的兒女還有侄子歐康闊，都叫過來坐在一起。男士把羊皮墊鋪在地上坐下，女士則把瓊麻墊鋪在架高一點的地上再坐下。烏卻恩都輕輕搓著灰白的鬍鬚，但同時也咬牙切齒。他開口時語氣平靜而慎重，而且字句斟酌：

「在此，我最主要是對歐康闊說話，」他開始說，「但我要你們在場的每個人，把我接下來要說的話記在心頭。我已是個髮鬚灰白的老頭子，而你們都是我的孩子，這世上的事，我比你們任何人都懂得透澈。你們中間若有人自認比我還清楚這世上的事，請說話。」他停了片刻，但沒有人發言。

「今天歐康闊為什麼會住在我們這裡？他並不屬於我們家族，我們只不過是他母親的族人。他不屬於這裡；他是遭流放的人，遭到他的宗族罷逐，必須流放異地七年。就因為如此，他哀傷、垂頭喪氣，但在此，我只要問他一個問題：歐康闊，請你告訴我，為什麼我們喜歡給孩子取名叫『恩內卡』？你知道這名字的意思是『母親最重要』。我們都知道，男人是家庭的主宰，而妻子得聽從丈夫的命令行事。一個孩子得歸屬其父親以及其父親的家族，而不屬於其母親或其母親的家族。一個男人需要歸屬於其父親族人的土地，而不歸屬於其母親族人的土地，但我們卻仍說『恩內卡』——『母親最重要』，為什麼呢？」

一片靜默。「我要歐康闊來回答這個問題。」烏卻恩都說。

「我無法回答。」歐康闊回話。

「你無法回答？沒錯吧，我說你不過是個孩子。你有幾個老婆，有很多小孩，你的小孩還比我的多。在你的宗族裡，你是個了不起的大人物，但你終究不過是個孩子，是我的孩子。好好聽我說，我會跟你解釋為什麼我這麼說。不過，還有一個問題我要問你：為什麼一個嫁做人婦的女人過世後，遺體會被運回與她自己家族的先祖葬在一起，而不與她丈夫家族的人葬在一塊？為什麼呢？你母親的遺體就是你帶回這裡，與我先祖葬在一起的，不是嗎？你告訴我，為什麼呢？」

歐康闊搖頭。

「這個問題，歐康闊也不會回答，」烏刧恩都說，「但他卻滿腹憂傷，只因為他得在他母親宗族的土地上生活七年。」他陰鬱地乾笑一聲後，轉而問他的兒女，「那你們呢？誰能回答我這個問題？」

他們全都搖頭。

「那麼讓我來告訴你們吧！」他說著清清他的喉嚨。「沒錯，孩子歸屬於父親所有，但孩子挨父親責打後，會跑去母親的小屋尋求慰藉。一個男人在一切平順、生命美好的時候，是屬於父親宗族的土地沒錯，然而在面臨痛苦憂傷時，就需要投奔母親的家鄉尋求庇護。歐康闊！現在是你的母親在保護你；你母親就葬在這裡。所以我們才說，母親最重要。歐康闊！你看你，對著你母親一副愁眉苦臉、拒絕母親給你慰藉的樣子，這樣對嗎？當心一點，打起精神來，免得你惹去世的母親不高興。你現在的責任就是要安撫妻小，七年之後，把他們帶回你父親的土地。要知道，如果你被哀傷擊垮，或甚至憂鬱而死，你的妻小也會跟你一起在這流放期抑鬱而終。」他停了好一陣子後才繼續說，「現在在你眼前的，就是你的族人。」他指著他的兒女，「你以為你是全世界最痛苦的人嗎？你可知道有時人會遭流放終生？而你不過是被流放七年！你可知道人有時會失去所有山藥，甚至失去孩子？我曾有六個老婆，但現在我一個也沒有，只剩下那個什麼都不懂的傻丫頭。你可知道我埋葬了多少孩子——我年輕力盛時所生下的孩子？二十二個！但我沒有上吊自殺；我還是活得好好的。如果你認為你是全世界最痛苦的人，那麼問我女兒阿庫艾妮，問她丟掉多少她生下的雙胞胎？你可有聽過那首哀悼婦女過世時，人們所唱的歌？」

這世間誰不受苦？這世間誰不受苦？

這世間沒有人不受苦。

「對你，我該說的都已經說完了。」

①舊時伊博族還鼓勵一夫多妻時，婦女死後會被帶回其原生家族安葬；但現今大多篤信基督教的伊博族，早已嚴重譴責一夫多妻，做妻子的死後會葬在夫家家族的土地上。

②伊博文ochu，指殺人罪。陰性的歐屈，換成現在的話就是過失殺人罪。

③即冰雹。

④即把宗族的四個頭銜全領取的人。做領主的人不僅被視為德高望重，而且可以直接參與宗族的政治權力。

⑤也就是說，這不是阿米庫首次娶妻。

⑥伊博文：ummuada，指一家族所有的女輩們。

# 第十五章

歐康闊遭流放的第二年，歐比耶利卡來探望他。歐比耶利卡同時帶著兩個年輕人來，年輕人頭上頂著重重的袋子。歐康闊幫他們放下頭上的重擔，顯然這兩個袋子都裝滿了貝幣。

歐康闊非常高興地迎接他的朋友，他的妻兒也都很高興。他派人去把他好友來訪的事告訴他的表弟，同時請他們過來；表弟還有他們的妻子也都非常歡喜。

「你一定要帶他去向我們的父親請安。」他的一個表弟如此對他說。

「沒錯，」歐康闊說。「我們這就過去。」但他去之前跟大老婆耳語了一下。她點頭答應，然後很快地，孩子們便開始追趕院子裡的一隻公雞。

烏卻恩都的一個孫子已經告訴他，有三個陌生人進了歐康闊的宅院，因此他已經等著要迎接他們。他們進入他的主屋時，他伸出雙手歡迎他們，與他們握過手之後，他問歐康闊他們是什麼人。

「這位是我最好的朋友，歐比耶利卡，我有跟你說起他。」

「沒錯，」老人說著轉向歐比耶利卡。「我兒有跟我提起你；很高興你來看我們。我知道你父親伊威卡，他是個了不起的人，他在世時在這裡有很多朋友，而且常常來這裡找他們。那是令人懷念的往昔好時光，那個時候，人在遙遠的宗族部落裡也會有朋友。但你們這個世代已經不是那樣了，你們連待在家裡都會害怕隔壁鄰居。現今你們連母親的故鄉都視為異地。」他邊說邊看著歐康闊，「我已經是個愛碎碎念的老頭子了，人老了就愛嘮叨。」他辛苦地站了起來，進入內室，出來時手上拿著可樂果。

「那兩個跟你一起過來的年輕人是誰？」他又坐在羊皮墊上時這麼問著，歐康闊替他介紹了。「是這樣啊，」他說。「我兒啊！歡迎。」他呈上可樂果，他們看見了可樂果便謝謝他。他把可樂果剝開，分給他們吃。「進去那房間，」他手指著一個房間對歐康闊說，「那裡放有一壺棕櫚酒。」

歐康闊把酒提出來，然後他們開始喝酒。那酒採下來才放一天，還很鮮濃。

「沒錯，」經過一段長長的靜默，烏卻恩都說，「那時人們比較常四處走動。這區域的每個宗族部落，沒有哪個我不清楚的——阿寧塔、烏木阿祖、伊凱歐恰、伊魯梅魯、阿罷梅——所有這些部落我都知道。」

「你可有聽說？」歐比耶利卡問，「阿罷梅村已經不存在了。」

「怎麼會這樣？」烏卻恩都和歐康闊同聲齊問。

「阿罷梅村已經被殲滅了，」歐比耶利卡說。「他們的故事說來奇怪而且恐怖。如果不是我親眼看見那些少數的生還者，親耳聽他們說發生在他們部落的事，我還不敢相信呢！記得他們是在一個艾凱日①逃到烏默非亞的，是不是啊？」他問跟他一起來的那兩個年輕人；他們兩個都點頭。

「三個月前的一個艾凱日，」歐比耶利卡說，「有一小團亡命者逃到我們村裡，他們大部分人是我們宗族的血親，他們的母親與我們宗族的祖先葬在一起②，但有些人來是因為他們有朋友住在我們鎮上，另有些人來只因為他們實在不知道，還有哪裡可以接納他們。就這樣，他們帶著悲慘的故事來到烏默非亞。」他暫停，把他那杯棕櫚酒喝完。接著歐康闊又把他的角杯倒滿酒。他繼續說：「上個種植季前，有個白人出現在他們的土地上。」

「是個白化症的人③吧！」歐康闊猜著說。

「不是，他跟我們很不一樣。」他喝了一口酒。「他騎著一匹鐵馬④。最先看到他的一些人，嚇得跑開，但他站在那裡向他們招手。最後較不害怕的人便走近他，甚至還伸手碰他看看。他們的長老向神示所請示，神諭指出，那陌生人會分裂他們宗族，在他們中間製造破壞。」歐比耶利卡又喝了少許的酒。「結果他們便把那白人殺了，還把他的鐵馬拴在聖樹樹幹上，因為那鐵馬看起來好像會跑走，把那白人的朋友找來似的。對了，我忘了跟你們說另一件神諭指出的事，神諭說其他白人就要來了，還說白人就像蝗蟲，先來的那個白人是先驅，被派來探勘狀況的。因此，他們才會把他殺了。」

「他們把那白人殺死之前，白人可有說什麼話？」烏卻恩都問。

「他什麼也沒說。」歐比耶利卡的一個夥伴說。

「他有說一些話，問題是他們聽不懂他在說些什麼。」歐比耶利卡說。「他好像是透過鼻子說話似的⑤。」

「那些生還者中，有一個人跟我說，」歐比耶利卡另一位夥伴說，「那白人一直重複說著一個詞，聽起來像是在說『木百諾』，也許他去過木百諾村，想再去那裡，卻迷了路之類的。」

「總之，」歐比耶利卡又繼續說，「他們把他殺了，而且還拴住他的鐵馬。那事發生在種植季節開始之前。有好一段時間都沒有什麼事發生。接著雨季來了，山藥也種了，鐵馬還是綁在聖木棉樹下。然後有一天早晨，三個白人來到了他們部落，帶領他們的是一團跟我們一樣的人。他們看到鐵馬後便離開了。那時候，阿罷梅大部分男人和婦女都在田裡工作，只有少數人看到那三個白人以及帶他們來的人。之後又過了好多個市集週，都沒有發生什麼事。在阿罷梅，每隔一個阿堋日就會有很大的市集⑥。那時，所有阿罷梅的人都會在市集上，而那件事就是在那樣的日子裡發生的。那三個白人連同其他好多白人包圍整個市集，他們一定使了某種強勁的隱形術埋伏著，等到市集上都擠滿了人之後，他們便開始掃射。所有人都當場死亡，倖存下來的是那些待在家中的老人和生病的人，以及市集上少數的男人女人——他們的個人神祇還算夠警醒，讓他們安然逃出市集。」他暫停了一下。「他們的部落現在已經空無一人，連他們神祕湖泊中的聖魚也逃之夭夭，湖水也變成血紅色。如同他們的神諭所預示的，一場恐怖的厄運降臨到他們宗族。」

好長一段時間，大家靜默無言。烏卻恩都憤怒咬著牙，接著他突然衝口說出：

「千萬不能殺死一個不發一語的人。阿罷梅村的人真是笨蛋，他們對那白人根本一無所知！」說著他又氣得咬著牙，然後他說了一個故事來強調他的論點。「有一次，鳶鳥媽媽派她的女兒出去找食物。她聽命出去，回來時叼著一隻小鴨。『妳做得很好，』鳶鳥媽媽對她女兒說，『但是妳告訴我，妳俯衝叼走小鴨時，鴨媽媽說了什麼話？』『她沒說什麼話，』年少鳶鳥回答，『鴨媽媽不說一聲就走開了。』『妳必須把小鴨還回去，』鳶鳥媽媽說。『鴨媽媽的沉默是不祥的預兆。』於是鳶鳥女兒便把小鴨還回去，再回來時，她叼著一隻小雞。『這隻小雞的母親可有什麼反應？』鳶鳥媽媽問。『她像瘋子般大聲叫囂，而且還咒罵我。』鳶鳥女兒說。『那麼我們安心吃這小雞吧，』鳶鳥媽媽說。『大聲叫囂咒罵的人反而沒什麼可怕的。』阿罷梅村的人真是笨蛋。」

聽完故事，大家靜默了一會兒後，歐康闊說：「他們確實是笨蛋！既然神諭已警告他們，危險就要降臨，他們應該隨時帶著槍和砍刀，即使到市集去也不應鬆懈。」

「他們已經付出愚蠢的代價，」歐比耶利卡說，「只是我實在非常害怕。我們已經聽說，白人能製造很厲害的槍械以及很濃烈的酒，而且他們還越洋過來這裡，抓人過去當奴隸，但人人都說那只是謠傳。」

「任何傳言都帶有幾分真實，」烏卻恩都說，「這世界是無比遼闊，某個民族認為對的事，在另一個民族可能是禁忌。我們這裡也有白化症的人，你們不認為他們是誤闖入我們的土地？也許他們原來要去的地方，那裡的人就跟他們一樣，但卻迷了路，來到我們這裡。」⑦

◉

歐康闊的大老婆很快煮好了宴客的餐點，現在客人面前擺了一大盤山藥糕和苦葉濃醬湯。歐康闊的大兒子恩沃葉還提了一大壺甜酒，是從拉菲亞椰樹採集下來的。

「你已經長得很大了，」歐比耶利卡對恩沃葉說。「你的朋友阿納那要我代他問候你。」

「他好嗎？」恩沃葉問。

「我們都很好。」歐比耶利卡說。

艾琴瑪端來一大碗水給他們洗手，洗完手後他們開始用餐、喝酒。

「你們什麼時候從家裡出發？」歐康闊問。

「我們本打算在雞啼之前從我家出發的，」歐比耶利卡說。「但恩威凱到天亮了才出現。千萬別跟一個剛娶老婆的人約天亮以前的時間。」他們聽了都笑了。

「恩威凱娶老婆了呦？」歐康闊問。

「他娶了歐卡迪博的二女兒。」歐比耶利卡說。

「真是太好了，」歐康闊說。「確實不能怪你沒聽到雞啼聲。」

他們用餐完後，歐比耶利卡指著那兩個沉重的大袋子。

「這些是賣掉你的山藥後所賺得的錢。」他說。「你一離開之後，我便立刻把那些大顆山藥賣掉。之後，我還把一些做種的山藥賣掉，然後把剩下的山藥種分配給小佃農。我打算每年都這麼做直到你回來為止⑧。但我怕你現在就需要用錢，才把已賺得的先帶過來。誰曉得明日會發生什麼事呢！或許會有綠色的人種出現在我們宗族裡來射殺我們。」

「神不會讓這種事發生的，」歐康闊說。「真不知道該怎麼謝謝你。」

「讓我來告訴你，」歐比耶利卡說。「殺掉你一個兒子來謝我吧！」

「這恐怕還不夠。」歐康闊說。

「那麼把你自己殺了來答謝我吧！」歐比耶利卡說。

「請原諒我，」歐康闊微笑著說。「我不會再說該怎麼謝你的話了。」

---

①伊博文eke，是伊博族四個市集日中的第一個。

②也就是說，他們的母親是烏默非亞村人，嫁到阿罷梅村去，死後遺體運回葬在烏默非亞的土地上。

③白化症（albino）不管在哪個人種都會出現。只是這種隱性基因若出現在黑色人種當中，自然會特別顯眼。在第八章最後歐比耶利卡和歐康闊等人也提到白人。因為白化症在伊博族被視為是不幸的症狀（應該說不管在哪個民族都是如此認為吧），所以在第八章他們還在恥笑皮膚白的人，到此處歐康闊還以為白人一定是白化症的人。

④原文iron horse，指腳踏車。

⑤這位白人應該是英國人。（後來一度殖民奈及利亞的就是英國人）說英文會用到很多鼻音，所以，這裡歐比耶利卡指那白人說話用很多鼻音。

⑥原文afo，是伊博族四個市集日之一。每隔一個阿坲日有一個大市集，意思是說，本市集週的阿坲日過後，下一週的阿坲市集日就會有盛大的市集。

⑦烏卻恩都的意思是，那些白人可能迷了路，本要去另一個白人的國度，但誤闖了黑人的國度，只因為看見他們白化症的人，以為就是他們要去的地方。

⑧歐比耶利卡是個很懂得經營田產的人。他把一些山藥種分配給小佃農的意思就是，每年佃農從這些分得的山藥種

所種植的收成，得分一定比例的山藥給歐比耶利卡，歐比耶利卡再把他們交回的比較好的山藥變賣，然後把其餘的山藥當種子再分配給佃農種植，如此每年他都能幫歐康闊賺一些錢，直到歐康闊回來。

# 第十六章

大約兩年之後，歐比耶利卡再度去拜訪他遭流放的朋友時，整個情況就不像兩年前那麼歡樂了。傳教士已經來到烏默非亞，他們在那裡建立了他們的教會、贏得少數人改信基督教，而且還派了傳福音的人到鄰近的城鎮和村落去。宗族領導人為此發出莫大的哀嘆，但有好些領導人認為，白人奇怪的宗教以及白人的神不久就會垮台。那些改變信仰的人當中，沒有任何人在宗族集會的場合有發言權，他們都是沒有頭銜的人，大部分都被稱為「耶夫列夫」（efulefu），也就是「沒有用的空虛人」。「耶夫列夫」這個字眼在宗族的語意裡是指，那種把大砍刀賣掉而且只帶刀鞘上戰場的人①。阿巴拉神祇的女祭司齊耶妻，把改變信仰的人叫做「宗族裡的屎」，說這種新宗教就如同瘋狗一樣，一來就把「宗族裡的屎」吸收個精光。

歐比耶利卡這次會去看歐康闊，是因為他看見歐康闊的兒子恩沃葉，突然出現在烏默非亞的傳教士當中。在排除了很多的刁難與阻擾之後，傳教士終於准許歐比耶利卡和恩沃葉說話。他問恩沃葉：

「你在這裡做什麼？」

「我已加入他們的行列。」恩沃葉回答。

「你父親好不好？」歐比耶利卡不知道要怎麼接下去，只好問起他父親。

「我不知道。他不是我父親。」恩沃葉不悅地回話。

因此，歐比耶利卡去牡班塔看歐康闊，但他發現歐康闊並不想談恩沃葉。他是從恩沃葉母親那裡，聽到片片段段有關恩沃葉的事。

⊙

傳教士來到牡班塔的村落後，給宗族帶來莫大的騷動。傳教士總共有六人，其中一個是白人，男男女女都出來看這位白人。自從有個白人在阿罷梅遭殺害，而且他的鐵馬被綁在聖木棉樹下之後，人們就不斷流傳這個奇怪人種的故事。因此，好奇心讓每個人都出來看這位白人。那時正值收割過後的農閒期，每個人都在家閒著。

等他們都聚集過來時，那位白人便開始對他們說話。他有一個口譯員，口譯員是伊博族人，但他的方言和牡班塔的很不一樣，事實上，牡班塔的人覺得他的口音及用字都很粗野，很多人嘲笑他的方言以及奇怪的用字措詞，每次他要說「我自己」時，聽起來總好像在說「我的屁股」。不過他整個人帶有一種威儀，因此宗族的人願意聽他說話。他對他們說，他也是伊博人；這從他的膚色和語言就可以看得出來，另外其他四個黑人傳教士也是他們的弟兄，不過其中一人不會說伊博語。他對村民說，那白人也是他們的弟兄，因為大家都是神的孩子。然後他對他們說起這位新的神②；祂是創造世界萬物、創造所有男人女人的神。白人對他們說，他們拜的是假的神祇，是木頭、石頭刻出來的神像。聽到這裡，群眾開始喃喃低語。白人繼續對他們說，這位唯一的真神住在天上，所有人死後都會去面見祂，接受審判，惡人以及所有盲目拜木頭、石頭的異教徒，死後會被丟入火裡，而且是有如燃燒棕櫚油一樣的大火③；但敬拜唯一真神的好人，死後會進入永生，住在神的快樂國度裡。「就是這位真神派遣我們來，叫你們遠離不正當的做法、遠離假神、轉向這位真神求助，如此你們死後才會獲得救贖。」他說。

「你的屁股聽得懂我們的語言。」有個人漫不經心說著玩笑話，群眾聽了都笑了起來。

「他說什麼？」那白人問他的口譯員。他還來不及回答，群眾之中有另一個人問了一個問題：「白人的馬在哪裡？」那幾個伊博族傳教士彼此討論了一番之後，認為那人指的可能是腳踏車，於是把問題翻譯給白人聽。他聽了之後，和藹笑著說：

「跟他們說，」他說，「我們在這裡定居後，我會帶很多鐵馬過來，這樣他們就可以學騎腳踏車。」口譯員把話翻譯給他們聽，但很少人從頭聽到尾；聽到白人說要來住在他們這裡，他們就開始興奮交談起來。他們從來沒有這樣想過。

這時有位老人說他有個問題，「那位你們的神，到底是哪一個啊？」他問，「是土地女神、天神、雷神阿馬迪奧拉、還是什麼？」

口譯員把這個問題翻譯給白人聽，那白人立刻回答：「所有你說的那些神，根本不是神；那些都是欺瞞人的神祇，因為祂們要你們去殺害同胞、毀掉無辜的嬰孩。世上只有一位真神；整個天、地、你、我，以及世上所有的人，都歸祂所有。」

「若我們離開我們的神，而去追隨你的神，」另一人問。「我們的神以及祖先會因此而憤怒，到時候，有誰能來保護我們呢？」

「你們的神不是活的神，無法對你們造成任何傷害，」那白人回答。「祂們只不過是木頭和石塊罷了。」

這番話被翻譯出來後，牡班塔的人都嘲笑了起來。「這些傳教士一定是瘋了，」他們彼此交談，「他們當然要說阿妮和阿馬迪奧拉是傷不了人的，他們一定也會這麼說益迪密利和奧古古，不然他們還會怎麼說呢？」於是，有些人就打算走開。

然後，傳教士突然唱起歌來，那是一首歡鬧的福音歌曲，這種歡樂的曲調足以撥弄伊博人心中沉默且積滿灰塵的心弦④。口譯員把歌詞一段一段為聽眾做解釋，有些人已經聽得入迷而站在那裡。這首歌講到那活在黑暗與恐懼之中的人，只因為對神的愛一無所知；此歌也說到山坡上有隻羊，因為遠離神的羊圈，所以沒有慈愛牧羊人的保護。

唱完歌之後，口譯員講到神的愛子，祂的名字是耶穌基督。這時歐康闊還留在群眾之中，他希望能逮到機會把這些傳教士趕出村外，或把他們鞭打一頓。歐康闊聽到口譯員這麼一說，便開口了：「你親口跟我們說，只有一位真神，這會兒你又說起神的兒子，可見你的神一定有娶老婆。」眾人都同意他的說法。

「我並沒有說神有老婆。」口譯員如此說道，但口氣有些站不住腳。

「你的屁股說，神有個兒子，」歐康闊開著玩笑說，「那祂一定有娶老婆，而且你的神全家一定都有屁股。」

傳教士故意不理會他，繼續說起神的三位一體。聽到最後，歐康闊確信那位傳教口譯員一定是瘋了，於是聳聳肩膀走開，準備去為午餐採棕櫚酒。

但在那個當下，有位少年的心已經被打動了，他的名字是恩沃葉，也就是歐康闊的長子。擄獲他的心的，倒不是三位一體的瘋狂邏輯，他其實聽不懂三位一體的原理；而是這新宗教的詩歌觸動了他的骨髓深處，那首唱著人活在黑暗和恐懼之中的歌，似乎為他心靈深處那個模糊但又揮之不去的問題，提出了解答——那個問題就是：為何雙胞胎被棄置在森林中哭泣？為何倚克米豐納要被殺？那首福音歌曲灌注到他乾渴的靈魂深處時，他內在感受到一種解放。那首歌的字句就如同一滴滴的雨湅，在乾枯、辛苦喘息的地表上逐漸融化。恩沃葉稚嫩的心靈感到非常困惑。

①大砍刀(matchet)在伊博族舊時不只用在農耕種植上（用大砍刀砍除雜草），也用在戰場上。一個把大砍刀賣掉的人，表示不在乎辛勤耕種，而且也不願上戰場。「只帶著刀鞘上戰場」的意思就是說到戰場上只是裝模作樣，不是真的要打仗。

②對伊博族人而言，他們從前沒聽說過基督教的神，所以是新的。

③按基督教的語言，應該說是「無止無盡的永火」，但怕村民聽不懂，所以用「燃燒棕櫚油的火」來形容，至少村民知道，燃燒棕櫚油的火會燒很久。

④伊博民族是本性幽默喜好歡樂的民族，但他們的家庭訓練以及傳統信仰使他們常因為嚴守紀律而不苟言笑，作者形容自己的民族內在有著沉默而且積滿灰塵的心弦，是相當傳神的。

# 第十七章

傳教士剛到牡班塔的前四、五天晚上，都在市集處過夜，早上他們則到村子裡去傳福音。他們問村民，他們的國王是誰，村民說他們沒有國王。「但我們有擁有尊貴頭銜的顯要人士，也有主祭司和長老。」他們說。

第一天的新鮮與興奮感過後，要再把有頭有臉的人士和長老聚集起來，就不是很容易了。但在傳教士的堅持之下，牡班塔的掌權人士終於答應接見他們。傳教士要求村子給他們一塊地，讓他們蓋教堂。

每個宗族和村落都有他們的「惡林」。村民會把死於恐怖惡疾（像是痲瘋病、天花等）的人埋在惡林裡。很厲害的巫師死後，人們也會把巫師生前所用過的物神①棄置於惡林內，因此惡林裡總是充滿著各種邪惡勢力與黑暗力量。牡班塔的掌權人士決定給傳教士的地，就在惡林裡。他們其實並不希望傳教士留在宗族的土地上，他們答應給的地，只要是神智清楚的人都不會接受。

「他們要一塊地建立他們的神壇，」烏卻恩都和其他長老一起商討時，對他們這麼說，「我們就給他們一塊地。」其他人頓時發出驚異與不贊同的抱怨聲，他暫停了一下才繼續說。「我們把惡林裡的一塊地給他們好了，既然他們誇耀說能戰勝死亡②，那我們乾脆給他們一個真正的戰場，看他們是否能真的戰勝死亡。」大家都笑著同意，然後便派人去把傳教士叫過來（先前他們請傳教士先出去一下，好讓他們能私底下討論一番）。長老對傳教士說，看他們要用多少惡林裡的地都沒關係，他們的反應讓長老驚訝不已：他們謝過長老，還高聲唱起歌來。

「這些不知死活的傢伙，」有些長老這麼說著。「等到明天早晨，他們去看他們的地，就會知道大事不妙了。」然後，他們就解散了。

隔天早晨，這群瘋子果真開始清理出惡林裡的一塊地，並在上頭蓋了他們的房子。牡班塔的居民認為，他們在四天內就會死光光。第一天過去了、第二天、第三天、第四天——他們一個也沒死。村民個個都大惑不解，很快地，大家都傳說，白人的物神有令人難以相信的力量。謠傳說白人有戴眼鏡，因此能看見邪靈，並與邪靈溝通。沒過多久，牧班塔村便有三人轉而追隨這白人的宗教。

雖然打從第一天起，恩沃葉就深受這種新宗教吸引，不過他並不讓任何人知道。因為害怕他的父親，所以他並不敢走近傳教士的地方，但每當傳教士來到市集空曠的地方或村子的活動空地傳教時，恩沃葉一定會在那裡。很快地，他已經開始熟悉他們傳講的一些福音故事。

「我們已經蓋好了教堂。」口譯員凱亞葛先生說，他現在負責照料牡班塔的初信會眾。白人已經回去他在烏默非亞所建立的總部，他會定期到牡班塔來探望凱亞葛先生的會眾。「我們已經蓋好了教堂，」凱亞葛先生說。「我要你們每隔七天到這裡來，敬拜這位真神。」

接下來的禮拜日，恩沃葉一次又一次經過那處紅土牆茅草頂小教堂，但就是提不起足夠的勇氣走進去。他聽著他們唱歌的聲音，雖然只是一小群會眾，但他們歌聲響亮、信心十足。教堂就座落在惡林一個圓形的開闊處，看起來就像惡林的嘴巴，是否等著隨時要咬起牙齒呢？恩沃葉一次又一次經過那教堂，最後還是回家去了。

牡班塔的人都知道，他們的神祇和先祖有時能長期耐心忍受，故意讓人繼續藐視祂們的威能。不過，祂們把忍受的期限設定為七個市集週（也就是二十八天），超過那個期限之後，神祇就不會容許任何人繼續違抗下去。因此，這群厚顏無禮的傳教士在惡林建立起教會將近二十八天時，整個村子都興奮了起來；村民都很確定這個新教會即將面臨毀滅，有一些改宗的人決定要暫時撇清與新宗教的關係。

最後，那個要毀滅所有傳教士的日子終於來臨，但他們仍然活著，還給他們的導師凱亞葛先生蓋了一所新的紅牆茅草屋。那一週他們贏得了少許改宗者，而且首次有位婦女加入他們的行列；她的名字叫恩娜卡，是阿馬地的妻子；阿馬地是個富有的農夫。她加入他們時，已近懷孕末期。之前，恩娜卡懷孕生產了四次，每次都生下雙胞胎，她的新生嬰孩都立刻遭到丟棄。她丈夫和她丈夫的家族已經開始對她嚴重譴責③，因此，她逃去加入基督徒的行列時，她的夫家並沒有感到太過不安；事實上，他們還覺得她走得好。

◉

有天早晨，歐康闊的表弟阿米庫從鄰村回來經過教堂時，赫然看見恩沃葉與基督徒在一起。他感到驚訝無比，一回到家便直接去歐康闊的主屋跟他報告。婦女聽到時都立刻激動討論起來，但歐康闊卻故作鎮定。

午後近傍晚時，恩沃葉才回到家。他進入主屋去向父親請安，但父親沒有給他回應。恩沃葉轉身要走進內院時，他的父親終於壓不住怒氣，突然站起來抓住他的脖子。

「你整天都到哪裡去了？」他氣得問話語氣都結巴起來。

恩沃葉努力想掙脫，他父親把他掐得喘不過氣來。

「你說話啊！」歐康闊咆哮著，「在我把你殺掉之前，快回答我！」他抓起放在矮牆上的一根大棍子，狠狠揍了他兩、三下。「你說話啊！」他又咆哮了起來。恩沃葉站著盯著他看，不發一語。婦女在主屋外尖叫著，不敢進去。

「立刻放了那孩子！」一聲音從外院傳來，是歐康闊的舅父烏卻恩都。「你瘋了嗎？」

歐康闊並沒有回答，不過他放開了恩沃葉。恩沃葉走開之後，再也沒有回家。

他回到教堂，告訴凱亞葛先生說，他決定到烏默非亞去；白人傳教士已在那裡建立學校，教年輕基督徒讀書寫字。

凱亞葛先生聽了非常歡喜。「因我的緣故而捨棄父母的人有福了，」他頌揚著。「遵從我話的人，就是我的父親、我的母親。」④

恩沃葉並不了解這話的意思，但他很高興能離開父親。他之後會回來找他的母親和兄弟姊妹，向他們傳福音，讓他們改信耶穌。

那晚，歐康闊坐在主屋裡瞪著燃燒圓木的火，反覆想著這整件事。突然他心中升起了一股怒火，他有股衝動想要拿起大砍刀到教堂去，把那一群信邪教的狐群狗黨全部剷除。但他進一步仔細思慮之後，告訴自己不值得為恩沃葉這麼做。何苦呢？他心中叫喊道，全世界的人都死光了，也犯不著他歐康闊來為這樣的兒子遭受詛咒⑤。他很清楚知道，會發生這種事，全是他的個人神祇在作祟；不然還會是什麼緣故呢？先是他遭逢不幸、慘遭流放，現在他的不孝子又如此為所欲為。這會兒他花時間想這件事，才發現他兒子所犯的滔天大罪已赤裸裸顯現出來：放棄宗族的神祇，去跟一群沒有男子氣概的男人，像老母雞一樣咯咯叫著⑥，簡直人神共憤。萬一他死了，而他所有兒子都跟隨恩沃葉的腳步，把祖宗丟在一邊，那該如何！想到這個恐怖的景象，歐康闊就全身打冷顫；這等於整個家族慘遭滅絕。他想像自己和先祖群集在宗祖的神座，等著子孫獻牲祭來敬拜他們，卻只是空等，看不到新的牲祭，只有過去的塵灰，只因為他們的子孫都去跟白人的神祈禱去了！若這等事真會發生的話，他，歐康闊，一定會把基督徒全部從地表剷除。

歐康闊有個眾所周知的別名：「怒吼的烈火」。他看著燃燒圓木的火，想起了這個人們給他的綽號。他自己是團烈火，怎麼會生出恩沃葉這麼個頹廢、沒有男子氣概的兒子呢？也許他不是自己的兒子。不可能！他怎麼可能是他兒子呢？是他大老婆耍了他，他要好好教訓他老婆一頓！但恩沃葉也可能是像他的祖父烏諾卡，才會這樣，而烏諾卡是他歐康闊的父親啊！他把這樣的想法從心頭推掉。他，歐康闊，人稱烈火，怎麼會生出娘兒們般的兒子呢？在恩沃葉這個年紀，他歐康闊就已經是名震整個烏默非亞的摔跤健將了。

他沉重嘆了口氣，沒想到那燃燒的圓木竟也好像同情他似地嘆息著。歐康闊立刻張開眼，他完全看明白了，烈火會生出冰冷、無用的灰燼。他又再次深深嘆了口氣。

①所謂的「物神」（fetish）就是原始民族認為有神賦力而加以崇拜的物品。物神可以是巫師施法所用的石頭或木塊，或巫師所用的法器。第九章講到的「依宜－巫娃」——傳說中歐班桀小孩所用來不斷的投胎轉世的信物（可能是包著小圓石的破布），也是物神。

②基督徒所說的「戰勝死亡」，指耶穌基督已經為了洗淨人們的罪而死在十字架上，因此信基督的人可以戰勝黑暗邪惡的力量。「戰勝死亡」不是說基督徒永遠不會從肉身死去，但死後會有永遠的生命，而不會在地獄的永火裡受罪。

③舊時在伊博族雙胞胎被視為不祥。一個婦女連續產下雙胞胎，除非丈夫是明理的人，否則一個富有而且只管娶很多妻子來傳承後代的人，一定會認為他娶的女人不吉利而加以責怪。

④這裡凱亞葛先生所說的「我」，不是指他自己；他只是高興得引述耶穌基督所說的話；因為恩沃葉的決定，正應驗了耶穌所說的話：「因為我來是為叫人與父親生疏，女兒與母親生疏，媳婦與婆婆生疏。」（〈馬太福音〉十章三十五節）。有一次耶穌在傳道，他的門徒給他報告說他的母親和弟弟去找他，他對他的門徒說：「凡遵行我天父旨意的人，就是我的弟兄姊妹和母親了。」（〈馬太福音〉十二章五十節）。

⑤如果他真的把自己的兒子以及所有牡班塔的基督徒都殺死，他必定會遭受他母親族人（牡班塔宗族）的詛咒，同時也可能遭到白人的復仇——就像發生在阿罷梅村的事件一樣。

⑥歐康闊是在諷刺基督徒在一起就會唱歌，像母雞咯咯咯咯叫。

# 第十八章

牡班塔的教會在成立初期曾經歷過一些危機。剛開始，牡班塔宗族很確定這個新宗教很快就會夭折，沒想到他們不但活得好好的，而且還逐漸壯大。宗族為此而擔心，但其實他們還沒有太過擔心。如果這一夥耶夫列夫硬是要在惡林生根，那也是他們的事。其實仔細想想，惡林這種壞地方，不正適合這群不受歡迎的人住嗎？沒錯，他們會把村民丟在惡林裡的雙胞胎救起來，但他們從不曾把雙胞胎帶回到村裡去啊！在村民看來，只要雙胞胎依然待在被棄置的地方就好，不管他們是死是活，都沒有關係。而且，土地女神也絕不至於為了傳教士所犯的罪，而懲罰無辜的村民。

但曾有一次，傳教士試著跨越這個界限：有三個改宗的人來到村子裡，公開表示說，所有宗族所拜的神祇都是死的、無能的，所以他們打算要燒掉所有神壇，來抗拒這些無用的神祇。

「要燒就燒你老娘的生殖器啊！」有個神壇的祭司如此咒罵。這些改宗的人被抓起來痛打，直到淌出鮮血。這事件之後，教會與宗族之間有好一段時間相安無事。

但有愈來愈多傳言說，白人不僅帶來了新的宗教，還把新政府帶了進來；他們在烏默非亞建立了一個執行審判的地方，來保護追隨新宗教的人。甚且還有人傳說，有一個村民因為殺掉了一個傳教士，已經被他們吊死了。

雖然愈來愈常聽到這類傳言，但對牡班塔的人而言，聽起來還只是神話故事，不至於影響教會和宗族之間的關係。在牡班塔，根本不可能會有人去殺傳教士，凱亞葛先生雖然瘋狂，但不至於會傷害人。至於他旗下那些改宗的人，宗族也不可能有人會去殺他們，儘管在宗族看來他們是無用的人，但仍屬於宗族的一分子，任何人若殺了他們的話，就得離開宗族①。就這樣，沒有人會在乎那些關於白人政府，以及殺了基督徒會受制裁的傳言。若他們真會製造問題的話，宗族的人頂多只會把他們趕出牡班塔村。

而此時，這個小教會本身也忙著處理內部的問題，根本沒空給宗族惹麻煩。這問題是：教會該不該接納被社會排拒在外的人。

這些遭到排拒的人被稱為「歐蘇」（osu），他們看見這個新宗教接納雙胞胎以及其他宗族所不容的事，便認為新宗教可能也會接納他們。因此，某個禮拜天，有兩個歐蘇便到教堂去。他們一進去立刻引起騷動；但新宗教對改宗的人發揮了不小的影響力，歐蘇進入教堂時，其他人並沒有立即離開教堂，那些發現歐蘇坐近他們的人，只是換到別的位置坐，這真是奇蹟。只是禮拜完畢之後，奇蹟立刻失效。整個教堂的人都揚言抗議，正要把他們逐出教堂的時候，凱亞葛先生制止了他們。他解釋說：「在神面前，沒有奴隸與自由人的分別。我們所有人都是神的孩子，因此我們也該接納他們成為我們的兄弟。」

「你有所不知，」其中一個改宗者說。「如果那些異教徒②知道我們接納了歐蘇，他們會怎麼說我們呢？他們一定會嘲笑我們的！」

「就讓他們嘲笑吧，」凱亞葛先生說，「到了最後審判日時，神就會嘲笑他們。外邦為什麼爭鬧，萬民為什麼謀算虛妄的事③？那坐在天國寶座的那一位必要發笑，神必會好好愚弄他們一番。」

「你對『歐蘇』根本一無所知，」那位改宗者繼續堅持著說，「你是我們的老師，你教給我們的是有關新信仰的事，但這件事我們比你更清楚。」然後他開始對凱亞葛先生解釋「歐蘇」是什麼。

「歐蘇」是獻給神祇的人，這樣的人必須與其他自由人分別開來，因為對宗族的社會而言，歐蘇永遠是個禁忌，歐蘇的子子孫孫也是。他不能選擇娶自由人，而自由人也不得決定嫁給歐蘇。事實上，歐蘇是被逐出社會的人，住在村子裡靠近大神壇的一個特別區域。不管到什麼地方，都必須蓄著一頭又長又打結的骯髒頭髮，那就是他的記號——屬於禁忌階級的記號。歐蘇的一生都必須忌諱剃刀。歐蘇無權參與自由人的聚會，而自由人同樣也不得與歐蘇同處一個屋簷下。歐蘇無權爭取宗族裡的任何頭銜，他死後得與所有的歐蘇一樣，被葬在惡林裡。這樣的人怎能跟隨耶穌？

「這樣的人比起你、我都還需要耶穌。」凱亞葛先生說。

「果真如此，那我寧可回去宗族那裡。」這個改宗者說完便離開了教會。凱亞葛先生並沒有因此而動搖，也因為他如此堅定的信心，才穩固了這個年輕的教會；好些原本拿不定主意的改宗者，因為他的屹立不搖，而受到了鼓舞。他命令那兩個歐蘇，把他們又長又亂的頭髮剃掉；一開始，他們還真怕這麼做會喪命。

「除非你們把這種異教信仰的記號剃除掉，否則我絕不允許你們進入教會。」凱亞葛先生說，「你們怕剃掉頭髮就會死掉！怎麼可能呢？你們與其他把頭髮剃掉的人，有何不同？創造你們的神和創造他們的神，其實是同一位啊！但他們卻把你們當痲瘋病人一樣，屏除於社會之外，這不是神的旨意，神應許要把永恆的生命賜給所有信入祂聖名的人。那些異教徒說，如果你們做這個或做那個，就會喪命。他們也說，如果我在這塊地建立我的教會，我就會死掉。我死掉了嗎？他們說，如果我照顧雙胞胎，我就會死掉，可是我還活得好好的啊！異教徒只會說妄語，只有神的話才是真的。」

於是那兩個歐蘇把頭髮剃掉，而且很快成為堅定信奉新信仰的人。不僅如此，幾乎所有牡班塔的歐蘇都效法他們。事實上，一年之後教會與宗族之間的嚴重衝突，正是他們其中一人因為熱誠信奉新信仰，而惹出來的：那人殺了村子裡的神聖巨蟒。在宗族的眼裡，巨蟒是河神所投射出來的活物。

牡班塔以及鄰近所有的宗族都非常崇敬這條高貴的巨蟒，人們把牠尊稱為「我們的父親」；牠愛到什麼地方去，人們都沒有意見，即使牠要到人的床上過夜，也沒關係。蟒蛇會吃屋子裡的老鼠，有時也會吞吃雞蛋。若宗族的人意外把蟒蛇殺掉的話，他就得獻上牲祭以贖罪，而且還會為牠舉行昂貴的葬禮，如同埋葬偉人一樣。宗族並沒有明文規定該如何懲罰故意殺死巨蟒的人，從沒有人想過會有這種事。或許那巨蟒並非被刻意殺掉的；剛開始宗族的人就以為那是意外，沒有人親眼看見那蟒蛇被殺，而是教會中的人先傳出這類傳言的。

但不管怎樣，牡班塔的領袖和長老已聚集起來，商討因應的對策。他們有很多人都非常憤怒，說得長篇大論，一副準備打仗的樣子。已經開始參與牡班塔事務的歐康闊說，除非把這一幫人神共憤的狐群狗黨鞭逐出村落，村子將永無寧日。

但與會的人之中，有很多人對這件事持不同的看法，而且到後來，他們的意見勝出了。

「我們宗族當中，並沒有為神祇出面征戰的傳統，」他們之中有一人說。「因此，我們現在也不應該擅自主張。若有人在他自己的房內，暗中把神聖巨蟒殺了，那也是他跟河神之間的事；我們並沒有人親眼看見，若我們擅自介入河神和祂的犧牲者④之間的事，很可能本來要降給闖禍那人的懲罰，會因此加諸於我們身上。某人出言褻瀆神祇，我們該做什麼呢？去堵住那人的嘴巴嗎？不！我們頂多用手指塞住耳朵，不要去聽就是了。這才是明智之舉。」

「我們千萬別像懦夫一樣思考行事，」歐康闊說，「若有人到我房內地板上排便，我該怎麼辦？閉起眼睛不要看嗎？才不呢！我會拿棍子打破他的頭。這些人每天把髒垢倒在我們頭上⑤，歐可凱卻說我們應該假裝沒看見！」說完，他還發出一種充滿唾棄的聲音。這是個屬於娘兒們的宗族，歐康闊心裡想著。這種事在烏默非亞絕不可能發生。

「歐康闊說得沒錯，」有另一個人這麼說，「我們不該坐視不管。不過，我們毋須把他們趕出村外，只要把他們排除於我們的社會之外⑥，如此一來，他們做出什麼人神不容的事，我們就不會遭到連累。」

每個與會的人都說了些話，最後做出的決定就是把基督徒排除於社會之外。對於這個決定，歐康闊感到很不屑，氣得咬牙切齒。

那晚，更夫走遍村子的每個地區與角落，宣佈新信仰的信眾從此無權參與村落的社會生活，也無權享用宗族的資源。

基督徒人數日漸增加，儼然已成為一個小社群；有男、有女、也有小孩，個個對自己很有把握，對信仰也充滿信心。布朗先生（就是那位白人傳教士）會定期去探望他們。「每當我想到，十八個月前才在你們中間播下的種子，」他說，「我就不得不讚嘆神所做的工作。」

到了聖週三，為了預備復活節到來，凱亞葛先生叫婦女去取紅土、白黏土石、以及水來刷洗、粉飾教堂。婦女分成三組執行這項工作。一大清早，一組人帶著水缸到溪裡去、另一組人荷著鋤頭和籃子到村子的紅土坑去、第三組人則到黏土石的採石場去。

凱亞葛先生在教堂裡祈禱時，突然聽到婦女的激動談論。他結束祈禱，出去看到底是怎麼回事。他看到婦女帶著空水缸回到教堂，說有些年輕人拿著鞭子把她們趕離溪流；很快地，到紅土場去的婦女也拿著空籃子回來了，有些人已經挨了鞭子；到黏土場的婦女也回來述說同樣的狀況。

「這到底是怎麼回事？」滿頭霧水的凱亞葛先生問。

「村子放逐了我們，」有一位婦女說，「更夫昨晚已經宣佈了；但照理講，他們也不能阻止任何人到溪流或採石場去啊！」

另一個婦女說：「他們打算毀掉我們；他們還禁止我們到市集去買賣東西。」

凱亞葛先生正要派人到村子裡，把他的男信眾找來的時候，沒想到他們正巧到教堂來。他們當然已經聽到更夫所做的宣佈，但是連婦女到溪中取水也不行，他們這輩子從沒聽過這種事。

「我們一起過去，」他們對婦女說，「我們一起去見見那些懦夫⑦。」他們有些人手拿大棍棒，有些人甚至還拿大砍刀。

但凱亞葛先生制止了他們。在他們採取任何行動之前，他想知道為什麼宗族要放逐他們。

「他們說歐可利殺死了神聖巨蟒。」有個男士說。

「那不是真的，」另一個男士說。「歐可利親口告訴我，那不是真的。」

但歐可利本人無法到現場來作回答。他在前天晚上就生病了；就在他們議論的那天夜半之前，他就病逝了。他的死，表示宗族的神祇還是能為自己討回公道。他的死也讓宗族的人決定，不用再找基督徒的麻煩。

---

①就像歐康闊因為過失殺了自己宗族的人而遭放逐的情形一樣。
②這裡「異教徒」指的是宗族的人，基督徒把所有非基督徒一律稱為異教徒。
③語出舊約〈詩篇〉第二篇一節。此處凱亞葛先生引用聖經的話，來批評伊博民族製造出「歐蘇」這種違反人權的

傳統。

④此處「河神的犧牲者」指的是那條被殺死的巨蟒。

⑤這裡歐康闊指基督徒每天都在說宗族所信的神祇是死的，沒有用的，這種話聽在歐康闊的耳中就是在褻瀆宗族的神祇，就是髒垢。

⑥把基督徒排除於社會之外，也就是說，他們將從此無權使用村中的任何資源。

⑦這些男信眾們把鞭打驅趕婦女的那些年輕人叫懦夫，因為他們相信那些年輕人也只敢打婦女出氣。

# 第十九章

那時正下著那年的最後幾場大雨，這種時節最適合踩碎紅土以建築屋牆。這樣的工作無法提早做，那時雨量過於豐沛，會把成堆的碎紅土沖刷掉；而錯過這個時節，也不會有時間來踩碎紅土，因為收割季就快要來臨，而收割完後，接下來就是乾季了。

那也是歐康闊在牡班塔的最後一次收割季。這七個虛擲而且令人生厭的放逐年歲，終於拖拖拉拉走完了。雖然歐康闊在他母親的宗族裡也發展得很興隆，但他相信，如果他不用在牡班塔過這七年的話，他在烏默非亞會更繁榮成功；烏默非亞的男人勇敢好戰，這七年，他若是在烏默非亞度過的話，很可能已經登峰造極了。因此，他遭放逐的每一天，無不滿懷後悔。他母親家族的人都對他很友善，而他也心存感激，但這改變不了事實。沒錯，為了感激他母親宗族的人，他把他在放逐期間第一年生下的孩子叫做恩內卡——意思是母親最偉大。但兩年後，他生下兒子時，便取名為恩烏歐非亞——意思是在曠野生下的孩子。

一進入最後一個放逐年，歐康闊就寄錢給歐比耶利卡。他請歐比耶利卡幫他買塊地，然後雇人建造兩座房屋。等到他帶著家人回到烏默非亞時，他們會先住在那兩座屋內，然後再興建一座小屋、主屋，以及宅院的外牆。他不能請別人為他建主屋以及外牆，這兩棟建築男人須為自己興建——除非他父親有留給他繼承。

那年開始下最後一場大雨時，歐比耶利卡派人去告訴歐康闊，兩間房屋已經興建完成，因此他在雨季過後便可準備回去烏默非亞。他很希望能在雨季尚未結束前，早點回去興建他的宅院，但若這麼做的話，就等於沒有服完七年的放逐刑期；這樣是不行的。所以，他只好耐心等待乾季來臨。

乾季終於緩緩來臨；雨量日漸減少，直至變成斜飄的陣雨。有時陽光會在小雨之中露臉，而且微風吹拂，於是就形成一種輕盈快活的小雨。然後彩虹開始出現，有時還會出現兩道：一道像是彩虹媽媽，另一道是彩虹女兒；像「女兒」的那一道看起來年輕、漂亮，而像「母親」的那一道總像已年老褪色。人們把彩虹叫做天上的蟒蛇。

歐康闊把他的三位妻子叫過來，告訴她們說要準備一場盛大的宴會。「在我走之前，一定要好好答謝我母親家族的人。」

艾葵妃的田裡還有剩下一些去年種的樹薯，其他兩位妻子的田裡什麼也沒剩下；倒不是因為她們兩個比較懶惰，而是因為她們有很多孩子要養；因此，理所當然，艾葵妃得為盛宴提供樹薯，恩沃葉的母親和歐嬌歌則準備其他的食材，像是燻魚、棕櫚油，以及做醬湯必備的辣椒；歐康闊則負責預備肉及山藥。

隔天清晨，艾葵妃起早便與她的女兒艾琴瑪及歐嬌歌的女兒歐比雅格莉，一起去收割樹薯；每個人都帶著一個長形藤籃、一把用來砍斷樹薯梗的砍刀，以及一把挖樹薯球莖的鋤頭。還好，前天晚上下了一場小雨，土壤不至於太硬。

「我們應該很快就能採收到我們所需的量。」艾葵妃說。

「但樹葉還是溼的呀！」艾琴瑪說。她頭上頂著籃子、雙手交叉胸前。她覺得冷。「我不喜歡葉子上的冷水滴在背上；我們應該等到太陽升高，葉子上的雨水乾了再開始做。」

歐比雅格莉戲稱艾琴瑪為「鹽巴」，因為她說她不喜歡水滴在她身上。「妳是怕妳會融化掉嗎？」

艾葵妃說得沒錯，採收相當容易。艾琴瑪用一枝長棍子猛搖每棵樹之後，才彎下腰砍斷梗、挖取球莖。有時根本不用挖：只要把殘梗拔起，土就會鬆開，根會在土底下斷掉，可以很輕易把球莖拔出來。

她們採收的球莖堆成相當大的一堆時，她們便分兩次把球莖帶到溪旁。在小溪邊，每位婦女都有一處用來發酵樹薯的淺泉。

「大約四天就應該可以發酵完畢；說不定三天就夠了呢！」歐比雅格莉說，「這些都是嫩球莖。」

「其實並不是真的那麼嫩，」艾葵妃說。「我種這批樹薯已經有兩年了，因為土壤並不肥沃，所以球莖才會那麼小。」

◉

歐康闊做事從來不草率敷衍。他老婆艾葵妃堅持說，準備這次盛宴只要殺兩隻羊就足夠，但他卻對她說，這沒她的事。

「我說要辦一次宴會，就表示我有足夠的資金。總不可能我住在河邊，卻還吐口水洗手。我母親的族人對我一直都很好，我必須好好答謝他們的恩情。」於是他們殺了三隻羊，也殺了很多隻雞，儼然像辦婚宴似的：有福福、山藥粥、艾古西醬湯①、苦葉醬湯，還有好多壺棕櫚酒。

所有的屋母恩那②都受邀參加這個盛宴；他們都是歐可婁的後代，而歐可婁就是兩百年前這個家族的老祖宗。目前這個大家族年紀最長的成員，就是歐康闊的舅父烏卻恩都，於是由他來剝開可樂果。他剝果的同時也向先祖祈禱：求祂們保佑族人身體健康、子孫滿堂。「我們不求財富，因為身體健康、子孫滿堂的人，也就擁有財富。我們不貪求更多的金錢，只求家族綿延不斷。我們之所以勝過禽獸，因為我們有家族。一隻動物若側腹發癢，牠只能靠著樹幹摩擦身體止癢，但人可以請家族的人幫忙抓癢。」然後，他特別為歐康闊以及他的家庭祈福。結束後，他剝開可樂果，並把其中一瓣丟在地上，獻給祖先。

剝開的可樂果瓣傳開時，歐康闊的妻小以及來幫忙煮食的人便開始把食物端出來，他的兒子們則把一壺壺棕櫚酒拿出來。食物與酒多到讓很多族人都驚嘆得吹起口哨。所有食物與飲品都擺出來後，歐康闊便站起來說話。

「我求你們接受我這顆小可樂果，」他說。「在此，我並不是要償還你們這七年來為我做的一切。一個孩子永遠不可能償還母親的乳汁。我把你們都請過來，只因為家族的人能團聚一起，是美事一件。」

他們先端山藥粥給客人，因為山藥粥比福福清淡，也因為山藥總必須擺首位。山藥粥吃完，才吃福福。有些族人沾艾古西醬湯吃福福，有些人則用苦葉醬湯。然後，他們開始均分羊肉和雞肉，俾使每一位族人都能分到一份。每位男士按照年紀大小，依次站起來領取他的一份。即使是少數不能到場的族人，都按次序請人外帶給他們。

喝棕櫚酒的時候，屋母恩那中的一位耆老站起來向歐康闊道謝：

「若我說，我們不期待歐康闊舉辦如此盛大的慶宴，那我等於是說，我們不知道歐康闊一向豪爽大方。我們都了解他，因此我們都知道將有一場盛宴來臨。只是，我們沒想到，這盛宴比我們所預期的還要盛大。為此，我們要向你致謝，歐康闊，願你大方付出的，能以十倍回歸給你。現今年輕世代都自以為比先祖還要聰明，看到一個晚輩能以傳統堂皇盛大的方式來行事，真是令人歡喜。一個人請族人來赴盛宴，並不是為了要讓族人免於飢餓——族人家中不是沒有儲糧。月光明亮時，我們到村中的廣場聚集，不是為了要欣賞明月，每個人在自家的庭院也可以欣賞月亮。我們聚集一起，只因為族人聚在一起是件好事。你們或許要問我幹嘛說這些。我這麼說只因為我為年輕的世代擔心，也就是你們。」說著他便對著大部分年輕人坐著的方向揮手。「至於我，我所剩的時日已經不多了，烏卻恩都、烏那曲古和艾梅弗也是一樣。我為你們年輕的世代擔心，你們不了解血親聯繫的力量有多大；你們不了解什麼是異口同聲，以及異口同聲所產生的力量。一個人神共憤的宗教已在你們中間生根。現今的人已變得會擅自與自己的父母與兄弟分離、會詛咒自己先祖的神祇、會咒罵自己的祖宗。這就好比獵人的狗突然發了瘋，轉過來反咬獵人一般。我為你們擔心；我為我們宗族擔心。」他又再次轉向歐康闊說：「謝謝你藉這個機會把我們集合在一起。」

①艾古西（egusi）就是台灣人茶餘飯後吃的瓜子。奈及利亞人會把瓜子殼去掉，把瓜子仁磨碎，用來作醬湯。

②屋母恩那（ummunna）指家族裡所有的男性成年人。

# 第三部

# 第二十章

離開宗族的七年，可以是一段很長的時間。原來的住處不會永遠等著人回來。事實上，歐康闊一離開烏默非亞，立刻就有人在他的地方興建房屋住下。宗族就像蜥蜴一樣，若尾巴斷了，很快就會長出新的尾巴。

歐康闊其實很清楚這一點；他知道，他再也不能扮演宗族裡執行審判的九位伊古古之一；他也已經沒有機會領導這個好戰的宗族，來抵抗日漸壯大的新宗教；過去的這七年，若他沒有遭到流放，或許已經爭取到宗族裡的最高頭銜，但他已經失去了這七年。這些損失並不是都無法彌補，這次回歸，他決心要讓族人刮目相看：他要堂堂正正回來，奪回這七個年頭所失去的一切。

早在他過第一個放逐年時，就已經開始籌劃回歸後的計畫。他回來的第一件事，就是要重建宅院，而且要蓋得更大。他要蓋一個比之前還要大的穀倉，而且他要多蓋兩間小屋，因為他打算再多娶兩個老婆；然後，他要讓兒子加入「歐佐」社會，取得頭銜，藉此炫耀他的財富，宗族之中也只有真正了不起的人才能達到如此的地位。歐康闊很肯定自己將受到很高的敬重，他預期自己將取得宗族裡的最高頭銜。

隨著放逐的歲月一年一年過去，歐康闊感到他的個人神祇似乎也為過往的不幸做出彌補：他的山藥生長得相當茂盛，不僅在牡班塔種的如此，連在烏默非亞，他的好友每年幫他分配給佃農種的山藥，也是如此。

然後，他大兒子棄家追隨新宗教的不幸事件發生了。剛開始，他的心神似乎無法承受這樣的打擊，不過還好他的心神很有彈性，終究還是克服了哀傷。他還有五個兒子，他會按宗族的規矩來教養他們。他把五個兒子叫過來，在他的主屋裡坐下。最年幼的兒子才四歲大。

「你們都已經看到你們大哥所做出人神不容的事，現在他已經不再是我的兒子，也不再是你們的大哥。我的兒子必須是個男子漢——在宗族裡能抬得起頭的男子漢。如果你們之中有人甘願當女人的話①，那最好趁我還活著的時候，就去跟隨恩沃葉的腳步，這樣我才有機會咒罵他。如果你們敢在我死後背棄我的話，那我也會做鬼來扭斷你們的脖子。」

歐康闊的女兒就讓他順心多了。他一直很遺憾艾琴瑪不是男兒身；他所有的孩子當中，就只有艾琴瑪最了解他的一舉一動。她長愈大，與父親之間心靈的聯繫也愈強烈。

艾琴瑪在她父親遭放逐的歲月裡，長成黃花大閨女，同時也成了牡班塔的大美女之一。人們把她叫做水晶美人；她母親年輕時也有同樣的封號。先前那個體弱多病的女孩，如今彷彿一夜之間，竟變成一位健康活潑的少女。沒錯，有時她心情低落的時候，也會像瘋狗一樣見人就罵——她會沒來由突然鬱悶起來，但還好，她很少心情不好，就算發作了也很短暫。她一旦發飆起來，除了父親之外，她誰也受不了。牡班塔有很多年輕人以及富有的中年人前來提親，但她都一一拒絕了，因為她父親有天晚上把她叫過來，對她說：「這裡有很多功成名就的好男人沒錯，但我希望妳能等到我們回去烏默非亞再論及婚嫁。」

他就只有對她說這麼一句話，但艾琴瑪卻很清楚這句話背後的用心與意義，所以她同意了。

「妳同父異母的妹妹歐比雅格莉，就沒辦法了解我，」歐康闊說。「但妳可以向她解釋。」

雖然這對同父異母的姊妹幾乎同年，但艾琴瑪很輕易就能左右歐比雅格莉的想法。她對她解釋為何她們還不能結婚，於是歐比雅格莉也同意了。就這樣，她們兩個在牡班塔拒絕了所有前來提親的人。

「真希望她是個男孩子。」歐康闊心裡這麼想著。她貼心又懂事；他所有的兒子當中，還有誰能像她一樣讀懂他的心思？帶著兩個美麗的成年女兒，他回到烏默非亞，一定會引起相當多注意力。他未來的女婿必須是族裡有權有勢的男人，那些沒沒無聞的窮光蛋才不敢上門呢！

歐康闊遭放逐的這七年期間，烏默非亞確實經歷了好些改變。基督教會到這裡來，讓很多人悖離宗族。改宗成為基督教徒的人，不是只有出身低的人和被逐出社會之外的人（歐蘇），有些有身分地位的人也加入了。歐布也非．烏干納就是個例子，他已經爭取了兩個頭銜，但現在卻像個瘋子一般，把穿在腳上代表頭銜的踝環剪斷丟棄，加入基督徒的行列，那白人傳教士很以他為傲。烏默非亞第一批領聖餐（伊博語把「聖餐」叫做「神聖的盛宴」）的人當中，他就是其中一個。歐布也非．烏干納剛開始以為，聖餐就跟村中舉行的各種盛宴一樣，吃吃喝喝，只是更加神聖莊重，於是便把角杯放入隨身帶的羊皮袋裡，前去參加教堂的聖餐禮。

除了引進基督教會之外，白人還在村裡建立他們的政府。他們設立了法庭，但白人法官審理案件卻不明事理。法官會派信差把需要審判的人帶到法庭上，很多信差都來自座落在「大河」岸旁的烏姆如部族；很多年前，白人剛來的時候就是在烏姆如上岸，因此烏姆如有白人設立的宗教、貿易，以及政府的中心總部。這些法庭信差對烏默非亞族人都深惡痛絕，不僅因為他們屬於不同部族②，也因為他們傲慢專橫。人們把他們叫做「科特馬」③；他們還有一個額外的綽號——灰屁股——因為他們都身穿灰色短褲。他們也是監獄的獄吏。監獄裡滿是觸犯白人律法的人；他們有的因為丟棄妻子生下的雙胞胎而被捕入獄；另有些人則是因為侵犯了基督徒而入獄。在監獄裡，科特馬會痛打他們，每天清晨還會命令他們打掃白人政府的府院，以及為法官以及法庭信差取集柴火。這些監獄囚犯有些是擁有頭銜的人，叫他們做這些卑下的工作著實不堪。他們為了受到這種侮辱而哀傷，也為了他們的田地荒廢而難過。清晨他們割草的時候，當中年紀較輕的人會跟著砍刀砍草的節拍唱著：

科特馬，灰屁股，
科特馬才適合為奴；
白人啊，搞不清楚，
白人才適合為奴。

法庭信差討厭被叫做灰屁股，會揍唱歌的人，但這歌還是傳遍了烏默非亞。

歐康闊難過地低著頭，聽歐比耶利卡跟他說這些事。

「也許是我離開太久了，」歐康闊幾乎像是自言自語，「但你跟我說的這些事，我實在搞不懂。我們族人到底怎麼了？我們怎麼失去了反抗他們的力氣呢？」

「你沒聽說白人把整個阿罷梅的人剷除掉的事嗎？」歐比耶利卡問。

「有啊！」歐康闊說。「但我也有聽說，阿罷梅的人既軟弱又愚蠢，白人對他們開槍的時候，他們怎麼沒有回手呢？他們沒帶槍和砍刀嗎？若拿我們族人和阿罷梅的人相比，豈不把我們自己也當成軟腳蝦？阿罷梅的先祖根本不敢和我們祖先同起同坐呢！我們必須把這些異族的人趕出宗族的土地。」

「已經太遲了，」歐比耶利卡哀嘆道。「我們自己人還有我們的晚輩，已經加入這些外族人的陣容。他們信了白人的宗教，接著還擁護白人的政權。如果只是要把烏默非亞的白人趕出去，那很簡單，因為只有兩個。問題是，族裡那些跟隨白人，而且得到白人賦予權力的人，我們要拿他們怎麼辦？他們會到烏姆如召集那裡的士兵，接著我們的命運就會和阿罷梅村一樣。」他停下了好一段時間後，接著說：「我最後一次去牡班塔看你的時候，有跟你提起他們吊死阿納透的事吧？」

「那塊他們爭奪的地，後來判歸誰？」歐康闊問。

「白人的法庭把那塊地判歸恩納馬的家族，只因為恩納馬的人用很多錢，收買了白人的信差和口譯員。」

「那白人知道我們族人對土地的慣例嗎？」

「他根本就聽不懂我們的語言，又怎麼可能知道呢？但他說我們的習俗慣例不好，而我們族裡那些信入他們宗教的人也說，我們宗族的習俗慣例不好。我們自己的兄弟都反對我們了，你說我們怎麼打呢？這白人非常聰明：他舉著他的宗教靜靜來到我們中間，我們譏笑他笨，還准許他留下來。現在他贏得族裡兄弟的心，我們宗族便再也不能團結一心。他拿了把刀，切斷了那條把我們族人聯繫起來的繩索，結果我們變成了一盤散沙。」

「他們怎麼抓到阿納透的呢？」歐康闊問。

「他和歐都卻為了爭那塊地而把歐都卻打死了之後，便逃到阿寧塔以逃避土地女神的憤怒④。那是他和歐都卻打架後的第八天，因為歐都卻受傷之後，並沒有立刻死掉——他是在打架過後的第七天死的，但所有人都知道他就要死了，因此阿納透便有時間，打包了所有財產後帶著逃跑。但我們中間已變成基督徒的人卻對白人法官稟報這個事件，於是法官派科特馬去抓阿納透。阿納透和他家族的領導人都一起被關。最後歐都卻死了，阿納透便被帶到烏姆如吊死。他家族其他的領導人有被放出來，但即使到現在，他們依然嚇得說不出他們所受的苦呢！」

說完這兩個人沉默地坐了好久。

---

①歐康闊這裡所謂的「女人」，就是指不辛勤耕作，不努力積聚財富，以致於無法爭取頭銜的男人。在伊博族，女人是無權爭取頭銜的，故把不積極爭取頭銜的人，喻為女人。

②伊博族其實是很多不同部族的總稱。這些不同的部族基本上當然都說伊博語，但不同部族會有不同的方言和腔

調，就像在第十六章裡出現的為白人口譯的人，其實也是伊博族人，但因為屬於不同部族，因此說話的腔調就與牡班塔的人不同。此處這些法庭信差其實也是伊博族人，但因為屬於不同部族，所以原文用stranger這個字，但不宜譯成陌生人或外國人。只是對烏默非亞的人來說，不同部族的人感覺就像是外國人了。

③「科特馬」（kotma）的意思就是「法庭信差」；在舊時，科特馬扮演的還有現代所謂「警察」的功能。在奈及利亞「警察」一向貪污嚴重（即使到現在還是差不多），所以科特馬一般被視為貪污腐壞的執法官員。

④在伊博族，若人殺死了自己同族的人，就會激起土地女神的憤怒與復仇，因此，為了規避土地女神的憤怒，殺人的人必須逃到其他宗族的村落去——這也是宗族給的懲罰，他們謂之為「放逐」；就像歐康闊在牡班塔過了七年一樣。

# 第二十一章

烏默非亞有很多男女並不像歐康闊那樣，對白人帶來的新制度那麼反感。那白人確實帶來一個瘋狂的宗教，但他也設立了一個貿易商店，店裡的棕櫚油和棕櫚果可賣得破天荒的好價錢，為烏默非亞帶來不少收入。

即使就宗教的意義來說，人們也愈來愈覺得這個信仰似乎確實具有某種意義，在表面令人費解的瘋狂之下，存在著某種條理。這都要歸功於那位白人傳教士布朗先生，他嚴格規範信眾不可激怒宗族的人。但他旗下有一個成員非常難管教：他名叫艾諾曲，他的父親是蛇教的祭司。人們傳說艾諾曲殺了神聖蟒蛇並把蛇吃掉了，他父親於是詛咒他。布朗先生的教導反對這種過度狂熱的做法，他對雀躍不已的信眾說，凡事都可行，但不都有益處①。於是，連宗族的人都尊敬布朗先生，因為他非常謹慎對待宗族的信仰。他和宗族裡一些偉大的人物交朋友，而且經常拜訪鄰近的村落；有一次某族的人還把一支雕刻象牙獻給他，那可是尊貴與權位的象徵。那一族有個大人物叫做阿昆納，阿昆納把他的一個兒子送到布朗先生所辦的學校，學習白人的知識。

每次布朗先生拜訪那個村族，都會在阿昆納的主屋坐上幾個小時，透過一位口譯員和阿昆納談論宗教。他們兩人都無法讓對方改變原來的信仰，但卻也因此對彼此的信仰有更多認識。

「你說宇宙間有一位至高無上、創造天地的神，」有一次阿昆納這麼對來訪的布朗先生說。「我們也相信有這麼一位神，只是我們把祂叫做『曲古』，我們相信祂創造了整個世界以及其他的神祇。」

「並沒有所謂『其他的神』，」布朗先生說。「『曲古』是唯一的神，其他神祇都是假的。你刻了一個木頭像──像那個，」他指著阿昆納在屋樑上掛著的木刻伊肯葛神祇②，「你稱之為神，但那仍然只是塊木頭。」

「沒錯，」阿昆納說，「那的確是塊木頭。這木頭是從樹而來，而樹是曲古所創造的，如同所有較小的神祇也是曲古所創造的一樣。祂創造這些神祇來當祂的信差，如此我們才能透過這些信差來向祂說話。就像你是你教會的頭一樣。」

「不對，」布朗先生反駁。「我們教會的頭，就是這位神。」

「我知道，」阿昆納說。「但在人類的世界總該有個領導的頭吧！就像你是你的教會在這區域的頭一樣。」

「如果你要這樣看的話，那麼我教會的頭其實是在英國。」

「這正是我的意思呀！」阿昆納繼續說。「你教會的頭，人在你的國家。他派你來這裡當他的信差，而你在這裡也有你指派的信差和僕人。讓我舉另外一個例子好了：這裡的地方法官，不就是你的國王指派來的嗎？」

「英國現在由一位女皇治理。」口譯員以伊博語對阿昆納說。

「你們的女皇派遣這位地方法官，到這裡來當她的信差，法官發現自己無法單獨做審理的工作，於是他指派『科特馬』來協助他。我們的神，也就是曲古，也是這樣做祂的工作，祂指派較小的神祇來幫祂，因為祂的工作太多了，自己一個人做不來。」

「你千萬不能把神想成是人，」布朗先生說。「因為你這樣想就會以為神需要幫手，而這樣的想法最糟的後果就是，你們把全部的敬拜都獻給自己創造出來的假神祇。」

「並非如此。我們對較小的神祇獻牲祭，可是如果祂們無法幫忙，而我們又求助無門，我們就會找曲古。這樣做一點也沒有錯。要找大人物幫忙，得先求他的僕人，若他的僕人愛莫能助，我們才去求那最後一線希望。表面上看起來，我們好像把注意力放在較小的神祇身上，但事實並非如此。我們先去麻煩那些小神祇，只因為我們怕去麻煩祂們的領導者。我們的先祖知道，曲古是王中之王，所以很多人才會給他們的孩子取名為『曲古卡』——意思是曲古至高無上。」

「你說到一件有趣的事，」布朗先生說。「你們怕去麻煩你們的曲古；但在我們的宗教裡，曲古是慈愛的天父，任何遵行祂旨意的人，根本不用怕祂。」
「你言下之意就是，如果我們沒有遵行祂的旨意，就得怕他囉！」阿肯納說。「可是，又有誰能辨明祂的旨意呢?祂的旨意根本大到無人能真正明白。」
就這樣一來一往，布朗先生逐漸知道很多宗族的宗教傳統，也因此得出一個結論：正面攻擊宗族的信仰將無法取勝，於是他便在烏默非亞設立一所學校和一間小醫院。他挨家挨戶拜訪，請人們把孩子送去他的學校讀書。剛開始，人們只差遣他們的僕人，有時也派他們較懶惰的孩子去。布朗先生不僅請求人們，他也跟他們辯解，甚至還對他們預言。他說，伊博族未來的領導人將會是那些有學讀書寫字的男女，若烏默非亞不把孩子送去學校讀書，那麼從其他地方來的外族人將會來統治他們。其實，這從烏默非亞的法庭就可以看出端倪，法官身邊的人都是講英語的外族人，這些外族人大部分來自「大河」岸旁的烏姆如村，就是白人首次上岸並設立機構的地方。
最後，布朗先生的言論開始生效了，愈來愈多人上他的學校讀書。他會送那些上學的人背心、汗衫和毛巾。這些學生有很多都已經不年輕了：有的都已經三十好幾，還有年紀更大的。這些學生早上到田裡工作，下午到學校讀書。而且過了不久，人們開始說白人醫院的藥方很快就能達到療效，到布朗先生學校讀書也很快就能回收成果：只要短短幾個月，就足以讓人當上法庭的差吏或甚至當上書記員；而那些在學校唸書較久的則成為老師。烏默非亞的工人會到天主的葡萄園工作③：他們到鄰近村落去建立一座座新教堂，而學校也會伴隨教堂而設立，因為一開始教堂與學校是聯手合作的。

布朗先生的傳教工作愈來愈壯大，因為他的工作與新政府的連結關係，讓他的社會威望有了新的進展，但他的健康卻愈來愈差。一開始，他忽略了身體發出的警訊，結果拖到後來，他得傷心離開他的信徒。

布朗先生是在歐康闊回到烏默非亞的第一個雨季裡返回英國的。五個月前，他一聽說歐康闊回到烏默非亞，就立刻前去拜訪。那時他才剛把歐康闊的兒子恩沃葉（他現在名叫以撒），送往烏姆如的師範學院接受當教師的訓練。他希望歐康闊聽到這個消息會很高興，沒想到歐康闊把他趕了出去，還威脅他說，如果他敢再踏入他的宅院，他會被抬著出去。

歐康闊一家人回歸烏默非亞這件事，並沒有引起什麼特別的注意——這可讓歐康闊大失所望。沒錯，他兩位年輕貌美的女兒引起求婚者很大的興趣，而且很快便有人上門提親，但除此之外，烏默非亞人並沒有特別注意這位戰士返鄉的事。歐康闊遭放逐期間，烏默非亞所經歷的改變影響太深遠了，歐康闊的返鄉就變得沒什麼值得注意的了。人們所注意與在乎的，幾乎全和新宗教、新政權、以及貿易商店有關。族裡還是有很多人把這些新的機構組織視為邪惡，但即使是抱持這種想法的人，也談著、想著一些別的事，而這些事肯定跟歐康闊返鄉無關。

而且他回來的那個年頭也不是時候，若他一返鄉就能如願透過儀式，讓他的兩個兒子入歐佐社會的話，那應該能在族裡引起一陣騷動。但在烏默非亞，這種入會儀式三年才舉行一次，結果歐康闊得等上將近兩年才能等到下一次儀式。

歐康闊深感哀傷；他不僅為個人哀傷，也為他的宗族難過；他難過宗族已變得七零八落，不再團結；他也難過原本勇敢善戰的烏默非亞族人，如今竟變得像女人一樣軟弱，簡直不可思議。

①語出〈哥林多前書〉十章二十三節。布朗先生引用此處經文來表示他反對艾諾曲的做法：意思是說，他可以殺那蟒蛇沒錯，但這麼做有何益處呢？這麼做只會惹惱他父親以及宗族的人，引來衝突而已。

②伊肯葛（**Ikenga**）是舊時伊博族每個成家男人都會在家裡放置的木刻神像，象徵男人右手的力氣。

③此處典出〈馬太福音〉二十章，把神當成是葡萄園之主人的比喻；這主人為了他葡萄園的工作出去找工人。「葡萄園的工作」就是傳播福音的工作，而「工人」就是基督徒。

# 第二十二章

接任布朗先生工作的是一位叫做詹姆士・史密斯的牧師；他跟布朗先生很不一樣。他公開譴責布朗先生妥協通融的作法，他認為事情只有黑白之分，而黑就是邪惡。他認為這世界就是個戰場，這世上的光明之子勢必要與黑暗之子打道德衝突之戰①。他講道時總要說到綿羊與山羊之分、小麥與毒麥之別②。他相信唯有殲滅巴爾的先知③，別無他法。

史密斯先生覺得信眾之中有很多人都很無知，因為他們對三位一體、聖體聖事等這類基本的基督教知識一無所悉，為此他深感困擾，他認為這表示他們就是撒在石頭地上的種子④。布朗先生不管信眾的品質，只顧擴增人數。他應該知道上帝的國度並不在於有沒有大群的信眾，上帝自己都已經強調過「少」的重要性。祂說：導向天國的路是窄的，因而找到此路的人也很少⑤。若把主的聖殿塞滿一大群崇拜偶像，鎮日嚷嚷著要看神蹟的烏合之眾，將會帶來無窮無盡荒唐的後果。我們的主終其一生只用過一次鞭子，而那一次就是為了要把烏合之眾趕出祂的聖殿⑥。

史密斯先生到烏默非亞才短短幾個星期，就勒令一位年輕婦女暫時不准上教堂，因為她把新酒倒入舊的酒囊中⑦。這位年輕婦女的丈夫沒有信基督教，而她讓丈夫支解了她死去的孩子。那孩子已被證實是歐班桀，就是那種死後會再進入同一個母胎中出生，折磨母親的邪惡小孩。這孩子已經週而復始、死死生生四次了，他們才決定把他的屍體支解，讓他打消回來的念頭。史密斯先生聽到這件事的時候便滿懷憤怒。他聽聞了這裡流傳的故事：真正邪惡的孩子即使遭到肢解也不會害怕，依然會帶著疤痕重新投胎；雖然有幾個最虔誠的信眾證實確有其事，他仍然不願相信。他回應說，是惡魔在全世界散播這樣的故事，誘使人們偏離正道，會相信這種故事的人，沒有資格坐在上帝的桌前。

烏默非亞有句諺語說，若有人起舞，便有人擊鼓伴之。史密斯先生雷厲風行的「起舞」，結果便有人隨著他狂熱「擊鼓」。那些過度狂熱的改宗者，原本在布朗先生的管教下深感受挫，這會兒可給他們逮到機會耀武揚威了。父親是蛇教祭司的艾諾曲就是這些人其中之一；人們相信他殺了神聖蟒蛇，而且還把蛇給吃了。艾諾曲對基督教的狂熱，比起布朗先生似乎有過之而無不及，結果村人稱他是「比喪親者哭得還大聲的局外人」。

艾諾曲個子瘦小，總是一副急急忙忙的樣子。他的腳掌短而寬，站著或走路時，腳根總是併在一起成外八字，彷彿兩隻腳的腳趾頭吵架，老是打算分道揚鑣的樣子。他小小的身軀好像盛裝著過多能量，動不動就與人爭論打架。主日在教堂時，他總是想像牧師講的道理是為了懲戒他的敵人而說的，如果他正巧坐在某個仇敵附近，他便偶爾會轉頭給那人使一個別具意圖的表情，好像在說：「這就是我要給你的教訓。」就是艾諾曲觸發了教會與烏默非亞宗族之間的大衝突。（打從布朗先生走後，宗族的人就開始聚集了起來。）

那事是發生在祭拜土地女神的週年慶典上。宗族的先祖死時獻身給土地女神，於是在這樣的場合裡，祂們會現身成伊古古，從細小的蟻洞裡冒出來。

按宗族的法規而言，最嚴重的罪，就是在眾目睽睽之下扯掉伊古古的面具，或以言語行動來褻瀆伊古古，這樣會讓那些對伊古古沒有什麼認知的人，藐視伊古古不朽的威嚴。艾諾曲所犯的罪，就是這個。

這次土地女神的週年慶典適逢星期天，伊古古便在那天出來遊走，結果做完禮拜的婦女無法回家，幾位男性教眾就出來乞求伊古古先退下一陣子，好讓這些婦女通行。伊古古答應了，而且已經準備退下了，沒想到這時艾諾曲出言挑釁說，伊古古根本不敢動基督徒一根汗毛，結果祂們便又回來了，其中一位還拿隨身攜帶的木杖重重揍了他一下；不甘示弱的艾諾曲便攻擊祂，還扯下祂的面具，這時其他的伊古古立刻過來包圍著這位遭到褻瀆的同伴，免得婦女小孩對祂投以不敬的眼光，然後祂們一起把祂帶開。就這樣，艾諾曲殺了一位祖靈⑧，於是烏默非亞陷入一片混亂。

那晚，祖靈之母走遍宗族的每個角落，為她遭謀害的兒子哀哭；那真是個悲淒恐怖的夜晚，就連宗族裡年紀最老的人，都沒聽過這種怪異且嚇人的哭號聲，可以說史無前例，而且之後也不再有人聽過；聽起來彷彿整個伊博族的靈魂在哀哭，只因為一個恐怖的厄運即將降臨——伊博族就要滅亡了。

隔天，所有烏默非亞的伊古古都到市集地集合。祂們不僅來自宗族的所有區域，甚至也有來自鄰近村落的。令人生畏的歐塔卡古來自伊默村，身上垂掛著白公雞的艾款蘇則來自烏利⑨。祂們那次的聚集真是駭人：無數神靈發出的詭異說話聲、祂們身上掛著鈴鐺響聲，還有祂們跑前跑後彼此互相打招呼，個個手上大砍刀碰撞的錚錚聲——這些聲音，聽者無不打寒顫。不僅如此，有史以來，聖牛吼器⑩首次在大白天響鳴。這一隊怒氣沖沖的伊古古從市集處出發，往艾諾曲的宅院前進。宗族裡有穿戴厲害符咒與護身符的長老，也跟著一起過去；他們是宗族裡很會使巫術的男士⑪。一般的男士及婦女則安全躲在屋子裡，聽著外面的一切。

基督徒領導人在前天晚上已經聚在牧師家一起開會。他們商討對策的同時，也聽到祖靈之母為她兒子哀哭的聲音。淒厲的哭聲震撼著史密斯先生；來到烏默非亞，他首次感到害怕。

「他們打算怎麼辦呢？」他問。沒有人能回答這個問題，之前從沒發生過這種事。要不是法官與他的信差前一天已經出外巡查，史密斯先生一定會向他們求助。

「可以確定的是，」史密斯先生說。「我們用肉體無法抵擋他們，因為我們的力量來自我們的主。」於是他們跪下祈求上帝前來解救。

「喔！主啊！請拯救祢的子民。」史密斯先生高喊。

「並求祢施恩降福。」其他人應答。

他們打算把艾諾曲藏在牧師家一、兩天。對這個決定，艾諾曲本人感到非常失望，他原本以為一場聖戰即將展開；基督徒當中，其實有少數人也是抱持這種想法。還好，在信者的陣營中，還是智慧取勝，如此一來，很多生靈得以免受遭殃。

這一隊伊古古有如一團狂怒的旋風，來到艾諾曲的宅院；不一會兒工夫，祂們手上的砍刀和火炬就把一切夷為平地，只剩一堆荒涼的碎瓦礫。然後，祂們便往教堂的方向出發，個個義憤填膺，一心只為破壞。

史密斯先生聽到伊古古走近時，他人在教堂內，便靜靜走到教堂門口。那門俯臨進入教堂庭院的路徑；他就站在門口等著。他看見前三、四位伊古古出現在教堂庭院時，差點想逃跑。還好他克制住這股衝動，走下教堂的台階，迎接前來的伊古古。

祂們蜂擁而至，結果圍著教堂庭院的一大段竹籬應聲倒下。祂們身上的鈴鐺、手上互相撞擊的砍刀，狂亂地鏗鏘作響，空氣中佈滿了塵灰以及詭異的聲音。這時史密斯先生聽到身後有腳步聲。他轉身看到歐凱凱，也就是他的口譯員。歐凱凱和他的主人史密斯先生有些不睦，因為那天晚上，教會領導人開會的時候，歐凱凱強烈譴責艾諾曲的行徑，甚至強力反對把艾諾曲藏在牧師家，他說如此一來，宗族的盛怒將會殃及牧師。結果史密斯先生當場嚴厲斥責他，而且那天早晨也沒來尋求他的意見，但現在，他出來和自己肩併肩一起應付這群憤怒的伊古古，史密斯先生看著他，微笑了起來。他雖然笑得很微弱，但笑裡卻含著深深的感激。

猛衝進來的伊古古沒料到這兩個人會顯得如此鎮定，有片刻的時間，祂們都有些錯愕，但也只有片刻，這短暫的靜默就像兩聲間隔的猛爆雷響中，那種充滿張力的寂靜。下一批猛衝進來的伊古古比第一批還要聲勢浩大，完全把這兩個人給淹沒了。然後一陣喧囂與騷動之中，出現一聲清晰宏亮的說話聲，所有吵鬧聲立刻止住了。祂們特別挪出一些空間給站在中間的這兩個人，然後阿糾非亞⑫開始說話。阿糾非亞是烏默非亞領頭的伊古古，祂在宗族九位執行司法審判的祖靈之中，是領導人兼發言人。他說話的聲音宏亮清楚，能震懾住其他騷動聒噪的伊古古。這時祂開始對史密斯先生說話，祂說話時頭上會冒出雲煙。

「白人的身體，我向你問好！」祂以神靈對凡人說話的方式，對史密斯先生說話。

史密斯先生看著口譯員歐凱凱，但他也聽不懂，因為他屬於烏姆如宗族⑬。

阿糾非亞笑了起來，笑聲中有濃厚的喉音，聽起來也像生銹金屬發出的響聲。「他們是外來的人，」祂說。「所以他們無知。饒了他們吧！」祂轉身對他的夥伴打招呼，稱呼祂們為烏默非亞的先祖。祂把祂那枝嘎嘎響的矛刺入土裡，矛震動了一會兒才定住不動，然後祂再度轉向傳教士和他的口譯員。

「告訴這位白人，我們不會傷害他。」祂對口譯員說。「請叫他回去他的住所，別干擾我們辦事。我們喜歡他那個兄弟，就是之前那個白人。他很蠢，但我們喜歡他，因此看在他的面子上，我們不會傷害他的兄弟。但這座他所建立的神壇，我們必須摧毀。我們不能允許這神壇在我們當中繼續存在，這裡滋生了太多罪惡，我們來就是要廢除這個地方。」祂轉身對祂的夥伴說，「烏默非亞的先祖們，我向祢們問好。」祂們一致發出濃濃的喉音回應。祂又轉身對傳教士說：「如果你喜歡我們，你可以繼續待在這裡。你可以繼續朝拜你自己的神；本來人就應該崇敬先祖的神靈。回去你的屋內，免得你遭池魚之殃。我們雖然非常憤怒，但我們已克制住，所以我們才能平靜向你說話。」

史密斯先生對他的口譯員說：「你叫他們離開，別來這裡鬧事。這是天主的殿堂，我不能眼睜睜看著這裡遭摧毀。」

歐凱凱很巧妙地把這話翻譯給烏默非亞的神靈與領導者聽：「白人說他很高興祢們能像朋友一樣向他訴怨，但他希望祢們能把這事交由他來處置。」

「我們不能把這事交由他來處置，他不了解我們的習俗，就像我們不了解他的習俗一樣。我們認為他愚蠢，因為他不清楚我們的處事之道，也許他也認為我們愚蠢，因為我們不知道他的做事方法。叫他走開吧！」

史密斯先生堅持不進屋內，但他也救不了他的教堂。這群伊古古離開後，布朗先生所建立的紅土教堂已化為一堆塵土。如此，宗族神靈的怒火暫時得以平息。

---

①所謂「光明之子」、「黑暗之子」的說法，出自〈帖撒羅尼迦前書〉第五章五－九節，詳細解釋請見附錄一。

②典出〈馬太福音〉十三章二十五－四十三節。基督在此處經文中談到最後審判，「山羊」、「毒麥」指的是邪惡之人，而「綿羊」、「小麥」指的是公義的人。在最後審判時，神會把公義的人揀選起來，進神的國度，而惡人則將被丟入黑暗中在那裡痛哭。

③「巴爾」（Baal）是迦南地所有神祇的總稱，是相對於基督教的異教邪神，經常訴諸戰爭來解決紛爭的原始民族很容易相信這種神祇，或許這就是史密斯先生會說這話的原因。聖經中〈列王紀上〉十七－十九章有寫到以色列人民（以色列是耶和華的選民，但卻經常受誘惑偏離正道，轉而去拜邪神）聽厄里亞先知（Prophet Elijah）的建議，試探巴爾神祇的威力，好與耶和華之神力做比較。他們殺了兩隻牛，一隻給巴爾神祇的先知放在木柴上，讓他們祈求巴爾神祇從天降火來點火燒牛，結果沒有任何回應。厄里亞先知也依同樣的程序祈求耶和華降火，結果火從天降，點燃柴火燒牛。以色列人民發現巴爾的神祇無效之後，便同意讓厄里亞先知把所有代表巴爾神祇的偶

像全部燒光，並把巴爾神祇的先知全部消滅。

④典出〈馬太福音〉十三章二十—二十一節：「撒在石頭地上的，就是人聽了道，當下歡喜領受，只因心裡沒有根，不過是暫時的，及至為道遭了患難，或是受了逼迫，立刻就跌倒了。」

⑤見〈馬太福音〉七章十三—十四節：「你們要進窄門，因為引到滅亡，那門是寬的，路是大的，進去的人也多；引到永生，那門是窄的，路是小的，找著的人也少。」這裡史密斯先生把基督的話斷章取義。基督沒有強調「少」的重要性，祂是要人背起十字架（就是這條狹路窄門），跟隨祂而行。

⑥耶穌確實曾有一次把人趕出聖殿，但祂所趕出去的是在聖殿裡做買賣的人。〈馬太福音〉二十一章十二—十三節：「耶穌進了神的殿，趕出殿裡一切做買賣的人，推倒兌換銀錢之人的桌子，和賣鴿子之人的凳子，對他們說：經上記著說：我的殿必稱為禱告的殿，你們倒使他成為賊窩了。」。這處經文顯示，耶穌沒有使用鞭子，而且耶穌趕的是那些在聖殿裡買賣的人。史密斯先生亂用經文，其實是要肅清信眾。

⑦典出〈馬太福音〉九章第十七節。史密斯先生這麼說是指這位婦女還是用傳統宗族信仰來解決問題。

⑧一個部族的神靈若已失去其族人的禮敬，而且還受其族人褻瀆，則此部族之「精神」終將消散。

⑨歐塔卡古（Otagagu）指惡靈，而艾款蘇（Ekwensu）就是魔鬼的意思。

⑩聖牛吼器（bull-roarer），一種宗教儀式用品，細繩旋轉即鳴。

⑪若不會使用巫術以及護身符來保護自己，無法與伊古古同肩併立。這些伊古古現身之前，也經過了某種的密教法術，使得各種「神靈」得以附身於其上，其中甚至有魔鬼以及惡靈這類極具危險的邪靈，因此凡人要跟隨，得使巫術保護自己。而這些會使法術的長老之所以跟著過去，乃為了關切整個事情的進展——他們要確定，村中的教堂一定得夷平。

⑫阿糾非亞（Ajofia）就是邪惡林地的意思，也就是故事前面已經出現過好幾次的「惡林」。惡林是烏默非亞宗族九個首要伊古古中的首領。

⑬這位屬於烏姆如宗族的口譯員聽不懂，倒不是因為他不說伊博文。他所屬的宗族和烏默非亞同是伊博族，但口音有異，某些用詞習慣也不一樣。

# 第二十三章

多年來，歐康闊首次感到一種近似快樂的感覺。他遭放逐期間，時勢的改變是如此不可思議，似乎又得以逆轉回原來的樣子。這個曾經冤枉他的宗族，現在似乎打算為他做些補償。

族人在市集聚集，討論該做出什麼行動時，他猛烈批評他們的意見，而他們也恭敬傾聽他的指教。歐康闊感覺自己彷彿又回到舊日，那種戰士能一展長才的好時光，雖然族人沒有同意把傳教士殺掉或把基督徒逐出宗族①，但他們已同意要付諸實際行動，而且他們也真的做到了。所以，歐康闊似乎又快樂起來了。

接著地區法官巡視回來了；史密斯先生立刻去找他，與他討論了許久。烏默非亞的人並沒有太注意此事，就算他們有注意到這兩人聚在一起，也不會當一回事——這個傳教士經常去找他的白人兄弟，沒什麼值得大驚小怪的。

三天之後，法官派那些油嘴滑舌的信差去見烏默非亞的領導人士，邀請他們到他的總部去見他。這也沒什麼好大驚小怪的，法官經常邀請他們去做所謂的洽商。受邀的六位領導人之中，歐康闊是其中之一。

歐康闊警告其他人要帶武器前去。「烏默非亞的男士不會拒絕邀約，」他說。「我們可以拒絕做別人命令我們做的事；但我們不應該拒絕邀約。只是現今時事已大不如前，因此我們必須有充分準備。」就這樣，六位領導人背著砍刀前去見法官。他們沒有帶槍，因覺得不恰當。他們被引進法庭裡法官的辦公室。法官客氣地接待他們，他們取下掛在肩上的羊皮袋與插在鞘內的砍刀，放在地板上，坐下。

「我邀請你們過來，」法官說，「是因為在我外出巡視期間所發生的事。已經有人跟我說了一些，但我得聽你們這方的說詞，才能有全盤了解。就讓我們平心靜氣討論吧！這樣我們才能找出方法，避免同樣的錯誤再度發生。」

歐布也非・艾奎倚米站起來，正要開始發言——

「等一下！」法官說，「我想把我的手下也帶進來，好讓他們一起聽取你們訴怨，才能引以為戒。他們有很多人來自遠方的部族，雖然和你們說同樣的語言，但並不知悉你們的習俗。詹姆斯！去把他們叫進來。」於是他的口譯員走出辦公室；他很快就回來了，有十二個人跟他一起進來。他們與六位烏默非亞領導人坐在一起，然後，歐布也非・艾奎倚米站起來，說艾諾曲如何殺害了一位伊古古的事件。

接下來所發生的事只是轉瞬間，這六個人根本來不及反應；當中只發生了短暫的扭打，短暫到讓他們連拔刀出鞘的時間都沒有。很快，這六個人都被銬上手銬，帶入禁衛室。

「我們不會傷害你們，」稍後法官對他們這麼說，「只要你們願意與我們配合。我們已決定平和處置你們以及你們族人，你們將可滿意。若有任何人虐待你們，我們一定前來搭救，但我們同樣也不允許你們虐待他人。法庭秉公處置案件，我們的國家在偉大女皇的治理下，也是如此處置案子。我請你們過來這裡，是因為你們聯合起來侵犯他人、燒毀人的房舍，還摧毀他人敬拜神的地方。如此的事，在偉大女皇的治理下一定得禁止。我裁定你們得付兩百袋貝幣的罰款，只要你們同意這個裁決，立刻請你們族人湊足這筆錢，我們就會釋放你們。你們意下如何？」

這六個人繃著臉悶不吭聲，法官只好先行離開。他離開禁衛室時交代差吏要恭敬對待他們，他們是烏默非亞的領導人士。差吏立正敬禮說：「是，長官。」

法官一離開，身兼囚犯剃髮師的差吏長拿出剃刀，把他們的頭髮一個一個剃光。他們還是銬著手銬，只能悶悶不樂坐著任他處置。

「你們中間誰是首領啊？」差吏以嘲弄的口氣如此問他們。「我們看見在烏默非亞，每個乞丐腳踝都掛著代表頭銜的踝環。你們的踝環一個值得上十貝幣嗎？」②

那一天，這六個人整天都沒有吃東西，隔天也是；獄吏沒給他們水喝。如果有尿意，他們也不得出去小解。晚上時，獄吏會來嘲弄侮辱他們，還推他們，讓他們的光頭撞在一起。

即使獄吏沒來干擾他們，他們彼此也無言以對。要等到第三天，他們因為飢餓以及種種侮辱而忍無可忍時，才開始提說要讓步。

「當初你們若同意我的提議，我們早就把那白人給殺掉了。」歐康闊咆哮道。③

「若我們當初真的按照你的提議行事的話，我們現在應該會在烏姆如，等著被吊死。」某個領導人這麼回應他。

「你們誰要把白人殺死？」有個獄吏衝進來質問。沒有人回答。

「你們嫌犯的罪還不夠多，還想添上謀害白人這條罪嗎？」他拿著一根粗重的棍子，在他們每個人的頭上、背上打了幾下。歐康闊更感到忿恨難消了。

◉

這六位領導人一被關了起來，法庭差吏便到烏默非亞各村落對族裡的人說，除非他們付足兩百五十袋貝幣的罰款，否則他們的領導人將不得釋放。

「除非你們付清罰款，」差吏的首領說，「否則我們會把你們的領導人帶到烏姆如那個白人大人面前，然後把他們吊死。」

這消息很快在各村落傳開，只是邊傳邊走樣。有的說這六個領導人已被押到烏姆如，隔天就會被吊死；有的說領導人的家屬也得受死；另還有人說，軍隊已經在路上，準備射殺所有烏默非亞族人，如同之前他們殲滅阿罷梅村一樣。

那時正值滿月，但那晚沒有孩子的嬉鬧聲；滿月時，孩子慣常會在村子的倚婁聚集玩耍，但那晚倚婁空蕩蕩的。伊歸都村的婦女也沒有聚集在她們祕密的圍場，學隔天會在村子裡展示的新舞步。總是趁著月光外出的年輕人，那晚也留在屋內——平時他們會去找他們的朋友或情人相聚，因此村子步道上會充滿他們的聲音。整個烏默非亞就像隻驚恐的動物，豎起耳朵，嗅著空氣中死寂而且充滿惡兆的味道，卻不知道要往哪個方向逃才好。

村子的傳信人敲著響亮的歐根尼才打破了這片死寂。他發佈消息：所有烏默非亞的男士，從阿卡侃麻年齡組④往上推，在隔天早晨用過早餐後，到市集集合開會。他從村子的這頭走到那頭，從這區走到那區，所有村子的主要步道他都走遍了。

歐康闊的宅院就像座荒廢的家園，彷彿被倒了冷水的火堆。他的家人都在家，只是每個人都悄聲說話。艾琴瑪才在未來夫家那邊過完二十八天的觀察期，回到家中。在回家途中，她就聽到父親被關了起來，不久就要被吊死，所以她一回家就去找歐比耶利卡，想問他烏默非亞的人打算如何應付。但歐比耶利卡一早就出去了，他老婆認為他去參加一個祕密集會。艾琴瑪聽了定下了心，認為他們正在想對策。

隔天早晨，烏默非亞的男人都照傳信人的公佈來到市集地。他們決定快快湊足兩百五十袋貝幣，來應付白人的要求。他們不知道其中五十袋貝幣會落入法庭差吏的口袋；他們為了中飽私囊，把原來規定的兩百袋貝幣，增加為兩百五十袋。

---

①他們不會同意把白人傳教士殺死，因為怕會遭遇和阿罷梅村同樣的命運；他們也不會把基督徒趕出宗族，因為這些基督徒的家人雖沒有信基督，但依然在乎他們已改宗的親人，不像歐康闊一樣，他的兒子改宗，但已離了家；這些改宗的人還是回到他們的家與家人住在一起。

②這個差吏長雖也是黑人，也屬伊博族，但其所屬部族（烏姆如村）迥異於烏默非亞宗族。顯然烏姆如族沒有崇尚、追求頭銜的傳統。

③歐康闊以為，只要把白人傳教士殺掉，就不會有人去跟法官告狀，今天他們也不會受如此的屈辱。但他忘了那些跟從白人的基督徒也會去密告。

④阿卡侃麻（Akakanma）是伊博族對年齡組的稱呼。伊博族的男人會依不同年齡層組成小組，如二十至二十五歲的男士為一組，二十五至三十五歲的為另一組，以此類推，一直到最高年齡層。每一組會為自己取組名，每一組的人對村落都有其不同的功用。

# 第二十四章

族人一付清罰款，歐康闊和其他五位宗族領導人就被釋放了。臨走之前，法官又對他們說起英國偉大的女皇，說她如何重視和平，她的治理何等英明。但這六人並沒有聽他說話，只是坐在那裡看著法官，然後看著他的口譯員。最後差吏把羊皮袋和砍刀都還給他們後，便叫他們回去。他們站起來離開法院，沒有對任何人說任何話，彼此之間也都緘默不語。

法院跟教堂一樣，都建在村外離村落有一點遠的地方。聯絡村落和法院這兩地的步道很熱鬧，這條路徑也通往溪流，溪流就在法院再過去的地方。現在這步道寬敞而多沙，只要是乾季，步道都會寬敞多沙。雨季時，兩旁的灌木草葉會長得很茂密，會使路徑變窄。而現在正值乾季。

走在回村落的路上，這六個人迎面遇到提著水缸正要去溪流取水的婦女、小孩，但因這六人臉上的表情凝重而且令人望而生畏，所以這些婦女、小孩並沒有對他們說「恩諾」（即「歡迎」之意），只是小心側著身子讓他們通行。到了村落時，一小群、一小群男士加入他們的行列，直到變成一大群。這一大群人沉默走著。領頭的六位男士每個走進自家宅院時，群眾之中就會有些人跟著進去。整個村落開始騷動了起來，但人人也同時默默壓抑著怒火。

一聽說六位領導人將被釋放，艾琴瑪就為父親準備了食物。她把食物端去主屋給父親吃。他心不在焉吃著。他根本沒有食慾；他吃只是為了讓女兒高興。他的男性親屬以及友人都已聚集在他的主屋。歐比耶利卡催促著他進食；其他沒有任何人開口說話，但他們都注意到歐康闊背上一長條一長條的鞭痕，那是獄吏鞭打留下的傷痕。

⁂

那晚村落傳信人又出來了。他敲打著鐵鑼，公佈次日早晨將有另一場集會。每個人都知道，烏默非亞終於要對這一切的改變採取行動。

那晚，歐康闊幾乎沒睡什麼覺。他心中的忿恨此時混雜著一種孩童般的興奮。上床睡覺之前，他把他的戰袍取出來，打從過完放逐期，回到宗族的村落之後，他就沒碰過這戰袍。他把他的燻椰葉裙抖開，還審視著他高高的羽毛頭盔與盾牌。他心想，這些戰具都很令人滿意。

躺在竹床上時，他想著他在白人法院裡所受到的虐待；他發誓一定要報仇。如果烏默非亞人要發動戰爭，那最好不過，但如果他們決定要當縮頭烏龜，那他就要站出來為自己復仇。他想到過去征戰的場面。他認為最高貴的那場戰役，要屬當時攻打依西凱族之戰。那時歐庫都還健在，歐庫都所唱的戰歌無人能比。他雖然不是戰士，但他的歌聲足以讓每個男人都如獅子般驍勇。

「現今已經沒有什麼傑出的人了，」歐康闊邊想著過去邊嘆氣，「依西凱族永遠都忘不了，我們在那場戰役裡如何屠殺他們。我們殺他們十二個，他們卻只能殺我們兩個。第四個市集週還沒過完，他們就投降求和了。那個時候的男人才是男子漢。」

他想到這些事時，同時也聽到遠方鐵鑼的響聲。他仔細聽，但只聽到傳信人的聲音，非常微弱。他在床上轉一下身子，這一轉，背開始發痛。他憤恨咬著牙。傳話人愈來愈靠近，直到他走經過歐康闊的宅院。

「烏默非亞最大的障礙，」歐康闊憤恨想著，「就是艾龔宛尼這個懦夫。他油腔滑調，足以讓熱火變成冷冷的灰燼。他一說話，我們的人就變無能了。五年前，若他們不去理會他那種娘兒們的智慧，我們也不會走到今天這個地步。」他咬著牙。「明天的集會上，他又會說，我們的先祖從不打招神責怪之戰。若他們又要聽他的話，我一定會離開，自己去報仇。」

傳信人的聲音又再度變得微弱；他一走遠，鐵鑼的響聲也不再那麼尖銳。歐康闊故意在床上反覆轉身；他背上的傷痕也帶給他某種快感。「就讓艾龔宛尼去說他的『招神責怪』之戰吧，我就要讓他看看我的頭和背上的傷痕。」他又憤恨咬著牙。

次日太陽一昇起，市集地就開始擠滿了人。歐比耶利卡在主屋裡等著時，歐康闊過來叫他。他把羊皮袋和入鞘的砍刀背在肩膀上，出門和歐康闊一起走。歐比耶利卡的主屋靠近路邊，所以他看著每個經過他家往市集地去的人。那個早晨，他已經和很多經過的人互相打過招呼了。

歐康闊和歐比耶利卡來到集合地時，已經人山人海，若往上拋一粒沙，那沙粒都恐怕無法落到地面上。儘管如此，還是有很多人從烏默非亞各區一直湧過來。看到如此浩瀚的人海，歐康闊內心感到很欣慰。但他的目光特別在搜尋一個人；這人順溜的滑舌令他非常憂慮，但也令他十分瞧不起。

「你有看到他嗎？」他問歐比耶利卡。

「誰？」

「艾龔宛尼啊！」他說，目光從廣大市集地的一端掃射到另一端。大部分的人都坐在鋪在地面上的羊皮墊上，有些人則是坐在他們帶來的木凳上。

「沒看到！」歐比耶利卡說。他目光在群眾中搜尋了一遍後，說：「有！在那裡，就坐在木棉樹下。你怕他說服我們不要打仗嗎？」

「怕？我才不怕他會如何說服你們呢！我瞧不起他，也瞧不起所有聽他說話的人。若我要的話，也可以自己單獨作戰。」

他們很大聲說話，因為每個人都在說話，所有人聲加起來，就像一個大型市集場。

「我會等他先說完，」歐康闊心想，「然後我才說話。」

「你怎知道他會反對戰爭呢？」過了一會兒歐比耶利卡問道。

「因為我知道他是個三腳貓。」歐康闊回答。歐比耶利卡沒有聽到他接下去說的話，因為那時有人從他後面碰他的肩膀，所以他轉身，與五、六個朋友握手互相打招呼。歐康闊並沒有跟著轉身與他們打招呼，雖然他從聲音就知道那些人是誰。他根本沒有心情跟人打招呼。但這些人當中有一個人碰他一下，並問候起他的家人。

「他們都很好。」他冷冷回答。

那天早晨，第一個對烏默非亞全部落說話的人是歐齊卡，他是六個被關的領導人之一。歐齊卡是個了不起的人，也是個演說家。然而帶頭對宗族集會打招呼的人必須要有宏亮的聲音，才能讓群眾安靜下來。歐尼葉卡有洪亮的聲音，所以在歐齊卡開始說話前，就由他來向烏默非亞打招呼。「烏默非亞，格努！」他呼嘯道，還舉起他的左手臂，張開手掌做推動空氣狀。

「呀——啊！」整個烏默非亞呼喊著。

「烏默非亞，格努！」他連續四次呼嘯著，每一次都面向不同的方向。每次群眾都大聲答著：「呀——啊！」

一呼喊完群眾立即安靜下來，彷彿冷水澆在劈哩啪啦的烈焰上一樣。

這時歐齊卡一躍而立；他同樣也和群眾打了四次招呼。然後，他開始發言：

「你們都知道，為何我們大家會在這個時候聚集在這裡。這個時候，本該用來建我們的穀倉、修補我們的房舍、打理我們的家園。以前我父親常對我說：『只要你看到蟾蜍大白天慌亂逃竄，就該知道有東西要取牠的性命。』我看到我們大家，一大早就從烏默非亞的各區來到這裡集合，我便知道我們的性命面臨危險。」他停了一下又繼續說，「我們所有的神祇都在哭泣。伊迪密利在哭泣、歐古古在哭泣、阿巴拉也在哭泣——所有宗族的神靈都在哭號。我們已故的先祖哭；因為我們宗族的叛徒犯下褻瀆神明、人神共憤的罪行，讓祂們受了屈辱；這是我們親眼目睹的事。」他又暫停了一下，好讓自己因憤慨而發顫的聲音平靜下來。

「我們這次的聚集人數空前浩大；沒有任何其他的宗族能誇說，他們宗族的人比我們還多，或誇說他們比我們勇敢善戰。可是，我們的人有全都到齊嗎？我問你們：烏默非亞的兒子有每個都到場嗎？」一陣低語立刻掃遍群眾。

「我們的人並沒有全部到齊，」他說。「有的人已經破壞了宗族的規矩而各走各的路了。今早有到場的人依然守著先祖的規矩，但我們的兄弟已經離棄了宗族，因為他們加入了一個外來者的行列，玷污宗族的土地。如果我們攻打外來者，勢必也得攻打我們的兄弟，甚至有可能把我們兄弟打死。但現在我們不得不這麼做。我們的先祖從未預料到會有這樣的情況，他們從來不會殺害自己宗族的兄弟，不過在他們那個時代並沒有白人的問題啊！雖然先祖從來沒殺害過自己宗族的兄弟，我們現在卻不得不破例。故事中其他動物問那隻叫恩鈉卡的鳥，為什麼牠老是在天空高飛而不棲息，牠答道：『自從人類學會百發百中射下鳥兒之後，我也學會時時高飛，不棲息在枝頭上。』我們必須把白人的邪道根除；而如果我們的兄弟要與邪道同夥的話，那我們勢必也得把他們根除。而且，要做就得趁現在做。我們得趁現在水深才到足踝時，就得趕快涉水……」

就在這個時候，群眾突然騷動了起來，只見每雙眼睛都朝同一個方向看。那條從市集地通往法院和溪流的路有一處急彎，群眾一開始不知道有五位法庭差吏正朝著他們走過來，直到他們來到了那個轉彎處，才有人注意到。而那個轉彎處離坐在市集邊緣的人只有幾步路遠；歐康闊就坐在那裡。他一發現來者何人就躍身站起，擋在那位帶頭的差吏前面，全身氣憤得發抖，同時也氣得說不出任何話。那差吏毫無畏懼，也毫不讓步；他四個同伴則在後面站成一排。

頃刻間，整個世界似乎也站立不動，等候著。在場鴉雀無聲。烏默非亞的人好像變成舞台背景布幕裡的樹木和巨大的藤蔓；所有人都等著。

那個帶頭的差吏打破了這一片如詛咒般的靜默。「讓我過去！」他命令道。

「你們來這裡幹嘛？」

「你們都知道治理這裡的白人權力有多大，他命令你們解散集會。」

剎那間，歐康闊拔刀出鞘，那差吏蹲下來要躲他的刀——根本來不及。歐康闊的砍刀砍了他兩次，結果他的人頭便落在他著差吏制服的身軀旁。

這時，原本如舞台布幕般靜候著的群眾立刻不安騷動了起來，集會也立刻解散。歐康闊站在那裡看著那個死人，他知道烏默非亞人不會上戰場。他知道，因為他們竟然讓其他四位差吏逃跑。他們非但沒有採取行動，而且還騷動散亂了起來。從他們的騷動之中，他看出他們在害怕。他聽到有人問：「為什麼他要殺人？」

他拿砍刀在地上抹去血跡後，便走開了。

# 第二十五章

法官領著一隊武裝的軍人與差吏來到歐康闊的宅院時，他看到一小群男士一臉疲憊坐在主屋裡。他命令他們出來，他們服從了，沒發出任何抱怨。

「你們之中誰是歐康闊？」他透過他的口譯員這麼問著。

「他不在這裡。」歐比耶利卡回答。

「他在哪裡？」

「他不在這裡！」

法官生氣了，而且氣得臉紅脖子粗。他警告他們說，除非他們把歐康闊交出來，否則要把他們都關起來。這些男士開始彼此喃喃抱怨起來，然後歐比耶利卡又說話了。

「我們可以帶你們去他所在的地方，也許你的人還可以幫我們個忙。」

法官不是很明白，因為歐比耶利卡說「也許你的人還可以幫我們個忙」，他想，這些人有個很惹人生氣的毛病——說話時冗詞贅字過多。

歐比耶利卡和其他五、六個人帶路，法官和他的人跟著；他的人個個拿著槍炮，隨時準備射擊。他警告歐比耶利卡，如果他和他的人耍任何花招，就會挨子彈。就這樣，他們去找歐康闊。歐康闊的宅院後面有片小樹林。要從他的宅院進入這片樹林，只有一個出口，就是宅院紅土圍牆上一個小圓洞，不斷在地上覓食的雞隻會經由這洞口進進出出。這洞口太小，成人無法通行。歐比耶利卡就是要帶法官和他的人進入這樹林。他們繞著宅院沿著牆走。這一行人靜悄悄，只能聽見腳踩枯乾樹葉時發出的響聲。

他們來到歐康闊上吊的樹，看著他的身體吊掛在樹上時，都嚇得站住不動。

「也許你的人可以幫我們把他的屍體取下埋葬，」歐比耶利卡說。「我們已派人到別的村落去找別宗族的人，來幫我們做這件事，但他們可能得花一段長時間才會到。」

法官的態度瞬時轉變了；原本果決的長官頓時變成學習原始部落習俗的學生。

「你們為什麼不自己把他取下？」他問。

「因為這麼做有違我們的傳統，」其中一個男士說。「我們的傳統不容許人取走自己的性命。人自殺就是得罪土地女神，自殺的人不得由他自己宗族的人來埋葬他。自殺的人，其身體已成邪惡，只有外族人才可以碰他的屍體。這就是我們請你們的人來把他取下的原因，因為你們是外族人。」

「你們會像埋葬一般死者一樣埋葬他嗎？」法官問。

「我們不能埋葬他；只有外族的人才可以。我們會付錢請你的人來埋葬他。他被埋葬之後，我們才會為他的行為行我們該盡的責任——我們會獻牲祭來清洗受褻瀆的土地。」

歐比耶利卡原本一直定睛看著他好友吊掛在樹上的身體，這時突然轉身兇惡地對法官說：「這個人是烏默非亞族的偉人，但你們卻逼他去自殺；現在他會像狗一樣被埋葬……」他沒法再繼續說，他顫抖的聲音已經開始哽咽。

「閉嘴！」其中一個差吏對他大吼，但根本沒必要。

「把屍體取下。」法官命令他的差吏長，「把屍體和所有這些人都帶到法院。」

交代完畢之後，法官便帶著三、四個士兵先行離開了。從他多年來致力於把文明傳播到非洲不同地區的經驗中，他也學到了一些事。其中一件就是：身為法官，千萬別參觀任何不莊重的活動，像是從樹上把吊掛的屍體取下這種事，這麼做會讓土著瞧不起他。他計畫寫一本書，書中他會特別強調這一點。走回法庭的路上，他想著這本書。每過一天，他都會發現可以寫入書中的新材料。這個土著殺死了一個差吏，接著上吊自殺，將能讓他的書讀起來更添趣味。即使不用整章來寫他，至少也要寫個一大段落。有太多其他材料要放入書中，一定要狠下心刪掉一些細節。經過諸多考慮之後，他已經把書名決定好了，就叫做：《平定奈加河低地區土著記事》。

# 附錄

# 附錄一：伊博文化解說

《分崩離析》書中有大量與伊博族傳統及生活相關的情節，了解這段文化背景能夠幫助讀者進一步理解故事安排及角色性格，但因條目眾多，所以統一整理於本篇附錄，供讀者參考研究。伊博族擁有相當悠久的歷史傳統，但長久下來因地域、血緣的分異，各地區的伊博族風俗民情也各有特色。此處的講解可適用於大部分伊博族，但或許有些地區的伊博族會有不同做法。

## 【生活習俗篇】

### 伊博民族的市集日

伊博族的語言和印歐語言及文化有些接近：中文僅以數字來記數日子，如星期一、二，或一月，二月等，但英文每個星期的日子以及每個月份，都有個別的名字，例如星期一的英文是Monday，一月的英文是January。同樣，伊博民族古時以市集日來記錄日子，每個市集日也都有其個別的名字：Eke（第一市集日），Oye（第二市集日），Afro（第三市集日），Nkwo（第四市集日）。市集的出現表示農產豐收，因此伊博古時還會以市集日的名字來給孩子命名，如歐康闊（Okonkwo）是第四市集日所生下的孩子，就取名叫做Oko-Nkwo。

## 古伊博族人給孩子的命名傳統與儀式

伊博族人就像台灣（尤其是舊時）一樣，對名字很講究。譯者本人的祖父就是個命名師；曾聽他說，名字不僅字本身的意義重要，連姓名的陰陽五行以及筆畫多少都很重要。伊博族不知所謂的陰陽五行；他們直接把語言文字的意義放在名字上。如「歐康闊」意為第四個市集日生的孩子，而他的女兒「艾琴瑪」的名字意思則是「好女人」。

伊博族舊時會在第七個市集週舉行命名儀式，尤其是富有人家；通常取名字的人是孩子的父親，然後經由參與儀式的長老同意。但故事中的艾葵妃情況很特殊，其丈夫和參與儀式的長老因同情她的遭遇，會由她來決定名字。

## 摔跤：古伊博人的傳統運動競賽

古伊博族人非常看重摔跤這種戰鬥，可以說是伊博族人的典型傳統。美國人瘋棒球、籃球賽，歐洲人瘋足球賽；而伊博族人，尤其是古時的伊博族人，則是瘋摔跤賽。伊博族人相信，優秀的摔跤手所戰勝的不僅是人的世界，也是靈的世界。因此人們把歐康闊在摔跤比賽上不可思議的成就，媲美傳說中古時建村先祖戰勝靈界妖魔之鬥。

不過現今的奈及利亞人，不管是伊博族人、優羅巴族人，還是豪薩族人，全部都瘋足球賽。對他們而言，踢足球是人生獲致事業成功的階梯；若能被選上，加入世界知名的足球隊，是此生無比的光榮，既可以光宗耀祖，又可以賺大錢，改善家鄉族人的經濟狀況。

## 格努（kwenu）

Kwenu這個伊博語詞是集會時，發言人與眾人問候打招呼的用語，同時也有鼓舞士氣的含意。如今，從事政治活動、有權位的女人也可以用此字，在集會的場合和眾人打招呼。既是如此，我覺得譯成「大家好」無法捕捉原文的精神，有一度我譯成「好樣的」，但覺得把這個從中國大陸流行到台灣的讚詞放在伊博族故事的框架裡，又很奇怪。楊安祥譯本直接音譯成「歸奴」，本人覺得很不恰當，一來，讓讀者把「黑人」與「黑奴」聯想在一起；其二，這麼翻和伊博文的原意完全不搭嘎。他在註解裡寫其意為「全體村民呵」，或許在楊安祥出版譯本的時代（民國六十九年），用「呵」這個字不奇怪，但以此字作為打招呼用語，不僅現代讀起來很奇怪，而且完全無法捕捉kwenu在伊博文的精神。本人在此為了尊重作者意欲體現伊博文化的用心，特別把這個文字譯成「格努」，不僅為了捕捉原文的音，也為了體現原文「要全體同仁一齊努力」的意思。在第二章中，歐布也非・艾介烏哥如此與大家打招呼，有鼓勵全體族人努力報仇雪恨的含意。

## 可樂果Kolanut（英文），Oji（伊博文）

可樂果生長於奈及利亞，以及其他很多非洲以及加勒比海國家中的悶熱森林裡，在奈國伊博族文化裡非常常見。在很多集會場合裡（婚禮、新採山藥節，甚至葬禮等），可樂果是第一道獻給客人的「食物」。人們相信，大家分享並食用可樂果，可以在生命中享有祥和、平安、團結、繁榮、繁殖、進步，以及其他很多的福祉。通常，不管在什麼樣的場合中，只要可樂果一出現，人們就知道，聚會中將要討論的議題必定相當重要。若有重要客人拜訪某個社群，人們則會拿出可樂果，交給場合中最年長者或是神職人員。獻可樂果的三個重要步驟：第一，把置於盤子上的可樂果展示給客人看；第二，剝開並開始祈福；第三，分發剝開的可樂果給在場的人。

伊博文化男尊女卑，只有男人才能進行獻可樂果的前兩個步驟。（舊時也只有男人才能出席重要的場合。）

（資料來源：奈及利亞拉哥斯費斯塔克鎮拿咂勒小學第三屆文化節專刊）

## 古伊博族的一夫多妻傳統

奈國伊博族人在舊時，尤其是接受基督教信仰洗禮之前，是允許娶多位妻子的，特別是富有而且有頭銜的人。通常富有的伊博族人就會爭取頭銜；即使個人不爭取，族人也會勸他獲取頭銜。奈國人重視繁殖下一代；娶多位老婆，不僅表示有錢有勢，可以多養幾個女人，也表示可以多多生養。而且伊博族舊時幾乎人人務農（打獵這種工作是很被瞧不起的），因此多生些孩子，也好多些人手到田裡幫忙。這樣富有的家族很受人敬重，年輕女子也會嚮往嫁進這樣的家族，因為那時生存不易——誰也不會羨慕嫁給烏諾卡那樣，因為好閒懶惰而窮困的男人；有一餐沒一餐、勉強辛苦度日的滋味很不好受。

但現今的伊博族人因為基督教洗禮，都謹守一夫一妻制；若有人娶第二位老婆，或與第一位老婆離婚再娶，都會倍受質疑與批評。伊博族甚至有這麼句諺語，譯成中文是：「娶了新老婆，忘了大老婆。」在舊時，這諺語不僅用來警告人不要娶了新老婆，就棄原來的老婆不顧，也要人不要以為新的事物就會比舊的還要好。雖然現在伊博族人不再一夫多妻，但這句諺語依然廣泛使用，用意要人惜福，珍惜舊事物的好處。

## 是提親，也是進一步鑑定要娶進門的女人

故事裡提到提親者上下打量未來媳婦身軀的樣子，看在讀者的眼裡，尤其是女性讀者，可能會覺得不舒服。但要知道，在伊博族古時，就像在台灣舊時，女人嫁不嫁得出去非常要緊。女人對他們而言，就是傳宗接代、照料家務、料理食物、餵養家人用的，所以是不是已發育成熟，意即是否可以生養小孩，非常重要。另一點就是，她要會煮好吃的食物。在這個場合，讀者會看到阿葵艾卡去幫忙煮食，端出來給求婚者吃的食物可不可口也很重要。只能說伊博族是個很講究實際的民族，到現在都還是如此。伊博族有一些有趣的諺語，像是「先娶到老婆，再來講如何讓女人懷孕；你心儀的女子在你面前寬衣解帶，不用人說你也該知道接下來怎麼做。」都是從男性觀點衍生出來的實際諺語。這類諺語當然不是只用於如何和女人做愛，像是前面那個諺語就是指做事情要有先後順序；而後面那個諺語就是說，有些事是常識，不用人來教。

## 多子多孫多福氣

伊博族認為女人的美來自丈夫，而生了小孩的女人，則有如登上后座一般的榮耀。歐康闊的二老婆因為每生一個孩子就死一個（直到艾琴瑪出世為止），所以到了後來，即使懷孕生了孩子，也不再覺得有「加冕戴冠」的榮耀。奈及利亞人和台灣舊時一樣，認為「多子多孫多福

氣」，尤其是伊博族人，他們舊時就像台灣早先一樣，幾乎人人務農。在沒有機器的年代，當然講究人丁興旺。一個女人能不能多生小孩，就變得很重要。伊博族人甚至鼓勵多娶老婆，以便能多繁殖——這種現象除了因為社會都市化而不再有之外，還因為基督宗教的影響。

在第四章最後，恩沃葉想著一首童謠裡敘述的孤單吃住的人，心裡覺得納悶，因為伊博族不管在古時或是在今日（當然特別在古時），很少會看到有人自己一個人孤單的吃住。伊博族重視家庭興旺，當然到城市打拼的未婚年輕人會自己租屋居住，但一旦立業成家之後，就不可能再過孤單的生活。即使是老人，晚輩不會把他們送往老人之家；在奈及利亞是沒有老人之家的。老人家會住在村落，在城市打拼的年輕人會寄錢回家給老人用。但如果年老的父母親生病了，他們的孩子自會把長輩接往他們的家扶養照顧，或者會僱請幫傭來照料老人的日常起居。奈及利亞沒有像台灣一樣有所謂的外籍勞工——失業嚴重的奈國，往往自己家族親戚的晚輩中，就可找到照料老人的少年或少女。

## 奈及利亞（非洲）婦女整理頭髮的傳統

非洲婦女的頭髮非常細捲繁亂而且粗硬（有點像我們俗稱的米粉頭），很需要花時間編製整理。在舊時還沒有流行戴假髮時，就需要花時間耐著性子請人幫忙編頭髮，或甚至把頭髮剃成整齊美麗的圖案。各位應該看過電視上黑人的玉米鬚頭，或剪／編成各式各樣圖案的頭吧？那可是要花時間，很有耐性才完成的。台灣女人也會花時間把頭髮燙成各種髮型；但如果不燙的話，其實我們的頭髮很好整理，梳一梳抹上髮膠，留長頭髮的話，綁個馬尾就可以出門；但她們的可沒法這樣。所以，可以理解為何第四章中那個粗心的三老婆，就因為到朋友家編頭髮而不小心太晚回家煮飯。

## 舊時伊博族的槍；農業與打獵

歐康闊所用的槍當然和現代的槍枝截然不同。或許有讀者還會納悶，以為伊博族屬落後民族，在英國殖民奈及利亞之前，應該不太可能會有槍枝這種東西。其實，伊博民族打從舊約時代就已經存在，其歷史之久遠以及其文明發展，雖然不如埃及，但也絕不能與很多今日我們在電視上看到的非洲落後民族相比擬。這個民族很早就會利用鐵製造很多家庭用具、農具、樂器，甚至像這裡所謂的槍枝。之所以叫做槍，因為同樣也是一種可以射出彈藥的鐵製裝置。

他們的槍不是用來打仗；舊伊博族時代的槍，除了打獵用之外，也用於葬禮時的鳴槍禮上（見第十三章）。伊博族人生活的區域有許多叢林和森林，沒有空曠的平原，需要在茂密的矮林中與敵人近距離對抗，因此打仗用槍並不理想。古伊博族發生部落戰爭時，除了會用大砍刀、矛、弓箭，也常常訴諸於藥術或巫術。槍或彈弓是為打獵用。古伊博族有人職業是打獵沒錯，但獵人在伊博族的文化裡常被看成是低等的行業，務農對他們而言才是「正當」的工作。

積極想爬上部族中政治社會地位最上層的歐康闊，當然不可能以打獵為行業；打獵或許只是他在農閒時用來消遣的活動。從故事的發展，讀者甚至不難猜想，歐康闊就算去打獵也不用槍；他那把槍都放到生銹了，他的二老婆甚至消遣他說，他的槍枝只是擺著好看的。

**伊博族也相信眼皮跳的預兆性**

伊博族人也認為眼皮跳預示某事將發生，而且左／上或下眼皮和右／上或下眼皮跳、在什麼時辰跳，還分別代表不同的事。

**以頭頂物件來搬運東西**

在奈及利亞以頭頂物件是很平常的事。古時人們需要到河邊取水，就會把裝滿水的水缸頂在頭上，而不是用手提或扛在肩上。以頭頂東西有個好處是雙手還可以空出來，當然如此的話，就得學會把東西平衡安置在頭上走路的功夫。但從現在的觀點（而且奈國人本身也是這麼認為），以頭頂東西除了象徵古老傳統之外，其實也是貧窮的表徵，因為窮苦的人會把商品或農產品等放在一個裝盤上，然後頂在頭上四處遊走叫賣。在奈國到處可以看到人頭頂東西叫賣——如果有錢租得起店面，或租個有輪子可以活動的攤位，何苦需要把商品頂在頭上呢？不過，因為奈及利亞有很多地方（即使是靠近都市的區域），根本只有凹凸不平的泥土路和石頭路，所以把東西頂在頭上，還比用輪車推動還要好運送。

### 反對「開門見山」講話

伊博族是一個講話不喜歡開門見山的民族。從第一章一個叫歐可依的人去找歐康闊的父親討債，但討債之前卻談了很多其他事的情形是一樣的；歐比耶利卡和歐康闊談話時，見到歐福也都一副有事要說的樣子前來時，並沒有直接問他。他們一起聊些別的事之後，歐福也都才開始說他帶來的消息。接著歐比耶利卡以及其他兩位長兄，和求婚者及求婚者的父親聚在一起時，也不立刻提起聘金的事。他們覺得聚在一起時，立刻談正事會把場面弄得過於緊張，或容易傷和氣，於是他們會先談很多別的事來製造潤滑的效果，而且也可藉此多了解談話對象的想法。

### 珍貴的水煮蛋

這個故事的背景是白人殖民奈及利亞之前，也就是前兩個世紀末。故事發生時，奈及利亞養得起雞的人家（無法存錢的人家根本養不起雞），了不起只會養個八到十隻；假設是四隻公雞，六隻母雞，又假設每隻母雞每天都會下蛋（但這幾乎不可能），那大概也只是六到十顆蛋。但像歐康闊這樣養得起雞的富有人家，全家上下也應該有超過十個人，如何平均分配呢？所以，這裡才會把蛋稱為珍貴的美食。

### 找牛得賞金的制度

聽到有人高喊牛鬆綁了，便衝出來找牛好得賞金，其實是很不錯的傳統。即使到現今，這樣的辦法還是在奈國伊博族的村落實行著，即使到未來，也應該還是照樣實行。賞金是見者有分，一起出來找到牛的人必須清點人數，確定有誰沒到場之後，把錢均分給一起出來找到牛的人。這個辦法之所以不錯，因為有賞，如此人們會積極找牛，而把牛鬆綁的人也該罰，因為放著牛四處跑會造成危險（牛有尖銳的角能把人鬥傷）；另外一點是，通常養得起牛的人都是富有的人（尤其在古時），因此也能付得起高額的罰款。

## 【文化傳統篇】

### 古伊博族——絕對的父權社會

伊博文化直至今日都還是個父權社會（不過，已經有愈來愈多女性涉足經濟或政治方面的重要職位）。他們的婦女從小所受的教導，都要她們學習順服男人，男人決定所有生活的重要事項；男人才有權力提問題；而沒有頭銜的男人，地位就有如女人，沒有資格對部族裡的重大事件提問題或做決定。舊時，所有關於部族的大事，也只有長老才能開會決定。因此在第二章中，歐康闊把少年倚克米豐納交給大老婆看管，而她問起這少年是否將在家裡久住時，他便理所當然大聲怒斥她閉嘴，說她不是長老，沒資格提問題。

## 頭銜就是社會政治地位

伊博人舊時很相信頭銜；頭銜對一個人而言，就好像是個人人品財產的「保證書」一樣。那時，伊博人也把妻子視為是個人的「財產」，因此死後，還可以把自己年輕的妻子「過繼」給兒子當老婆。

如上一段所述，舊時伊博族的婦女隸屬於男人；伊博族還有句諺語說，女人的美來自丈夫。「美」在這裡指價值；一個女人如果沒有嫁人，那麼即使長得再美，也沒有真正的美／價值。可以想像，奈國的女人成年之後，視嫁人與生小孩為人生唯一最重要的事。（台灣的婦女，尤其是自己有一份正職的人，可能還不會太在意有沒有結婚，反正自己可以養活自己。不過奈國找不到像樣工作的人太多了，因此能不能嫁人對一個女人來講，就變得很重要了。）

既然女人等同於丈夫的財產，因此婦女是沒有資格爭取頭銜的。在第二章裡，小時候的歐康闊才會聽到玩伴戲稱他的父親烏諾卡是女人，因為烏諾卡沒有頭銜，所以和女人是差不多的。而在第四章中的歐康闊，他已經是成功人士，便看不起沒成就的人，才會把一個沒有頭銜的男人諷刺為是女人。

## 頭銜與爬樹

之前已提過，頭銜對舊時伊博族的人來說是財富、品德、以及社會政治地位的證書，因此求上進的人無不積極爭取。可是伊博族人（尤其是阿納摩拉支派）也非常重視喝棕櫚酒的傳統。節慶、族人聚會要喝棕櫚酒；聘禮要送棕櫚酒；有錢的人甚至每天都喝棕櫚酒配正餐。採集棕櫚酒是男人的工作；可以說，身為阿納摩拉伊博族的男人而不會採棕櫚酒，恐怕會讓人瞧不起。但漸漸地，阿納摩拉派的伊博族人規定，有頭銜的人身分尊貴，爬上高高的棕櫚樹採酒有失尊嚴，因此有頭銜的人不准爬樹，但可以站著採集較低矮的棕櫚樹汁液所釀成的酒。問題是，較低矮的棕櫚樹就是樹齡較輕的樹，而棕櫚樹被採集過幾次汁液之後就會死亡，也就是說，這種規定只會讓一棵棵樹齡輕的棕櫚樹提前老化死亡，而大大降低經濟價值。

於是，很多有頭銜的人會請年紀較輕、尚未領取頭銜的年輕人爬上較高的棕櫚樹採酒。可是年紀較輕往往也等於較沒有採酒的經驗，技術不良的人不僅採不到酒（或採出來的酒品質不佳），而且還經常會把樹弄死。

## 歐佐頭銜

歐佐頭銜（ozo）是伊博族裡的最高頭銜，一個人要爭取這個頭銜，首先需要已經拿到伊祺（ichi）頭銜，而且還得花很大一筆錢，經過一個複雜的儀式才行。歐康闊的好友歐比耶利卡就已經爭取到這個頭銜。每爭取一個頭銜，就得花一筆錢並經過某種特定的宗教儀式；爭取最高頭銜，其花費就不是其他頭銜可以比擬的。擁有歐佐頭銜的人，便堂而皇之成為宗族裡政治地位最高的階層，這樣的人將被視為活祖先，也就是活著的神靈——而伊博族可是個非常敬畏神靈的民族——在宗族中具有最高決策以及統治的地位。

細心的讀者不難發現，作者對族人重視頭銜這種文化多有批評。第二章裡，小時候的歐康闊因為他的玩伴譏笑他父親為亞巴拉，發現亞巴拉不僅是女人的另一個稱呼，而且也指沒有頭銜的男人。也就是說，沒有頭銜的男人，等同於女人。在舊時，伊博族女人的地位相當低落。這種文化導致每個男人都積極爭取頭銜。其正面意義是，這文化使男人勤奮耐勞、積極進取，不僅能為家庭負責，會努力累積財富，而且能參與村落的政治權力；而負面效果就是，每個有頭銜的男人都覺得娶多個老婆是天經地義的事（因為老婆等於財產），而且很多會變得像歐康闊一樣藐視女人，認為女人沒什麼用處。這種文化不會增進一個民族的智力與人權的成長。

## 古伊博族的戰爭與和平

伊博族人雖然舊時常有部落戰爭，但在自己的族落中，卻是很注重和平的民族。第一章裡，歐可依去找烏諾卡討不到債，只能不發一語默然離開，在伊博族是很平常的事。他這麼做是為了顧及和平，更因為他是個有教養的人：看在他將要領取的頭銜份上，他不與烏諾卡這樣不知羞恥的人計較。即使到現在，伊博族人依然不會為了討債而做出可怕的事；他們會請教會牧師或神父為他們祈禱，讓他們的債務人良心不安而自動還債；或者也會請警察出面，不過請警察通常只是為了給債務人壓力，多少做做樣子罷了。若債務人死皮賴臉，警察是無法真的採取任何行動，除非債權人告上法院。

古伊博族重視和平的精神與實踐，還可以從第四章歐康闊破壞和平週的規矩而受到處罰看得出來。從第四章，讀者還會看出古伊博族重視同部族之間的和平，與他們怕惹土地女神不高興而影響作物收成很有關係；對他們而言，和平與否，意味著整個部族能否有足夠的食物、會不會鬧飢荒。

我們也許無法理解，伊博族人守聖週時，即使有人親眼看見老婆在自己的床上與情人通姦，都得忍氣吞聲。可以想像在這樣的世界裡，整個部族能不能收成、族人是否有足夠食物吃，比起男女私情還要重要很多。這樣的世界裡，既然男人只要有財勢就可以娶多位老婆，恐怕也無法在乎是否所有的老婆都愛他，重點是他養得起她們、管得動她們，她們得為他傳宗接代、持家、烹煮食物給他吃，並餵養她們為他所生的孩子。若有哪個老婆在聖週做了嚴重的錯事，也得等到聖週過完再決定如何處罰她。

## 部落戰爭

在非洲，不同部族之間經常會發生戰爭，尤其在舊時。發生戰爭之原因請看底下譯自網路資料*AHA TEACHING AND LEARNING*—"*The History of Tribal Warfare in Nigeria*"的說明：「原本在現今奈及利亞所在的這片土地上，住著兩百五十多個不同的部落，而奈及利亞部落戰爭的歷史曾持續好幾世紀。在古時，不同部落之間的不和本來就常常造成戰爭。幾百年前，奴隸販賣開始出現在奈及利亞這塊土地上之後，部落戰爭的情況就愈演愈烈。幾百年來，販賣奴隸的情況造成不同部落間激烈的戰爭，互相敵對的部落會捕捉敵方部落的人，賣給從歐洲到這裡來買奴隸的人，當然就造成敵對部落之間很多暴行與宿怨，敵對的情況持續三百多年之久。一八〇七年之後，英國政府雖已判定販賣奴隸是不當行為，但依然有非法販賣奴隸的情況（因為禁止販賣奴隸使買賣地下化），於是敵對的部落之間還是會發動戰爭，把敵方的人抓起來賣給非法販奴的人。」

## 老是活在部落戰爭時代的歐康闊

故事的最後，歐康闊又殺了人，但這一次不像殺倚克米豐納那樣令他痛苦不捨，也不像殺了歐布也非・艾齊烏杜的十六兒子那樣純屬誤殺；這次他像在部落戰爭的戰場上那樣，把仇敵的人頭奮力砍下。歐康闊是部落戰爭中英勇的戰士——前面已經說過，戰士們會把敵人的項上人頭砍下當戰利品。以歐康闊從部落戰爭的邏輯來看，砍下敵人的頭顱是理所當然的。但他忘了，他現在所面對的，並非部落戰爭——部落戰爭的時代，算是過去了。歐康闊這個悲劇人物的「悲壯」在於他忘懷不了過去在部落戰爭上的種種功績。很多人已經意識到，自己所處的是白人的時代，因此不能採取部落戰爭時的思維模式行事，但歐康闊卻活在過往的光輝之中，而且汲汲營營想重拾過往的榮耀光環，卻只是逼自己走向悲慘的下場。

## 古伊博族人解決敵對村族之間刑事案件的一貫做法

就刑事案件而言，古伊博族人的做法和現代民主時代的法律制度非常不一樣。現代的司法制度可以說很單純：找到殺人的嫌疑犯，經過警方或法庭判定之後，把殺人者關進監獄，判處無期徒刑或死刑。但是在古伊博族，如果殺人事件是發生在敵對的兩個村族之間（如第二章中，提到木百諾的人把烏默非亞族的一位婦女殺死），他們的做法不是去制裁敵村的殺人兇手——這樣不足以發洩他們的仇恨，他們會氣得發動部落戰爭。在非洲，同部族人的「內聚力」很強，也就是說，同部族的人就像一個大家族一樣，團結在一起（那位被殺害的婦女不只是「歐布也非・烏杜的妻子」，同時也是「烏默非亞的女兒」）；而不同部族之間，敵對的情況卻非常嚴重，而經常會有戰爭。故事中，烏默非亞族打算對敵對部族發動戰爭，是因為對方謀害他們的一個婦女；敵對部族之間發生殺人事件，很容易被視為挑釁的行為——他們不會去詳加調查，到底對方為什麼要殺害他們的人，是故意還是無心之過？此處就是個例子。烏默非亞給敵對部族避免戰爭的選擇，就是要他們貢獻出一個少年和一個少女。那少女當然就是用來取代歐布也非・烏杜被殺害的老婆，而那少年就是用來血債血還的犧牲。那少年的父親就是殺人者之一，也許是主要兇手也說不定。要他把兒子貢獻出來，可能因為他有個兒子正值少年，所以符合烏默非亞的要求。對方部族其他的人不會甘願讓出自己的兒子，當然是惹事的人要把兒子讓出來。

現代讀者會覺得奇怪：為何不抓殺人兇手作為犧牲，卻要拿一個無辜的少年開刀？老實說，從古伊博族人的邏輯看來，這樣的懲罰辦法算是比較有利的：他們不管到底殺人兇手是誰，在他們看來，基本上所有敵村的人都是兇手。要一位少年作為血債血還的犧牲，比要一個有家室的人單純很多。拿烏默非亞村和木百諾村為例，若烏默非亞村選擇殺死木百諾村一個有家室的男人來復仇，他的妻兒可能會因此四散，或許就會造成木百諾村族的社會負擔或社會問題，木百諾村對烏默非亞村之間的嫌隙就會更加深，對烏默非亞村實屬不利。

## 鼓勵枉死者復仇

「若你是自然死亡，那麼願你安息，但若是有人加害於你，那願你的靈魂去找那害你的人報仇。」直至今日，伊博族的阿納摩拉宗族在舉行葬禮時，都會有高人對死者說這句話，即使死者年紀很大，而且看起來像是壽終正寢，阿納摩拉宗族的人依然對亡者這麼說。後面會提到，伊博族具有處處提防小人暗算的傳統；直至今日，奈國依然時有發生被人下毒或作法致死的事件，可以說，如果用「人人自危」來形容奈國人的處世心態，也不會太誇張。聖經〈彌迦書〉第七章有這麼說：「地上虔敬人滅盡，世間沒有正直人；各人埋伏，要殺人流血，都用網羅獵取弟兄。他們雙手作惡；君王徇情面，審判官要賄賂；位分大的吐出惡意，都彼此結聯行惡。他們最好的，不過是蒺藜；最正直的，不過是荊棘籬笆。你守望者說，降罰的日子已經來到。他們必擾亂不安。不要倚賴鄰舍；不要信靠密友，要守住你的口；不要向你懷中的妻提說。因為，兒子藐視父親；女兒抗拒母親；媳婦抗拒婆婆；人的仇敵就是自己家裡的人。」奈國的局勢離這段敘述，相差並不遠。

如此的社會狀態，而且又篤信神靈／亡靈的力量能掌控人間事，也難怪生者要鼓勵枉死者報仇了。

## 處處提防小人

在伊博族的文化裡，若有人以食物或飲料類的東西招待人，則自己一定在眾人面前先嚐過、喝過自己的食物，以顯示裡頭沒有下毒。伊博人常常有「笑裡藏刀」的情況；為了安全，客人一定等主人先嚐過一點他的食物飲品之後，才會放心享用食物。

伊博族人自古就發展藥術。由於衝突戰爭頻仍，有時甚至連同一家族的成員都會因為嫉妒或嫌隙而互相提防；這樣的情況下，常常有人為了暗中消除同族之中敵對的人，而在食物中下毒。

實例一：我夫家家鄉的村落裡，家家戶戶只要不需要使用廚房的時候，一定會把廚房上鎖。在奈及利亞，村落很少有人使用瓦斯煮食（瓦斯對他們而言太貴，也太危險），很多都還是訴諸最古老的方式：使用柴火。因此，廚房一律單獨建於住屋之外（廁所同樣也不會蓋在住屋之內）。常常大家庭的成員會同住一處，但每個家庭單位一定有個別的廚房；如此，不僅各戶家庭能保有隱私，也可預防下毒的可能。

實例二：我剛到奈國為孩子準備午餐便當，發現學校裡沒有蒸便當機時，一時也沒有感到很詫異，因為停電在奈國是家常便飯。但一次與我先生的對話發現，就算奈國不停電，學校也不會買蒸便當機，因為誰也不敢保證，你放在機器裡的便當，會不會有你的仇敵暗中拿出來在裡頭下毒。所以，在奈國你看不到在台灣到處可以買到的不鏽鋼便當，而是保溫盒。（反正，奈及利亞南部也沒有冬天！放在便當裡的食物也不至於變得冰冷。）

## 敬老的傳統

伊博民族非常尊敬長者。在整個故事中，讀者會發現在很多集會、婚喪喜慶的場合中，常常都是由年紀最長者先發言或剝開可樂果。

當然，年紀長但卻不中用的人（像歐康闊的父親烏諾卡）不能當上長老（反觀歐康闊雖然才值壯年，但因為立下豐功偉業，便能當上長老），但是烏諾卡年老時，儘管很多人背後嘲笑他，連自己的兒子也看不起他，就因為他年紀老，別人見了他還是得恭敬對待；而歐康闊身為他的兒子，不管心裡再怎麼恨他、瞧不起他，依然扛起供養他的責任，面對他時，也還是得像兒子對待父親一樣尊敬他；他碎碎念個沒完沒了時，也不會頂撞他，就像在第三章最後面的段落所描述，烏諾卡對歐康闊說了一段話，表面上好像是在同情兒子遇到年月不順，收成慘澹，並讚賞他的意志，但很快他就暗示自己比兒子更不好受。他覺得自己單獨承受著厄運的折磨，總歸一句話，他認為自己比兒子還更了不起，因為他的不幸純屬個人，但兒子的不幸是普遍大眾都在承受的，比起他自己的，並沒有什麼大不了。這番話聽在歐康闊的耳中，儘管再怎麼不中聽（明明是他軟弱無能、好吃懶做，才落得今日這種下場，卻責怪自己命運不好，還自認為比兒子偉大），但因為伊博族非常重視晚輩要孝敬長輩，所以即使歐康闊聽了肚子一把火，也只能忍氣吞聲。

## 伊博族人對訓練下一代的態度——「拿板凳」的象徵意義

歐康闊要倚克米豐納幫忙拿板凳、提羊皮袋，隨同他出席村落裡的重要活動或會議，卻不叫他自己的長子恩沃葉做這件事，這不表示歐康闊比較疼惜自己的兒子，而捨不得叫他做事。傳統伊博族人非常重視訓練下一代，尤其是勤勞懂事的孩子。歐康闊叫倚克米豐納拿板凳陪同他出席重要場合，因為他喜歡這孩子勝過自己的孩子；而勤勞懂事的倚克米豐納也非常高興自己如此受歐康闊重視，願意訓練他，因此很高興稱呼歐康闊為爸爸。

也因為如此，歐康闊親手把倚克米豐納殺死之後，才會一直希望長女艾琴瑪是男兒身。他總是覺得長子恩沃葉沒有男子氣概，反而艾琴瑪還比較懂事長進。在第五章，艾琴瑪要求要幫歐康闊拿板凳，歐康闊卻說不行，說那是男孩子的工作。不是女孩子拿不動板凳，而是長輩出席重要場合，幫忙拿板凳的晚輩一定得是男孩子，而且是坐板凳的那位長輩願意密集訓練的男孩子，也就是最被器重的男孩子。女孩子的工作一定是幫忙母親煮食、打掃整理家園，或到溪流去提水，絕不會是幫忙拿板凳出入重要場合。

## 智者的抉擇

長老決定把倚克米豐納交由歐康闊來照管之後，竟讓他在歐康闊家一待就是三年，好像忘了這孩子從木百諾村來到烏默非亞村，目的就是要作為血債血還的犧牲，而不是來當歐康闊的義子。其實這樣的「安排」確實很烏龍。如果倚克米豐納只在歐康闊家待個幾天就受死，整部故事就需要改寫了，若是如此的話，整個部族的人都會覺得他的死是理所當然。但是事隔三年之後，很多事都產生了變化，尤其是倚克米豐納已經把歐康闊家當成他的家，也把歐康闊當成是自己的父親那樣敬重，而歐康闊也變得很喜愛他，把他當自己孩子般訓練；看重他的程度尤甚對待自己的親生兒子。部族中的智者（尤其是像歐布也非・艾齊烏杜這類受人敬重的耆老）看著這樣的發展，已經知道如此的殺戮行動已經變質，因此決定不參與。他對歐康闊說：「這件事我完全不想插手。」而且一開始聽到部族神示所決定要處死倚克米豐納，而前來通報歐康闊時，就對他說：「那男孩稱呼你為父親，你可別參與殺戮他的行動。」

## 倚克米豐納受死前心裡唱的那首歌

網路上找到的一筆資料，題名*Matt's Poetry Pocket Book: Poems and Poets*，有對此詩歌做詳細的評註：「此詩描述一位冥頑不靈的國王，硬要吃拿來供奉宗族神祇的烤山藥，而觸犯了神聖的禁忌。此詩之用意乃是要警告國王，別做出任何有損其身分威望，進而有害整個宗族利益的事。此詩還警告國王，若他真吃了，就要付出代價：會死得很不名譽、不光彩。所謂『到那白蟻立王之所，到那塵土隨鼓聲跳躍之地』，意指國王觸犯了如此的神聖禁忌，其身軀死後，靈魂將無法與已故列祖列宗的神魂相聚，而且永生永世無法與宗族的人再相逢，不管是已故者，抑或是將來者。」本人對作者把此詩歌置於此處的用意，應該是指這群烏默非亞人（特別是歐康闊）要做的事，其實是天地所不容的事。歐康闊與倚克米豐納兩人親如父子；對倚克米豐納來說，歐康闊比他的生身父親還要更像父親，而歐康闊也很喜愛這孩子，更甚於喜愛他的親生兒子；如此父殺子，如何為天地所容？

## 諺語：「恩咂鳥飽餐一頓後，把牠的神祇拋諸腦後。」

放在正文註釋的解釋是從網路找到的一篇名為*Chi Symbolism in Achebe's* Things Fall Apart: A *Hermeneutic Understanding*的文章，作者是Edward Okoro。

若要把這諺語解釋清楚的話，那可以勉強說成：人要飲水思源，不要忘恩負義。伊博民族非常強調神是人們所有資源的供應者，而神在他們的信仰體系裡，又關乎整個部族群體的福祉。歐康闊不顧大家在守和平週而對老婆施暴，人們很容易把他的行為解釋成：他如今享福了，卻忘了賜福給他的是部族神祇，神祇要人們守和平週，但他在和平週破壞和平，等於與全體部族的福祉作對。

## 諺語：「比喪親者哭得還大聲的局外人。」

這句格言會讓我想到我們台灣有種很特別的職業：「孝男孝女」。我想這種職業的產生可能是因為我們台灣人有種奇怪的想法：人死了，特別是家中的長輩過世了，則家屬就該哭，而且要大聲哭，哭到讓所有左右鄰居都聽到，這還不夠，要哭到村中所有人都聽到；如果不這麼大聲一路哭到墓地，就是不孝。但喪親之痛真的痛到心深處的，往往哭不出聲，而且，在大庭廣眾下大聲一直哭，一般人都會覺得很丟臉，只好花錢雇請專門做孝男孝女這種工作的人來哭。台灣的讀者如果看到此處這個諺語，再從這個諺語來想艾諾曲的例子，就會覺得艾諾曲就是對基督教其實不是很認識，卻藉基督教來炒作的狂熱份子。事實上艾諾曲正是如此。

## 伊博族蛇蜥的故事與台灣「打某菜」的故事

這個蛇蜥因為誤會母親而把母親殺死的故事，表面上是因為蛇蜥沒有煮過菜葉的經驗。我們台灣的文化裡也有類似的故事（但卻沒有像蛇蜥的故事那麼悲慘）。我們有一種菜，國語叫茼蒿，而台語有個別稱叫「打某菜」（就是打老婆的菜）。這個別稱的由來有個故事，說有個做丈夫的買茼蒿給老婆煮，他買了一大籃，但老婆煮過後卻剩下一盤，丈夫不明狀況便把老婆打了一頓，故名打某菜。奈及利亞的這個故事聽起來就沉重多了，而且是發生在孩子與母親之間的關係上。本人對這個故事的解讀是，若因不明事理而生氣，可能會把自己該孝敬的人給殺死，等到後來發現是自己不對時，自己會心痛到把自己給殺死。作者或許是有意把這個故事放在艾葵妃與艾琴瑪在煮菜葉的時候；蛇蜥不明白其母親的辛勞與苦心，是否也意味著艾琴瑪也還不太明白母親的痛呢？

## 伊博族的「國王」，和一般認知的「國王」不同

在奈及利亞，所謂的國王係指某宗族（或村落）的最高領導人（地位大概可以比擬某鄉的鄉長），並非統治整個奈及利亞的王（現在奈及利亞也不是帝王制，而是總統制）。

## 歐蘇（Osu），伊博社會的非自由人

讀者讀到「歐蘇」是獻給神的人時，可能會誤以為，歐蘇是某種以人為牲祭的傳統。嚴格說來，不能算是。在伊博族的信仰體系裡，神祇（諸如土地女神、雷神、天神等等）不僅會賜福給人，也會降禍給人（其實我們台灣的傳統信仰體系也是如此）。一個家庭遭遇接二連三的災禍時，家族的大家長會請村子的巫師求助，而巫師會提出的解決方法之一，就是要這個家庭去買歐蘇。買來後，巫師會要歐蘇在家族的土地上滾，從這頭滾到那頭，將全部的家族地面滾完為止；這麼做就是把家族的所有厄運全部由這個歐蘇吸收。然後，這家族會在宗族的大神壇附近，特別買一個地方讓歐蘇住在那裡，歐蘇終生都不得擅自離開，到別的地方過生活，也就是「非自由人」。（如果歐蘇身上吸滿了家族神祇的憤怒而死亡的話，那這家族的人就會把屍體埋在惡林中。）從此，歐蘇屬於獻給他們家族神祇的人，可以說是用來平息神祇怒火的人，使神祇賜福保佑家族。歐蘇並不是另一個民族的人，事實上，歐蘇同樣也是伊博族人，但屬於不同宗族。

舊時，因為經常發生部落戰爭，某部落的戰士會綁走敵對部落的大人或孩子從事買賣，被帶走的人／孩子很有可能會被買去當歐蘇。歐蘇住在某家族買給他們的地方，而且不得自由走動，生存狀態可以說如同奴隸一般，生存的目的就是要祭祀神祇用的。那時屬封閉的社會，歐蘇通常也不會有要逃跑的念頭；他知道自己是獻給神祇的人，若他敢逃，神的憤怒會置他於死地。歐蘇長大後，這家族就會買一個女歐蘇給他當妻子，他們的孩子世世代代都會是歐蘇。

本人讀到歐蘇是獻給神的人時，本以為歐蘇應當是神聖的，否則如何獻給神？後來才知道，歐蘇是集合神之憤怒於一身的人。可以說，伊博族的歐蘇已經被器具化，被用來「淨化」家族土地上的髒污／厄運，就像抹布一樣。按這樣的邏輯推想下去，不難想像為何那些所謂的自由人（即不是歐蘇的人），會把歐蘇排拒於社會體系之外，你如何把一塊「髒抹布」和「乾淨的衣服」擺在一塊呢？但怎可把人當抹布看待呢？所以，我前面才說歐蘇就是伊博族把人器具化之後的犧牲品。

今日由於基督教在伊博族已成為顯教，傳統宗教於是變成地下化；在好些民智未開的地方或角落，依然會有把人獻給神祇的做法。

直至今日，伊博族有很多人（即使是基督教徒）依然把歐蘇視為禁忌，嚴禁他們成年的孩子與歐蘇結婚。他們在結婚之前會把對方家族的底細查得一清二楚，一旦發現是歐蘇的後代，便會嚴格禁止通婚。有好些悲劇就這樣發生，例如妻子已經懷有孩子，但夫家後來發現她是歐蘇的後代，於是其丈夫或會因為父母的壓力，或他自己也認為不妥，而不再與這婦女往來。（此筆資料有關歐蘇之由來與傳統，乃由本人先生家族裡的一位長輩Mr. Goddy Ukaga所提供。）

## 舊時代與舊價值的式微

作者雖然身為基督徒，還是很中肯詳實地把舊時代的一些觀念價值，藉著前來赴盛宴的一位歐康闊母親宗族耆老說出來。這些觀念價值把基督宗教視為洪水猛獸；那位耆老說：「一個人神共憤的宗教已在你們中間生根。」這裡的「你們」指的是家族中前來赴宴年輕一輩的男子。基督宗教比較能為年輕人所接受。顯然作者是站在年輕人這一邊，不僅因為他自己身為基督徒，也因為在作品中他揭示了很多傳統信仰的弊病。在年老的一代看來，基督宗教使宗族原本團結的力量開始分化，但在年輕人（如歐康闊的大兒子恩沃葉）看來，基督宗教帶來了新的契機。

可惜在這種場合只有老者有說話的機會。作者也藉著本章讓讀者了解在伊博族（甚至到現今），年輕人通常無權開口說話，以致於無法與老一輩的人進行討論溝通。

舊時代的伊博族人鼓勵（男）人要勤奮苦幹、積聚財富、爭取頭銜、娶多位老婆、多生養孩子，但現在基督教會對奈國人說：你此生來就是為積聚財富、爭取頭銜、娶很多老婆、生很多小孩，但卻完全不知道神／天主是愛，也不知道要愛自己、愛別人、拯救靈魂？需要這樣虛度此生嗎？

## 伊博族人對白人的看法——今昔大不同

作者厲害的地方，就是讓故事中說話批評別人的人，反而自曝其短。第八章最終提到伊博族中受人敬重的人（有頭銜的人），根本是以管窺天（比如批評鄰村的人疼惜老婆的傳統、以及諷刺白皮膚的白種人有如痲瘋病人等）。後面也預示了白種人的到來，並藉著白種人的宗教，尤其是基督教，檢討很多原來伊博文化很有問題的傳統。不過，話說回來，其實作者也在此要讓在一九六〇年之前，殖民奈及利亞的英國人知道（本小說於一九五八年首先在英國出版），原本奈及利亞的伊博族是很有自尊、自傲的民族，不像後來的奈國人看到白人就自覺矮了一截。

## 白人到非洲買奴的事，只是謠傳？

歐洲人（白人）到非洲大陸抓（買）人回去當奴隸，早在本故事的時代之前就已經開始，只是舊時交通以及消息傳輸等各方面都不發達，買賣奴隸這種事雖從十七世紀就已開始，但很顯然歐康闊和歐比耶利卡所屬的部落還沒有真正「遭難」過，歐比耶利卡才會把白人越洋到非洲大陸去抓人當奴隸的事說成「可能只是謠傳」。（那時他們也不會自稱自己的國土屬非洲大陸；「非洲」這個名稱也是白人定出來的。直至現今，伊博族人還是稱所有皮膚白的外來者為白人，而且把外國（特別是歐美，甚至中國、台灣、澳洲等已開發國家）稱為白人國。）

整部故事中，作者也沒有提及任何主角所屬村落的人被白人買去當奴隸，這倒不是因為阿契貝認為白人抓黑人回去當奴隸「只是謠傳」；我個人的解釋是，阿契貝寫這部書，希望這部書能首先在當時殖民奈國的英國出版（後來也如願以償），主要是為了向英國人以及英國的權威單位揭示，英國殖民奈國所產生的混亂與問題。況且英國正式殖民奈國也是二十世紀初以後的事，而一八〇七年，英國政府就已經判定買賣奴隸為非法行為。很有可能烏默非亞村族也有人被非法販奴者抓走，只是這種行為已屬地下化，歐比耶利卡等不知情的人只當這種事或許「只是謠傳」。

## 對白人的一無所知：烏卻恩都說的故事

烏卻恩都在第十四章講的故事，如果硬要從我們文化中找相對應的故事或諺語，可能可以用「會叫的狗不會咬人」來比較。他認為阿罷梅村決定要殺死迷路的白人時，那白人既然沒有大聲叫囂，就該放他走，因為他死前的緘默會給殺害他的人招來災禍。本人以為，作者安排這位耆老說這個故事來強調阿罷梅村遭殲滅的原因，倒不真的要強調伊博族的智慧，而是要凸顯伊博族人對於列強在非洲拓展殖民帝國之野心一無所知。

反而阿罷梅村的神諭所揭示的，還比較符合後來我們在後半段故事所看到的事實：「那白人會分裂他們宗族，在他們中間製造破壞⋯⋯其他白人就要來了；白人就像蝗蟲，先來的那個白人是先驅，被派來探勘狀況的。」

最後烏卻恩都還猜想，或許那白人原本要去另一個白人的國度，但卻迷了路，看見阿罷梅村有白化症的人，以為這就是他要去的地方。他這麼說更進一步顯示出，他完全不知道白人到他們族人的地方其實是有計畫的，絕不是迷了路。而他的無知，也代表著所有其他伊博族人對白人野心的無知。

## 訴諸暴力解決外族人的習性使阿罷梅村慘遭滅亡

伊博族在舊時部落之間產生衝突而發動戰爭是常有的事。本故事發生的主要時間點上，歐康闊正值壯年（大概四十五歲到五十歲之間），那時他就已經參與過五次部落戰爭。假設他二十出頭就參與第一次部落戰爭，那表示在三十年間，就發生過五次戰爭，平均每六年一次。那樣的時代裡，以殘忍暴力的方式殺人，尤其是外族人，是很「正常」的事。因為在他們的認知裡，對敵人仁慈，自己就會喪命。

相對於非洲這塊「殺外族人是家常便飯」的土地，歐洲從某方面來看，可以說比較「文明」。那位迷了路誤闖阿罷梅村而遭殺害的英國人，如果他死前還有一段有意識的時間，他可能會覺得自己死得很無辜，也會覺得殺害他的那些黑人非常殘忍。歐洲從十七、八世紀就發展出理性主義（即承認人的理性可以作為知識來源的理論基礎），但問題是非洲的伊博族人相信的不是人的「理性」，而是「神治」：阿罷梅村的長老向神示所請示該如何對待／處置這位白人，結果神諭指出這白人「會分裂他們宗族，在他們中間製造破壞」。神諭並沒有要他們殺害這位白人，但是足以促使他們訴諸以往對外族人的一貫做法：既然這人似乎來者不善，與其讓他有機會分裂宗族，製造破壞，不如趁早把他殺了！

阿罷梅村人所不知道的是：這位白人（應該是傳教士）所屬的政府是個非常強大的國體組織，非常重視其國人的生命；英國政府一旦得知他被殺害的事實，所採取的報復手段會更加可怕、殘忍、更加「不文明」。英國根本毋須和阿罷梅村發動什麼「部落戰爭」。英政府利用非洲不同部落間不睦的事實，對阿罷梅村採取殘酷的懲罰。那些帶英政府的人去尋找那位白人的人，讓他們確定同胞已遭殺害的，就是和阿罷梅村不同部族的人。從本書後半段的故事，我們會發現這些是住在奈加河港口附近的部族。因為英國以及歐洲其他國家最早就是從這類港口上岸，所以很快便和這個港口部族的人熟悉並建立合作關係。根據歐比耶利卡的敘述：「那三個白人連同其他好多白人包圍整個市集。他們一定使了某種強勁的隱形術埋伏著，等到市集上都擠滿了人之後，他們便開始掃射。所有的人都死在當場。」其實這些英政府的人才不會什麼隱形術；整個埋伏襲擊的計畫，英國人應該也有聽取並應用港口部族人的建議：比如，阿罷梅村的市集在什麼地方，什麼日子會有大型的市集，以及他們應該如何利用市集周遭的樹林埋伏以利襲擊等等。

這段阿罷梅村遭英政府整個殲滅的故事應該不是個案，而且發生的模式很可能都是如出一轍：剛開始伊博部族的人因為聽從「神的指示」，為保障整個部族的安全，而把某位／些白人殺害，但之後被害人所屬政府的報復行動會極為殘酷、「不文明」，只因為英國（以及其他帝國主義國家）那時只是把不合作的非洲人視為擴張其帝國殖民計畫的障礙。

## 白種人的負擔

書中最後一段，作者特別進入白人法官的意識流裡。歐康闊殺了他手下一名差吏，他於是到歐康闊的家要捉拿歐康闊，卻只是看到已死的歐康闊上吊在樹上。從他的這段意識流，我們看見他也贊同吉卜齡（Joseph Rudyard Kipling）所謂「白種人的負擔」說。這當然是作者阿契貝對「白人負擔說」所做的諷刺。西方歐美的白人認為，很多低度開發之地的人種沒有文明，白人有責任來教化這些地方的原住民。但作者特別藉著這部小說故事，把他所屬的非洲部族的文化、文明與社會秩序詳細記錄描寫下來。我們感到作者在反問：伊博族需要白人來教化我們，需要套用白人的文明嗎？

從這段意識流，我們還看到這位白人法官對於歐康闊上吊自殺的事，不但無法感到任何哀痛，恐怕還覺得很有趣。他其實很想留在當場，看他的手下把歐康闊的屍體從樹上取下——就像個小孩想看難得一見的秀一樣——但必須克制自己，只因為他可是高高在上的法官；他在意識流裡如此思索著：「多年來致力於把文明傳播到非洲不同地區的經驗中，【我】也學到了一些事。其中一件就是：身為法官的人千萬別參觀任何不莊重的活動，像是從樹上把吊掛的屍體取下這種事，因為這麼做會讓土著瞧不起【我】。」

歐康闊上吊的事其實讓這位白人法官自覺很了不起——他根本不用大費周章捉拿歐康闊，也不用開庭審判他，他就已經畏罪自殺。甚至，他還決定把歐康闊如何殺了他的手下然後上吊自殺的事，寫入他正在寫的一部書中。但他哪裡知道為什麼歐康闊要上吊自殺，他只會以為歐康闊是畏罪自殺的。但好強的歐康闊選擇上吊來結束自己的生命，絕不是因為畏罪。他知道隔天法官就要來抓他；他知道被抓之後會被帶到烏姆如吊死；他也知道如果他在法官帶人來抓他之前逃掉的話，他的家人或族人會受到連累；他更知道自己單槍匹馬對抗白人，不但贏不了，還會給他的族人帶來很大的災害。因此，為了不連累他家人以及族人，他唯一能做的英勇之事，就是了斷自己的生命。自殺在伊博族是很嚴重的罪，他因此不得受自己族人為他舉辦任何葬禮，只能由外族人將他草草葬了。作者從故事一開頭，就不完全同情歐康闊衝動而且一味盲從宗族傳統的行徑，但最後作者讓他選擇違抗宗族反對自殺的傳統，卻是他唯一能做的自我犧牲以顧全大局的辦法。

## 【宗教篇】

### 伊博族的傳統宗教——神壇

在伊博族的文化裡，不管是舊時還是現在，只要是神廟或聖壇之類的地方，都是令人生畏的地方。第三章裡對「群山洞府神示所」的描述，到現在依然是奈及利亞傳統宗教神壇的雛形——陰暗、詭異、微暗的火炬、可怕的神靈圖像等。和台灣很不一樣：我們的廟宇不但不會讓人害怕，而且往往廟口還會變成人來人往的菜市場呢。

第三章還提到，舊時伊博族人為了向去世的親人討教，而到洞府裡的神壇求助。文中沒提到，傳說中的先人如何藉著祭司的啟靈動作（即召喚靈魂現身）現身，反而說到人們聽到洞府裡有類似翅膀拍打洞頂的聲音，而想像那就是祖先的靈魂出現的聲音。看到這裡，讀者理所當然會認為，他們聽到所謂先祖神靈的「羽翼」拍打洞頂的聲音，應該是山洞裡蝙蝠所發出的聲音。但同樣，這一章裡也有提到，採酒人歐比亞可到神示所請教阿巴拉神靈，而神諭對他指示說，他過世的父親要他殺一隻羊獻祭。這裡的神諭，當然就是洞府裡阿巴拉神靈的祭司對他說話。可以想像伊博族祭司的功能就像台灣文化裡的乩童，能讓神靈附身，把神靈的指示說出來。

## 個人命運神祇（祈）personal chi

伊博文化中，人們相信每個人有其主宰命運的「祈」（伊博文為chi），這神祇代表著個人天生的命運。命運神祇很難說好壞，但人總是依個人的運勢來決定其好壞。若運勢好，則此神祇為好神祇，這樣一來，個人是否成功，端看個人有沒有和「祈」配合。若運勢壞，則此神祇為壞神祇，這時，個人要成功，就要屢屢和「祈」對抗。就因為如此，本故事才會說烏諾卡歹運；也就是說，他的個人命運神祇並不好，而他也因為個性懶散，不與之對抗，因此厄運一直跟著他到死。

可以說，伊博文化的個人神祇和西方傳統所謂的守護天使，有一些相通之處。只是伊博族人的做法更進一步：他們會刻出象徵個人神祇的神像，供奉在個人住家的靈屋裡。

## 古伊博民族阿納摩拉（Anumbra）支派的葬禮傳統

阿納摩拉的伊博族人認為，死亡就是人從生存的狀態進入靈界的過程。但是伊博人和很多相信靈界存在的人不同；他們認為若要進入靈界，得為亡者舉行第二次葬禮，否則亡靈會一直在地球上不安遊走，苦苦尋求進入靈界的入口。相形之下，台灣人和古埃及人則是認為，死後會到另一個有形體的世界；因為我們相信在那個死後的世界仍需要錢，就像在世時的金錢制度一樣，所以我們有為亡者燒紙錢的傳統；不僅要燒紙錢，還要燒紙房子、紙車子等等給死者，認為人死後會到另一個需要住房子、開車子的世界！古埃及人就更誇張了，金字塔裡為法老王陪葬的種種金飾、珠寶及生活器具，甚至是活人，他們相信國王死後需要到另一個世界使用這些東西，也繼續需要僕人來服侍！

## 伊博族人信仰系統裡死後的世界

第四章最後說到倚克米豐納最喜歡講的故事裡，「蟻王輝煌掌理著牠的王宮，而且白沙永遠跳躍」。「螞蟻」、「白沙」其實是死亡的意象：人死後就是埋在沙土裡，死後的身體成為螞蟻的食物。奈國的伊博族人在接受基督教洗禮之前，認為死後應該加入先祖的行列——若人生前沒有犯任何罪過、沒有受到詛咒；但若受了詛咒，則只有螞蟻、白沙，其餘皆空無。

恩沃葉認為童謠裡，那個孤孤單單一個人自己吃住的恩納迪，應該就是存在於上述倚克米豐納最喜歡講的故事裡。倚克米豐納為何會喜歡那樣的故事？或許在他的認知裡，「螞蟻」、「白沙」並不見得是死後空無的意向。倚克米豐納這樣的悲劇角色可以說是作者阿契貝創作的靈魂：從小愛聽故事的阿契貝，就是從像是倚克米豐納這樣擅說故事的長輩汲取靈感。或許，從小就信仰基督的阿契貝，想藉著倚克米豐納這個角色，來暗示死後沒有所謂空無的世界，也沒有所謂與先祖一起來主宰生者的世界吧。

## 相信神／鬼靈與人的世界緊緊相繫的民族

為什麼聽見有聲音從外頭叫你的名字，千萬別直接回應「是」或「什麼事」？

伊博民族是一個非常講究怪力亂神的民族。對伊博族而言，光靠人的力量太薄弱，也太不可靠，他們強調的是「神治」：與敵對部落起爭執，要不要發動戰爭，需要請示神示所裡阿巴拉神祇的意思；有錢的人要爭取頭銜，晉升自己的社會政治地位，需要請法師主持儀式，俾使神靈護持所領取的頭銜。他們相信已領取部族裡最高頭銜（歐佐）者，由於有力量至為強大的神靈護持，有如活神仙，因此足以治理、決定部族裡最重大的事。部族裡發生糾紛，他們則請有先祖神靈附身的伊古古出來當司法判官。

可想而知，根據伊博族人的思想體系與邏輯，人生活的世界充滿著人眼看不見的神／鬼靈。有正義、至善的神，當然也會有邪惡的鬼。對於四處遊走，等著當人不小心要趁虛而入的惡鬼，尤其要特別小心，於是若人聽到外面傳來聲音叫著自己的名字，即使聽起來像是熟人的聲音，也千萬別回應「是」，免得上了惡鬼的當。

## 古伊博族人對雙胞胎的禁忌

在古時，伊博族的人不明白雙胞胎形成的原理，認為雙胞胎是邪靈作怪的結果，若任其長大會給家族社會帶來混淆與不幸，因此那時有很多雙胞胎，一出生就會被棄置在森林中，讓孩子「自然」死去。面對這種傳統的做法，恩沃葉即使心中有多少質疑，還是得屈服。任何聽到嬰兒在森林中哭泣的人，尤其是婦女，都會禁不住動容，但由於有這樣的「信仰傳統」，只得加快腳步，唯恐惻隱之心會使人做出違反傳統信仰的行為。恩沃葉聽到嬰兒哭聲時，同樣也在心中掙扎，但他感覺自己必須屈服，「傳統」以一種他無法理解，但又無法抵抗的力量壓迫著他，使他必須屈服。這樣的傳統讓他也相信雙胞胎好像有邪靈附體；那天他走過一片林地，聽見林中嬰兒的哭聲時，他的頭感到腫脹，彷彿夜晚時獨自一人經過惡靈身邊一般。對於倚克米豐納的死，他也有同樣感受，因為傳統認為倚克米豐納必須是血債血還的犧牲，所以必須死。他無力對抗這樣巨大的傳統力量，儘管有多麼不合理。但如今，信基督教的伊博族人，對雙胞胎的看法截然不同；他們求神給他們雙胞胎，認為那是雙重的祝福。科學的進步以及基督信仰，使今日的伊博族人在很多做法上有很多改變。他們甚至有部電影演出在過去某個時候，一對被暗中救了出來的雙胞胎如何在長大後功成名就，對社會做出重大貢獻的故事，來教導人們，雙胞胎絕對不是詛咒，而是天主的祝福。（現在在某些落後的村落，還有人抱持這種傳統信仰。）

**惡林：「我是塞滿口的乾肉，是無薪長燃的火。」**

這個惡林對自己的另一個敘述，還真是令人費解。楊安祥的解釋是：「乾肉堅硬，難以下嚥，喻指剛強壯大；火焰無薪自燃，喻指法力無邊。」網路上一個討論區的作者則有另一番解釋：他把「乾肉」看成枯萎的意象，把「無薪自燃的火」看成使不可能成為可能，他認為惡林在此處強調，自己能賦予生命給枯萎者，使不可能成為可能。我到我先生的村落裡時，特別拿這個問題問他宗族裡一位在大學任教的博士（Professor Raphael Orji）。他說，乾肉指炸過的肉，而炸過的肉不像水煮的肉那樣柔軟，可以輕易咀嚼下嚥，而乾肉可就要花一番工夫咀嚼，才能吞下，而若是滿嘴的乾肉，吃起來就會更辛苦。所以，意思是，惡林特別對人強調神靈可是不好惹的。我把fire-that-burned-without-faggots譯成「無薪長燃的火」，而不是「無薪自燃的火」，這是要配合我從這位教授聽到的解釋。他說，古時沒有電，哈麥丹季來臨時，夜晚睡覺時特別寒冷。如果你拿束薪起火，乾柴烈火，很快柴火就會燒盡，無法持續一整夜，而如果拿半乾半溼的樹枝來燒的話，就不一樣了；既可以有火焰，而且可以持續整夜。所以惡林的意思是，神靈帶給人的溫暖與保護是長存的。

## 歐布－阿嘎力－歐度（ogbu-agali-odu）：藥術研製成的「導彈」

中文裡很難找到相對應的詞來翻譯或解釋這種「邪惡精素」，因為這種藉由巫術所研製出來的物質，有點像今日的導彈。根據作者的解釋，這物質剛開始發明出來時，是為了要攻擊敵對部族，而這物質又是會自行飛行的發光精素，這表示這發光的「飛彈」剛開始會自行找到敵方的人，降落於其身上，然後將之殺死，或至少使之無法繼續作戰。

從網路上找到的很多資料，都認為這是伊博族人迷信的產物，認為事實上根本沒有這種東西，只存在人們的想像或傳說之中。譯者認為，沒看過鬼火的人，自然很容易認為那是莫須有的東西，不足採信。我這麼說並不在暗示，這種物質就是我們所謂的鬼火。鬼火其實是死屍因為解體的過程中，分泌出的化學物質與空氣結合後形成的現象，其光微弱，而且成藍綠色；鬼火不會四處飛動，只會飄盪於屍體附近。但歐布－阿嘎力－歐度呈現出火焰的顏色，而且四處飛動。這小說出版於一九五八年，寫的是西方殖民勢力進入奈國之前，也就是在一九〇〇年之前的事。根據故事，艾荟妃也只是在小時候看過這種物質，也就是在大約一八五〇年以前，這種物質就曾被敘述並記載下來過了——不然阿契貝也不會在故事裡提到這東西。但直至今日，這種四處飛動的「邪惡精素」依然存在，而且在奈國還是有人見過。我的先生還有他的遠房叔父（前面提到的教授）就是見證人。（否則，我也不可能敘述這種物質的樣貌。小說裡並沒有形容這種飛動物質的顏色。）只能說，這種物質由於發射的人早已不存在，但由於某種自然界的保存現象（此物質僅會出現在沒有經過開發，或較少開發的村落中），以及物質不滅定律，直至如今，雖然四處飛竄，應已不具殺傷力了。

### 伊博族的艾款蘇（ekwensu）、基督教所謂的撒旦、中文裡的魔鬼

伊博族在接受基督信仰之前，就已認識靈界中屬於惡者的力量。伊博文把這惡靈稱為艾款蘇，中文叫做魔鬼，而基督信仰則把這邪惡的鬼靈稱為撒旦。只是在接受基督教洗禮之前，他們只因為認識艾款蘇的惡與厲害，不但沒有加以譴責並防範，甚至還加以崇拜；所以到了第二十二章，讀者還會看到其中某兩位「伊古古」（伊博族所謂的先祖神靈）竟是惡靈與魔鬼之本尊。

### 殺死宗族的同胞等於得罪土地女神

在伊博族的社會裡，尤其在舊時，個人行事須處處把全體宗族的利益擺在優先。在第十三章

的葬禮上，歐康闊那把生銹的槍惹禍了，使他誤殺了一位宗族同胞。犯了這種罪的人必須遠離宗族的土地——這是土地女神的判決。這樣的罪當然還分成兩種，誤殺或是蓄意謀害。誤殺的人會遭處較輕的刑罰。歐康闊的罪屬誤殺，因此他只要遠離宗族七年即可，七年後就可再回到宗族的土地上生活。可見若是蓄意謀殺，則犯罪的人必須永遠離開宗族的土地。也就是說，殺死同宗族的人這種罪，殺人的人不會被判處死刑——因為處死他的人等於也犯了殺死同宗族的人的罪。

所謂「土地女神的判決」，我們可以想像是一條條從古時就規定下來的懲處辦法，而土地女神所代表的就是全宗族的福祉。可以說，這樣的社會是非常反對個人主義的，但作者也藉著歐比耶利卡這個比較會想的角色，來對如此極端的反個人主義提出質疑，如把雙胞胎丟棄在森林中讓嬰兒自然死去的辦法。他想著：「雙胞胎犯了什麼罪？但土地女神宣判雙胞胎的存在違反自然常理，所以必須去除。而任何人有違土地女神的法則，而宗族的人卻沒有確實執行裁決的話，土地女神就會把她的憤怒宣洩在全宗族的人身上，而不是只有犯錯的人才會受罰。」在第八章與歐康闊的一段對話之中，歐比耶利卡就顯現他是有條件接受「土地女神的判決」，才會反對歐康闊參與殺死倚克米豐納的行動。他的想法代表著作者從人性／人情出發的觀點：如果土地女神的判決有違個人的情感，那怎麼辦呢？難道還得完全按土地女神的判決行事？

## 是命運神祇在作怪，還是詛咒生了效？

歐康闊那把生銹的槍使他誤殺了人，而遭到罷逐，在母親的家鄉生活七年。因為這樣的懲罰，歐康闊開始埋怨自己的命運神祇。在第五章作者講到歐康闊有一把生銹的槍時，讀者可能感到奇怪：古時伊博族人打仗不是用槍；槍多是打獵用，而戰績顯赫的歐康闊又不善打獵，何必在家裡放一把槍呢？這把槍因為很少用，結果都生銹了。其實槍枝也會用在葬禮上的鳴槍禮上，因此顯赫有錢的人家都會有槍。其他人可能也常在農閒時拿槍打獵，但歐康闊根本很少打獵，才會把槍放到生銹了，基本上他應該沒有保養槍的習慣。既然他的槍缺乏保養而生了銹，在葬禮上鳴槍以示禮敬追悼死者的情況下，把生銹的槍枝用在鳴槍禮上，是很容易發生意外的。或許某種詛咒生了效，在第八章歐比耶利卡曾對歐康闊說：「（殺死倚克米豐納）這種行為不可能取悅地神；事實上，土地女神還可能因此而把整個家族消滅掉。」當然歐康闊不會相信自己受了地神的詛咒，他自認為完全奉行土地女神的旨意行事；他恐怕也沒有「平常不保養槍枝，會造成危險」這樣的常識，只好怪自己的命運神祇了。

## 歐可利為什麼會死？

被認為殺死了神聖巨蟒的歐可利似乎「離奇」死亡。故事裡說：「他的死表示，宗族的神祇還是能為祂們自己討回公道的。」我們可以把這句話解釋成：說書人認為，歐可利的死是河神成功為祂的犧牲者（那條巨蟒）復仇，或也可以想成說書人把宗族人心中的想法寫了下來。

然而這真的是宗族神祇的復仇行動嗎？還是有人使用巫術所行的詛咒呢？在奈國，不管是伊博族還是優羅巴族，都很擅長使用巫術把人至於死地。這點作者並沒有在小說中寫出來，因為他的目的不是要揭示奈國傳統信仰中如此可怕的部分。

作者讓歐可利死掉，本人的想法是：如果他不死，這些基督徒就永遠無法使用村裡的資源，那等於他們必須離開牡班塔村（即主角歐康闊待的村落），如此一來，作者就很難繼續藉著此小說故事把基督教與傳統宗族的信仰做比較。他把這兩個宗教做比較，很明顯是為了凸顯基督教開啟民智的部分，也為了要與後來英國人殖民奈國所造成的問題取的某種的平衡。英國傳教士把基督教傳播到奈國來是好事，但是英政府對奈國人的殖民統治則負面多於正面。為求敘述事件的公正，信仰基督宗教的阿契貝必須這麼寫，如此才能順利使本作品能在英國獲得首次出版，也才能達到他寫此作品要表達的目的——請求英政府讓奈及利亞獨立。

## 主張懷柔手法的布朗先生

布朗先生反對艾諾曲激進的做法：他不認為艾諾曲因為改宗，信了基督教而激烈地以行動來反對他父親的蛇教是有益處的。布朗先生的態度就像前一章一位牡班塔的族人反對歐康闊的意見一樣。那一章裡也提到有個改信基督教的激進派傳說殺了村裡的神聖蟒蛇，歐康闊因此主張要把基督徒從村裡趕出去，但反對者說，若那人真的殺了神聖蟒蛇，而那蛇本身若真代表河神，河神既是神，自會找那人復仇，用不著人來為祂伸張正義。所以布朗先生覺得艾諾曲殺了那蟒蛇根本沒有益處?他這麼做可能要表示基督的力量一定勝過他父親的蛇教。但他犯不著這麼做來證明這點，基督果真是更厲害的話，用不著以如此激烈的做法來為祂作證。他這樣做，也可能只是要藉基督教來反抗他父親——這點就不是布朗先生願意看到的了。

布朗先生還廣結善緣：他結識宗族裡的偉大人物，與他們討論宗教，進行基督教與宗族傳統宗教的比較。他不會讓步，但也不會與宗族的人起衝突，因為這些宗教討論與比較還讓他發現，正面與宗族的宗教起衝突是不智的做法。

他於是開啟了另一種「潛移默化」的傳福音方法：建立學校教導伊博族人讀書寫字（學習讀、說英語）。他（所代表的人）是白人（英國人）在奈國興辦教育的先驅。他鼓勵宗族的人到他辦的學校受教育，他說：「伊博族未來的領導人，將會是那些有學讀書寫字的男人、女人，若烏默非亞不把孩子送去學校讀書，那麼從其他地方來的外族人將會來統治他們。」他為伊博族人開啟另一扇謀生的窗口：不是只有當農夫才能養家：那些學會用英語的人可以到白人的機構（如法庭）工作。當然，不可否認，英文教育使得後來英國政府可以更順利在奈國建立殖民帝國，作者阿契貝就是因為接受英文教育而使他能以標準的英文書寫這部著作，得以在英國出版，並成為奈國向大英帝國訴求獨立的一個重要「催化劑」。

## 布朗先生的會眾崇拜偶像，吵著看神蹟嗎？

為何史密斯先生把布朗先生這群對他來說還算是「新」的會眾，說成是「崇拜偶像」、吵著要「看神蹟」的烏合之眾，原因不可考，不過他所用來罵他的會眾的說法都是來自聖經。一開始所謂的「拜偶像」就是指不敬拜神，反倒崇拜其他神祇的意思（這種看法布朗先生在前一章與阿昆納辯論宗教時，就已經影射到了）。但後來基督教界逐漸明白，所謂的「偶像」就是使人遠離神的任何貪妄想法。不管如何，史密斯先生如此隨便亂用聖經來罵人，其實是因為這些會眾有的還遵循傳統宗族的做法。而所謂「吵著要看神蹟」，其實原因應該是：很多改宗信基督的人，都是因為遭遇到宗族／家庭某些做法的壓迫，有的則是發現宗族的做法無法解決他們的問題，於是投奔基督。這樣的情況下，他們會要求新宗教為他們提出解決之道。可是史密斯先生不像布朗先生那樣包容而且樂意助人，不但把這些求助的人拒在門外，還說他們吵著要看神蹟。耶穌曾對法利賽人說，「一個邪惡淫亂的世代求神蹟」（〈馬太福音〉十六章四節），因為法利賽人見耶穌行神蹟醫治人身體及心理的疾病，便要求耶穌行神蹟證明祂真的是從神而來，而不是從邪靈而來。耶穌見他們如此心硬不信，才如此說的。

## 「光明之子」與「黑暗之子」

〈帖撒羅尼迦前書〉第五章五－九節說：「你們都是光明之子，都是白晝之子。我們不屬於黑夜的，也不屬於幽暗的，所以我們不睡覺像別人一樣，總要警醒謹守，因為睡了的人是在夜間睡，醉了的人是在夜間醉。但我們既然屬於白晝，就應當謹守，把信和愛當作護心鏡遮胸，把得救的盼望當作頭盔戴上。因為神不是預定我們受刑，乃是預定我們藉著主耶穌基督得救。」從此處經文看來，並沒有所謂光明之子要和黑暗之子作戰的意思。「光明之子」指的是警醒的人，是因信入耶穌基督而能愛人、愛己，而且盼望蒙拯救的人；而「黑暗之子」則是那些醉生夢死，沒有警醒，沒有信、愛、與望的人。此經文旨在鼓勵人信入基督，而且堅決反對鼓動人憤怒復仇的心。但史密斯牧師則扭曲經文的原意，很隨便就把人分為黑、白兩類，一味認為黑就是邪惡。這種看法危險的地方在於，伊博人就是黑人的一支，難道黑人就比較壞、比較邪惡嗎？其實這種隨便而危險的看法在馬丁路德·金的演說裡就已經指出，白人隔離黑人，只因他們把黑人視為邪惡或下等的人種。

為什麼做完禮拜的婦女，碰到伊古古在路上遊行，便不能自由通行？

「做禮拜的婦女」，不僅是基督徒，而且是婦女；既是基督徒，她們便不會像其他族裡的婦女一樣遠遠站在某處觀看、禮敬這些族裡先祖的神靈（也就是伊古古）。婦女特別不能與伊古古並立而行，基本上她們也不敢，因為伊古古不僅是宗族一直傳承下來，某種神聖而不可侵犯的信仰，而且也代表著宗族的司法與政治權威。那時伊博族婦女是完全沒有什麼社會權力的，因此，宗族的做法一直是要達到讓凡人，特別是婦女，敬畏懼怕伊古古；村裡從教堂回家的路徑又只有一條，這些基督徒婦女才會無法通行。這種凡人都要讓伊古古先走過或退下，才准通行的情形，即使到現今在奈國的村落裡，依然如此。（本人就曾經親身經歷這種事，當時路上發生大塞車，就因為伊古古在路上遊街。這種塞車可不像我們台灣迎神時的塞車。在台灣基本上只要道路夠寬，即使碰到迎神，也不至於會塞車，但在奈國，誰若敢不等伊古古先走過，而逕自開車先行，那伊古古便可能施一種法術，使車子上所有的人身體奇癢難止之類的。）

## 【故事分析篇】

### 全知的觀點加類意識流

這個故事的敘述法除了作者以全觀者的角度說故事時，有很多時候是角色在內心說話。對於倚克米豐納這個悲劇角色，作者讓讀者明白他所顯示出的無限同情與悲憫的方法，便是藉著類意識流的寫作技巧，尤其是倚克米豐納受死前的諸多內心獨白：包括對母親的思念、唱歌期待母親仍然健在等，都是他在內心自我安慰與鼓勵的話。打從一開始，他直覺似乎永遠見不到母親與妹妹，但依然溫順地跟著這群人走，如同當初他被一群不認識的人，從他原本的家帶出來一樣，這時他也是溫馴跟著這群他大部分不認識的人走。在伊博族，管教孩子使孩子（尤其是男孩子）乖順勇敢，是每個家庭都覺得天經地義的功課。倚克米豐納就是個典型溫順、靈巧、又勇敢的男孩子。但他聽到隊伍中有人發出低沉而且不帶善意的聲音時，他開始害怕起來了，他心中納悶他父親歐康闊為何要退到隊伍最後面？他需要父親在身旁支持他，只要歐康闊能在他的左右，甚至不用說什麼話，他都能感到安心。但歐康闊也因為感到矛盾痛苦，無法站在他左右，只能退到隊伍最後頭。

## 阿契貝委婉隱約的人物勾勒法

住在歐康闊的家，由歐康闊大老婆來養育的倚克米豐納，和歐康闊的長子恩沃葉成為很要好的夥伴。但歐康闊全家大小都喜歡他；恩沃葉的妹妹歐比雅格莉對他有什麼感覺呢？

歐比雅格莉與她的兩位弟弟、她的哥哥恩沃葉、還有住在他們家中的倚克米豐納一起到溪流去汲水。頭頂著水時，歐比雅格莉搔首弄姿了起來，學成年少女走路的姿態，為什麼呢？會不會特別是要擺弄給倚克米豐納看呢？結果，她因此把頂在頭上的水缸摔破，走進家門時裝哭，想撒謊裝無辜，她兩個不懂事的弟弟想要說出實情時，倚克米豐納卻瞪著他們，暗示他們別說，為什麼？或許他也受了歐比雅格莉吸引。

阿契貝這種委婉隱約的人物勾勒手法，雖然讀者看出他花了很多力氣描寫介紹伊博文化，但絕對沒有忽視把各個主要人物個性清楚刻畫出來。

## 歐康闊的對比人物：歐比耶利卡與歐布也非・艾齊烏杜

歐比耶利卡和歐布也非・艾齊烏杜一樣，都認為歐康闊不應該參與砍殺那男孩的行動，只因為他們知道歐康闊和倚克米豐納已情同父子。他們不會違抗宗族神祇的指示，但是仍懂得顧及人的情感。歐比耶利卡說：「如果神示所決定我的兒子得受死，那麼我既不會加以爭辯，也不會親手制裁他。」

歐比耶利卡和歐康闊是很好的朋友，他才會邀請歐康闊參與他與未來親家敲定聘金的事，而歐康闊也才會直接在他面前說出心中的煩惱：煩惱自己的長子沒有男子氣概。就因為是很好的朋友，他很清楚歐康闊喜歡倚克米豐納，把他當自己的兒子；而倚克米豐納也視他如親父。要歐康闊砍殺倚克米豐納，就如同要一個父親手刃自己的孩子一般，這樣的事，怎麼說都是違反倫常，不顧情感的事。如此的事，怎可能為土地女神所接受呢？這是歐比耶利卡的想法。但一向害怕別人看不起的歐康闊，不顧自己的情感，急著要表現自己的勇氣果敢。與其說他以為砍殺倚克米豐納是對的事，不如說，他這麼做，只因為怕別人說他懦弱。

歐布也非・艾齊烏杜和歐比耶利卡是阿契貝筆下性格發展比較平衡的人物——既勇敢，也能思考、能顧及人之常情。與他們對比之下，我們可以清楚發現，歐康闊所表現出來的勇敢，其實正是他最脆弱的一面：害怕別人認為他軟弱。

歐康闊性格的偏差，當然也表現在他對待女人的態度上。他無法想像一個令人敬重的勇士會需要傾聽老婆的想法——像在第八章中過世的那位歐布也非・恩杜魯耶那樣。歐康闊認為所謂的男子漢，不管做什麼事都不需要知會他老婆。他甚至還認為，一個男人做事之前，如果還得和他的女人討論的話，就表示他不是個果敢的男人，如此的男人怎會是男子漢呢？這也是他竟然願意參與砍殺倚克米豐納的原因；他知道必須把倚克米豐納殺死的那一天，他只是一個人坐在主屋裡悶了很久，卻不會找他的老婆商量討論。若他能找他的妻子商討，也能聽取她們的意見，一定不會參與砍殺那孩子的行動。

## 無法長大的倚克米豐納

作者在倚克米豐納走向受死的路途上，安排了遠處葬禮的舞曲以及領頭銜的樂聲，當然有非常重要的意義。倚克米豐納就要去受死（當然他自己完全不知情），而且死後就直接將屍體曝露在森林中，不會有人安排葬禮，為他奏安寧舞曲。如果歐康闊是個敏感的人，聽到葬禮的舞曲一定會感到很心酸——這群人當中就屬他對倚克米豐納有特殊的感情；他和倚克米豐納已情同父子！這孩子伶俐、乖順，而且勇敢，在各方面都是他兒子恩沃葉很好的榜樣，而這樣勇敢乖順的孩子將永不可能長大，不可能在部落戰爭中立功，不可能有機會像他一樣成為成功的農夫，永不可能有領取頭銜的機會，而且還將要遭到殘忍處死。如此，遠處的安寧舞曲和某人領受頭銜的樂聲，對倚克米豐納的處境而言，就變成是很大的諷刺。

# 附錄二：歐班桀Ogbanje

伊博族舊時文化所相信的「歐班桀」，也就是不斷生了又死、死了又生，前來折磨同一個母親的孩子，即不斷投胎，再從同一個母體出生的孩子。譯者根據個人的宗教經驗（我是基督教徒），加上我在奈及利亞參與三年多的教會經驗，同時也參考網路資料關於ogbanje的記錄，在此補上另一筆相關資料。

首先我們要知道，不會有哪個小孩（在未出世之前）會有意識地，故意從同一個母體出世，活不過三歲（或頂多到青春期前）就死，死了之後不久再重新進入同一個母親的子宮成孕，如此不斷循環來折磨母親。伊博族人認為歐班桀是某種惡靈，化成人身投胎，就是為了要折磨人。且看底下譯自網路維基百科對歐班桀的一段說明：

伊博族人相信，歐班桀（ogbanje）就是故意帶給一個家庭不幸的一種惡靈。「歐班桀」此字伊博語原來的意思，就是「來了又走了的孩子」。伊博族人相信，歐班桀出生後活不久（通常不會活過青春期）就會故意死亡，然後再（從同一母胎受孕）出世，如此來來去去循環，帶給某家庭莫大的哀痛……

伊博族人認為，要破除這種可怕的循環，必須劃傷或支解剛死掉的歐班桀屍體。如同故事中，巫師對歐康闊的老婆艾葵妃所生的第三個「歐班桀」所做的：

然後巫師吩咐，不許為這死去的孩子舉行哀悼儀式。他從掛在左肩上的羊皮袋中取出一把尖銳的剃刀，開始毀損這孩子的身體。結束後，他抓住孩子的腳踝，在他身後的地上拖行，就這樣把屍體拖到惡林中埋葬。經過這樣的酷刑之後，這個歐班桀應該就不太敢再回來了；若是冥頑不靈，敢再回來的話，必會帶著剃刀毀損的印記——例如不見一根手指，或身體上會有前世巫師在上頭割的一道暗痕。

不幸的是，艾葵妃的第三個歐班桀經過巫師如此處理後，她之後又接連生了另外七個歐班桀。故事裡並沒有記錄，這些後來再出生的歐班桀身上，是否有任何受剃刀割劃的印記。從故事中我們只知道，艾葵妃已無法像一般婦女一樣因懷孕生子而感到喜悅：每生下一個孩子，她已不敢再奢望孩子會存活多久；她心中因為絕望而怨恨自己的命運。每一個新生兒活不過兩歲就死亡之後，她也只能麻木地一個埋過一個。個人認為，既然故事中沒有記載她接下來生的孩子身上帶著刀痕（若真帶有刀痕，那可真的值得大寫特寫了），可見之後再來的孩子並非同一個孩子，也就是說不是歐班桀。發生在艾葵妃身上的厄運，應該不是「惡靈」在作怪。

網路維基百科對伊博族傳統信仰系統的「歐班桀」說法，有一個很合理的解釋：

> 所謂的「歐班桀」，很可能是患了鐮狀細胞貧血症的孩子，因為這種家族的遺傳性疾病，很容易讓人以為，這些出世後活不久的孩子，就是來自於同一個惡靈。在英文翻譯上，歐班桀（ogbanje）這個字常被譯成changeling（即被偷換過後，所留下不健康的孩子），changeling這個字在凱爾特族（Celtic）以及泛歐洲的神話裡，意思和「歐班桀」相近。Ogbanje（來了又走了的孩子）和changeling（被偷換過的孩子）這兩個字，同樣都是以神話的方式來解釋曾經為人們所未知，而且能奪走小孩之性命的疾病（像是嬰兒猝死症和鐮狀細胞貧血症）。

這筆網路資料採現代醫學的觀點來解釋「歐班桀」的現象，應足以用來解釋像艾葵妃之類婦女的厄運。但以我在奈及利亞三年多的教會經驗，要另外補充一個可能的解釋。

故事中，艾葵妃本來不是歐康闊的妻子。歐康闊先前窮困，無法付出聘金，艾葵妃的父母便把她嫁給另一個人，就是已經預備好聘金前來提親的阿那納；但艾葵妃與阿那納生活了兩年之後，她就受不了而奔入歐康闊的懷抱。阿那納有沒有去找歐康闊理論，去向他要回老婆？或者，歐康闊有沒有把當時阿那納付給艾葵妃父母的聘金補還給他？這些故事裡都沒有寫出來。阿那納可能善罷甘休嗎？本人問過我夫婿（他是奈及利亞伊博族人）之後，發現答案是不可能的。阿那納不會傻到對歐康闊動粗，或甚至把他殺死——因為殺死族人之罪的處罰很重（他會因此遭宗族放逐，必須收拾行囊，離開宗族，到母親的宗族去生活；這在伊博族人看來是一種羞辱）；但他很有可能因為妻子背叛，受到羞辱而懷恨在心，暗中請巫師作法讓她生不如死，同時也折磨歐康闊。在奈國，這種復仇的方法其實算相當普遍，而要讓一個婦女生不如死的辦法，不是作法讓她無法受孕，不然就是讓她發生產難而死，再不然就是使她所生下的孩子早早夭折。

故事裡艾葵妃終於生下了一個決定留下來的孩子——艾琴瑪；但人們還是把這孩子視為歐班桀。艾琴瑪九歲的時候，歐康闊請巫師把她的「依宜－巫娃」挖出來，從此他們相信，這個可怕的生死循環終獲破解。舊時伊博族人相信，另一個終結歐班桀生生死死之循環的辦法，就是找出依宜－巫娃；據說那是歐班桀與陽世連結的信物，藉此信物，歐班桀得以再度回到陽世，而且回到同一個母胎。但只有歐班桀自己知道此信物確切埋在地底的什麼地點，若是沒有歐班桀承認並指出此信物之所在，巫師也無法挖出。大部分歐班桀都活不過三歲，因此也就無法說出埋下的信物在哪裡。只是，歐班桀又是如何把依宜－巫娃埋下？一個活不過三歲的孩子，能有什麼體力挖開土地、埋什麼信物？

故事中艾琴瑪被巫師問她所埋下的信物在何處時，她先是耍了他一陣，繞了一個大圈，回到自家庭院後，說是埋在屋外的柳丁樹下。巫師挖著她指出的地點，挖到比巫師的個子還深的地方後，聲稱終於挖到了，然後從坑中丟出了一個包裹著一個小圓石的破布，問艾琴瑪是不是她的，她說是。讀者讀到這些一定都會覺得不可思議。

本人只能提出一個看法：既是巫師，若他要對艾琴瑪進行催眠，使艾琴瑪說出他已經預備好的答案，又有什麼不可能？在奈國，這種請巫師作法來折磨仇人的事層出不窮，但故事中卻隻字未提！只能說，作者藉著這部小說想要呈現給世人明瞭的，是伊博族人固有文化與傳統信仰。行巫術害人的事，作者身為伊博族人，應該不會陌生，但很可能因為他個人沒有這類的遭遇，也很可能他不想揭發自己文化中太多可怕的事，所以沒有寫出吧。

（讀者千萬別誤以為伊博族人都會行巫術。我到奈國來發現，不管是哪一族人都很喜歡看功夫片。他們初看到我的時候，其實都帶有些敬畏的神情。我不解，問我先生後才發現，原來他們以為長有東方臉孔的都會功夫。同樣的道理，現在在伊博族，會行巫術的其實只是法師，而當得上法師的只是極少數的人；但因為有些法師只管拿錢「消災」，金主若要他們害人，他們為了錢，什麼可怕的法術都施得出來。這些巫術助長人的貪念與仇恨，於是當駭人聽聞的巫術害人事件一件、一件被揭發出來之後，便讓人誤以為巫術很普遍，其實，奈國善良助人的人還是很多，只是好事較少被提，壞事卻傳千里，於是便容易使人產生錯覺。）

# 附錄三：伊博族的法術

本篇文章用意不在深究法術／藥術（英文為juju），如何在奈及利亞以及西非一些國家裡施行。阿契貝在故事中把法術寫得很奇幻，也很有效。（如第二章所描寫的戰靈；第四章提到祈雨法師使用法術使雨下或不下；第十一章講到宗族為了對付敵人，而請巫師研發出會飛、會發光的邪惡精素；第十二章那個傳言由法術幻化出來招攬生意的老婦人等。）他這麼寫，是在客觀記錄他從小聽來的奇幻，而且屬實的現象。他並沒有特別張揚法術的好，但也沒有特別強調其壞處，只是把孩提時代聽到有關法術應用所產生的印象，詳實記錄下來。

法術是伊博族傳統宗教的一部分。要注意的是，對於其傳統宗教，阿契貝非但沒有特別強調其中的好處，而且還以一些實例來暗示其壞處。比如說，第七章中處死倚克米豐納的決定，是土地女神的判決（也就是地神藉著祭司所說出的裁斷）；但故事中有兩個角色，宗族中年紀最長也備受敬重的歐布也非・艾齊烏杜，以及歐康闊的至交好友歐比耶利卡，都反對參與殺戮這名青少年的行動。歐比耶利卡甚至還對歐康闊說，他（歐康闊）其實根本不該動手殺死這個孩子，因為經過三年相處之後，歐康闊和倚克米豐納已情同父子。他對歐康闊如此說：

「吾友，有件事我得跟你說：若我是你的話，那天我絕不會參與殺戮的行動，寧可待在家裡。這樣的行為不可能取悅地神；事實上，土地女神還可能因此而把整個家族消滅掉。」

歐康闊辯論說，土地女神不可能判定某事為該做之事，但卻又處罰執行此事的人。於是歐比耶利卡回說：

「話是這麼說沒錯，但如果神示所決定我的兒子得受死，那麼我既不會加以爭辯，也不會親手制裁他。」

其實，依據原來宗族的做法，他們把倚克米豐納從木百諾村帶到烏默非亞村，用意就是要把他處死。他是兩個宗族之間不睦的代罪羔羊，他父親殺死了烏默非亞村族的一位婦女，這是挑釁的行為；這兩個宗族本來嫌隙就很深，這件事足以引發部落間的戰爭。但戰爭終究會導致更多人命喪亡，烏默非亞村除了對木百諾村宣戰之外，也提出另一個解決辦法：木百諾村必須貢獻出一名少／處女與一名少年。這少女是要來取代被殺的婦女，以成為此婦人之夫的老婆，而那少年則是血債血還的替罪羔羊。因此，倚克米豐納本就該受死，不用他們烏默非亞神示所裁決，眾人也知道這少年遲早得死。

問題是，烏默非亞的長老決定先把倚克米豐納放在歐康闊的家，讓歐康闊來照管這少年，等候宗族進一步決定處決他的日子。倚克米豐納在歐康闊家一待就是三年——長老們好像把他放在歐康闊的家之後，就忘記他的存在。而這三年內，倚克米豐納和歐康闊以及歐康闊的全家都已經產生了感情。處決他的那天，歐康闊害怕人說他軟弱（也害怕自己認為自己軟弱），於是親手殺了這個他很喜歡的孩子。殺了他之後，歐康闊有兩天的時間都吃不下東西。可以說，不是只有歐布也非．艾齊烏杜和歐比耶利卡兩個人反對殺害倚克米豐納，歐康闊的大兒子恩沃葉、歐康闊全家，甚至歐康闊自己骨子裡，其實都反對這件事。讀者就更不用說了；誰看了寫得如此悽美哀感的死刑，會不動容？會不說：為什麼倚克米豐納得受死？作者透過這樣的安排，對傳統宗族之做法以及傳統信仰發出了好些疑問：為何只因為一人之死，就得發動部落戰爭？為何殺人的人不用償命，反而找他兒子當替罪羔羊？（倚克米豐納根本不知道自己的父親殺了人，也不知道自己為何要被帶離自己的村族，到別的村族去。）為何不細究殺人的動機？

作者如此的安排，也把倚克米豐納的死，對比耶穌基督的死——這兩者同樣都是本身無罪，但卻為了讓更多人活命，而必須成為犧牲。如此的對比，作者也間接把伊博族的傳統宗教與基督宗教拿來並排。宗族的人認為殺死倚克米豐納是正確的事；也就是說，他們認為他該死。但基督教會不會說，耶穌基督該死；耶穌順服受死，但他不該死。

如此，阿契貝間接道出傳統宗教的偏差。這部作品中還有其他地方，都直接、間接點出傳統宗教的弊病——如把雙胞胎棄置在森林中，以及將人列為歐蘇之傳統等。

但阿契貝沒有直接攻擊宗族的傳統宗教中使用法術的做法。因為這樣的議題不僅極具爭議性，而且，會超出這個故事的主題框架——宗族的傳統宗教使用法術這個事實，不是阿契貝寫作的重點。但當阿契貝在本故事後面的章節點出基督宗教不僅比傳統宗教更加厲害，而且更加良善時，可就讓人對傳統宗教裡法術之使用打問號了。

只是，直至今日，伊博族人當中依然有人捍衛法術的傳統，認為如此的傳統需要好好加以保存、發揮。底下的引文裡所呈現的觀點，就是個例子；這樣的觀點，可以說是故事中所有爭取頭銜的人的看法，像是烏諾卡的債主之一，歐可依，主要角色歐康闊，以及他的好友歐比耶利卡等。在伊博族的社會裡，（特別在舊時政教合一的時候）頭銜就是政治經濟之權勢，而政治經濟之權勢就是來自神靈所護持的力量。

底下所摘錄的引文片段，出自於派崔克・伊洛格布（Patrick Iroegbu）的網路文章：〈物神符咒：伊博族及奈及利亞政治文化中之實在與意義〉（*Juju Medicine: Reality And Meaning in Igbo And Nigerian Political Culture*）。此文作者與阿契貝同是奈及利亞伊博族人，但他並沒有對傳統宗教的法術打問號。他看到很多伊博族人面對西方世界的友人問起奈國傳統宗教法術的使用，常會支吾其詞，含糊帶過，彷彿傳統的法術，不僅是不可告人的祕密，而且還令他們感到羞恥不安。他認為根本不該如此貶抑傳統宗教對法術的應用：

……傳統宗教法術之應用，承載著行動的祕訣，構成了伊博民族政治經濟力量的核心部分，其目的是為了要壓倒他人……這是種在政治文明中，使人如有神助的法術運用，現代人需要將之視為是克服生活與生存問題的儀式機制之一，來加以摸索研究……

大多數人把juju（物神、符咒、法術）當成「魔法、巫術」看待，但此文作者決定採一種「正面積極」的觀點：

……奈及利亞經過英國殖民與基督宗教傳教士的洗禮之後，奈國的宗教又是以何種角度來看待法術？為何法術的應用沒有消失？法術是一種學問？一種科學？還是什麼？……在這篇文章中，我要說明法術其實是一種生命力量，因為它可以用來創造並維持與他人之間的關係……

派崔克根據經驗以及他所閱讀的相關資料——班奈迪克・安德森（Benedict Anderson）於一九七二年所發表，對爪哇之神靈效能體系的研究——對法術做出底下的解釋：

這種形式的力量超越一般人間的力量，因為那是藉神諭所加持的能量。此力乃由一種具有動機目的的中心力量加上神祕的內在力量所構成，能使個人在不使用體力、策略、或物質力量的情況下，對自己、他人、甚或是環境進行控制。所以，我要強調的是，法術策略的形成與作用取決於個人的修持以及既定的社會規則。個人愈能做到自我控制，就愈能掌握超自然的力量並控制人的意志。也就是說，法術的手段與策略是為了要穩住一些超感官的不確定情況，並應付社會生活的物質需求。

上面這段引文裡說：「法術策略的形成與作用取決於個人的修持以及既定的社會規則。」要知道，「個人的修持」與「既定的社會規則」這兩者決定所使法術是否為正向。既定之社會秩序是否依賴並鼓勵法術之使用，決定法師個人修持的走向。舉例來說：伊博族舊時的社會，是政治、經濟、宗教合一的社會；領取頭銜（政治地位）的先決條件是，個人財力是否達到一定的數目字。（所以，這樣的社會鼓勵人努力苦幹、經營田產，像歐康闊一樣。）有錢的人方能領取頭銜，而領取頭銜必須經過一個昂貴的宗教／法術儀式，宗教儀式乃為護持頭銜，使領取頭銜的人獲有神靈加持的力量。說明白一點，領取頭銜的宗教／法術儀式之所以昂貴，除了一些雜項費用之外，主要為了支付施法舉行儀式的法師。如此，在這樣的社會裡，只要領取頭銜這樣的既定社會秩序繼續存在，法師術士不但不可能餓肚子，而且能過得很闊綽。既然不愁吃穿，當然可以專心修持，使法術更加精進。換句話說，在如此既定的社會規則裡，除非為了對付宗族的敵人（對抗外侮），法術在宗族內之使用（對內），應該就像伊格洛布所說，能創造和諧的社會人際關係，鞏固社會秩序，甚至安定、繁榮宗族的經濟運作。

上述引文最後一句說：「法術的手段與策略是為了要穩住一些超感官的不確定情況，並應付社會生活的物質需求。」所謂「穩住一些超感官的不確定情況」，說簡單一點，就是要預知並掌握命運（個人的和社稷的）、控制天候（使雨下或不下）等；而「應付社會生活的物質需求」，應該是指運用法術來改善個人或族群之經濟力量等。

舊時伊博族的政治社會經濟之運作方式，依賴並鼓勵傳統信仰之法術的運作，因此法術的使用，只要是在同宗族的人之中，大部分屬於正向法術。但是，現在的奈及利亞經過了英國殖民以及基督宗教傳教士的洗禮之後，伊博族的社會早已不再依賴、鼓勵法術的施行。舉個簡單的例子：故事中講述，舊時伊博族會訴諸藉著法術儀式，由先祖神靈附身的伊古來審理村落裡的糾紛，但現在的奈及利亞經過英國殖民之後，不管是哪一個種族發生糾紛，一律採用英國的法庭審理制度。

現在的奈國政府制度也不會訴諸法術來改善個人或族群的經濟力量。事實上，奈國政府說穿了，並不在乎其人民的死活；身為世界第四大石油輸出國的奈及利亞，其石油販賣所得，大把大把鈔票都納入貪污腐敗的從政者私人口袋中。結果，全國有半數以上的人民遭受貧窮肆虐。很多人於是一所接一所教會不斷換，直到他們找到解決貧困的出路為止。可以說，奈國人上教會有點像台灣人上廟求神問卜一樣，這間廟的神不靈，就換下一間廟。有很多教會根本是「掛羊頭賣狗肉」；殖民後基督教成為顯教的結果就是，很多傳統宗教的法師術士聲稱自己開的是基督教會，但其實拜的是傳統物神。和舊時殖民前社會秩序穩定時的法師術士不同的是，現代的巫師已不再由領有頭銜的政治經濟權威人士所供養，找上他們的盡是受貧窮所困，亟欲找出路的人。為了使人轉瞬致富，也為了從這些瞬間致富的人獲得高額報償，他們不惜拜魔鬼惡靈。結果，人確實致富了，但魔鬼惡靈不可能幫人實現願望之後，而不要求報償，而他們所要的報償，往往必須有人犧牲生命。

換句話說，沒有既定的社會秩序以及富有階級人士的供養，奈國現代已沒有重視個人修持的法師術士，有的是謀財害命的巫師。伊博族的法術淪落如此下場，恐怕也是殖民後嚴重的弊病之一吧。

國家圖書館出版品預行編目資料

分崩離析 / 奇努瓦．阿契貝（Chinua Achebe）著；
黃女玲譯. -- 初版. -- 臺北市：遠流, 2014.12
面；　公分
譯自：Things Fall Apart
ISBN 978-957-32-7536-7(平裝)

886.4157　　103022734

# 分崩離析

Things Fall Apart

作　　者 奇努瓦・阿契貝 Chinua Achebe
譯　　者 黃女玲
編　　輯 徐立妍
行銷企劃 高芸珮
封面設計 陳文德

發行人 王榮文
出版發行 遠流出版事業股份有限公司
地址 臺北市南昌路2段81號6樓
客服電話 02-2392-6899
傳真 02-2392-6658
郵撥 0189456-1
著作權顧問 蕭雄淋律師
法律顧問 董安丹律師

2014年12月01日 初版一刷
行政院新聞局局版台業字號第1295號
定價 平裝新台幣300元（如有缺頁或破損，請寄回更換）

ISBN 978-957-32-7536-7
YLib 遠流博識網 http://www.ylib.com E-mail: ylib@ylib.com